AI 交响曲

王侃瑜 等著

江苏凤凰文艺出版社
JIANGSU PHOENIX LITERATURE AND
ART PUBLISHING, LTD

图书在版编目（CIP）数据

AI 交响曲 / 王侃瑜等著. — 南京：江苏凤凰文艺出版社，2018.3
ISBN 978-7-5594-1445-8

Ⅰ.①A… Ⅱ.①王… Ⅲ.①科学幻想小说－小说集－中国－当代 Ⅳ.①I247.5

中国版本图书馆 CIP 数据核字(2017)第 292943 号

书　　名	AI 交响曲
著　　者	王侃瑜　等
责 任 编 辑	李　黎　牟盛洁
出 版 发 行	江苏凤凰文艺出版社
出版社地址	南京市中央路 165 号，邮编：210009
出版社网址	http://www.jswenyi.com
印　　刷	南京新洲印刷有限公司
开　　本	880×1230 毫米 1/32
印　　张	8.75
字　　数	200 千字
版　　次	2018 年 3 月第 1 版　2018 年 3 月第 1 次印刷
标 准 书 号	ISBN 978-7-5594-1445-8
定　　价	36.80 元

（江苏凤凰文艺版图书凡印刷、装订错误可随时向承印厂调换）

目 录

001 云雾/王侃瑜

096 分生/孟嘉杰

162 孤岛/鲍浩然

185 脑控/天狗望月

206 思维网/西城

247 出逃的猎犬/左力

云　雾｜王侃瑜

一

1

一阵突如其来的恍惚，将何吟风的意识从虚拟实境拉回现实。她试图重新接入网络，却收到错误提示。扯下头上的工作套件后，吟风觉察到部门办公室荡漾开一道道高于听觉阈限的声波，金属与塑料的磕碰声，合成布料和尼龙椅面的摩擦声，带着微微讶异和愤懑的呼吸声。何吟风用鞋跟蹬一下地面，电脑椅的滑轮后转几周停住，她扭头看向右边的同事，正迎上对方同样探询的目光，无奈地交换一个小幅度的摇头后，吟风重新面向自己的终端工作站，开始检查本地自动保存情况。

网络中断很不寻常，这是吟风工作三年来第一次碰到。公司内部局域网工作如常，可与外部的连接却断开了，所以借助云计算实现的虚拟实境才会崩溃。吟风抬起手腕，试着用移动终端接入云网读取四大网络媒体的实时新闻，请求却遭驳回，表面液晶屏同时显示网络连接错误，果然是外部网络问题。

部门主管从她的独立封闭式办公室推门而出，宣布由于云网连接中断全部门提前结束工作。她转身离开时，吟风注意到她一丝不苟拢起的发髻里掺进了几缕银色。这是吟风今年第二次当面见到主管，上次还得追溯到三月份的公司网络故障演习。主管很少走出自己的办公室，所有工作指导都通过网络直接发送到终端工作站，吟风试图回忆上次见到主管时她是否有白发，却发现根本想不起来，她对这个一年到头见不上几次面的主管了解太少，她甚至不知道她的真名。邮件通讯录上的显示名是 Celine Meng，在 Reservoir 这样的跨国公司，全部邮件往来都是英语，员工互相指称也都用英语名，坚持使用 Yinfeng 作为代号的吟风是个少见的异类。

技术提高效率的同时，也在拉远人与人之间的距离。Reservoir 在全球各大城市都设有分公司，吟风供职于亚太区总部的人力资源部门；部门员工近百名，她认识的不超过 30%，除去同团队成员和直线经理、职能经理，其他部门同事对她而言都是数据库里的代号，抽象且陌生。有时候，吟风会怀疑自己以前学的那些人力资源管理啦组织行为学啦全都是扯淡，一切看似科学的模型看似宏伟的愿景在实际应用中都化作处理不完的琐事，邮件如飞来的雪片，数字如落下的瀑布，吟风被埋在底下，越陷越深，爬不出来。入职之前，吟风以为人力资源管理真的是和"人"打交道，以为她所在的"员工幸福指数测评小组"真的能够保证公司员工幸福工作，可后来她发现自己太天真。所谓员工幸福指数测评，其实是监控员工的工作效率与情绪波动，一旦发现超出预设范围的异常数值就采取措施，经由人工手法修正其"错误"状态。效率和情绪被抽象成数字，吟风熟悉全公司员工的心理状态数据超过熟悉他们的体貌特征。每个人准点走进办公室，戴上工作套件接入网络开始工作，很少有机会互相交谈，更少有机会准时下班离开。吟风敢打赌，假如有人窃取公司员工的登录信息并代替他来上班，公司资料被篡改或者转移之前都不会有人发现。

吟风看了眼移动终端，16：12，垂下手腕，指尖擦过腹部时，吟风嘴角扬起一丝弧度，她克制住，开始收拾东西。

半小时后，吟风坐上公交，并非尚在实验中的无人驾驶巴士，司机在驾驶座上掌控车辆行驶的方向，让人安心。在没有云网的情况下，任何无人驾驶车辆都动弹不得。正因如此，轨道交通陷入瘫痪状态，路面交通系统也只能依赖未及被淘汰的人工驾驶车辆，依赖司机的记忆和判断行进，这种情况下，没人会苛责输送效率低下。吟风庆幸如今的巴士不再像过去那么颠，不然她准得犯晕。

今天是吟风和阿诺交往一周年纪念日。她总觉得自己与阿诺的相识有几分偶像剧色彩，一年多以前，有颗倒霉的彗星进入公众视线，它在宇宙中漂泊了数十亿年，直到旅程临近终点才被人发现，它的运行轨道离太阳很近，或者撞向太阳瞬间消融，或者挣脱引力逃出太阳系。彗星命运决定当晚，吟风随一群天文爱好者去郊外观测，见证流浪彗星与恒星引力的角逐。彗星掠过太阳的瞬间在下半夜，上半夜时，许多人选择躲在车里，通过移动终端追踪彗星轨迹。吟风一个人躺在车外的防潮垫上看星星，夜空好像一张浸透蓝黑墨水的纸，浓得要滴下水来，夏季大三角在天际闪耀，最亮的钻石与之相比都显得黯淡。郊外仲夏夜的风有点凉，吟风把自己裹得很严实，她依稀念起自己的大学时代，那些翘掉专业课旁听天体物理课躲在教室后排听老师讲多普勒效应的日子，回忆如潮，她沉浸其中。一个陌生男声突然问到"你在看什么"，吟风下意识答道"红移"，红移并不能被看到，却能在问话人心中留下足够深刻的印象。问话人是陈诺。彗星最终在百万度的日冕中化作尘埃，吟风与陈诺的感情却不断升温，两个多月后便确立恋爱关系。有时候，吟风想这是缘分，那夜星空下，存在了数十亿年的天体消亡，换来她与阿诺感情的开始，可她又会马上推翻自己的想法，作为一个坚定的理性主义者，她无法找到缘分的科学依据。

公交沿江边驶过，对岸的钟声传来，隔那么远依然浑厚，车在钟声中钻进越江隧道。吟风听母亲讲过，在她年轻时江底还有观光隧道，游客坐上全透明观光车穿越隧道，一路灯光变幻，营造种种超现实场景，模拟出时空隧道的感觉。吟风总想着哪天要去坐来玩，可惜还没等她长大，观光隧道就因常年亏损而停止运营。吟风如今穿越的这条隧道是新近挖掘的，为了进一步缓解越江交通拥堵；当年的观光隧道太狭窄，没有再利用价值，在这座庞大都市的母亲河下，日渐荒废，被人遗忘。

隧道里的幽暗将时间无限拉长，等待光明的过程异常难熬，吟风下意识抬起手腕，想用移动终端加载路况获取通过时间评估，得到的却是停止爬行的进度条和网络错误提醒，她才又想起今天的云网故障。吟风把视线投向车厢内其他乘客。坐在她左侧靠内座位的女孩看起来不过十七八岁，高高绑起的双马尾挑染了荧光粉和柠檬黄，她面部表情平静，太过平静，甚至到了完全静止不动的地步；就像正在缓冲的动态影像，女孩右耳耳垂爬着一只形状夸张的蜘蛛，八条腿闪着诡异的光芒，耳钉式移动终端，通过蓝牙与隐藏在大脑灰质中的植入式接口相连；吟风猜测她是想通过植入式接口接入云网，却卡在半程无法继续。右边隔开走廊坐着一个中年男人，他弓着背，双手紧紧攥住上个世代的智能手机，鼻尖快要贴到屏幕，他一遍又一遍点按屏幕上某个区域，脸上的肌肉拧在一起，男人的咖啡色外套洗得泛白，肘部翻起一圈毛绒，一看便无法负担植入手术的高昂费用，吟风想他一定是在不断尝试刷新网页却加载失败，窝着一肚子火又焦虑不堪，下一步就该摔手机了。吟风坐在车厢后排，从她的角度看去，大半个车厢的人都沉浸在自己的小世界中，尽管那端的世界因为云网中断关上了大门，他们却仍不愿走出自己的世界与人面对面交谈。整个车厢安静得能听到混合能源马达运转声，没有人说话。

　　人们早就习惯了云网的存在，它不在任何地方，却无处不在。云网让生活便捷，记忆云则被誉为人类进化史上的丰碑。人们可以随时接入公共数据库搜寻想要的资料，也能实时备份私人记忆库；走在技术潮流尖端的极客早已选择植入内置接口，把看到的听到的一切都记录下来保存到云端，多重备份被分别保存在地球上最安全的地方，海底、地下、戒备森严的银行保险柜，没有人知道这些服务器的具体所在。御云公司迅速崛起，他们甚至考虑在环地轨道新建一个数据中心，彻底阻绝人们对于遗忘或记忆丢失的担心。刚从欧洲回来时，吟风有些吃惊，她知道古老又年轻的祖国正处在飞速发展的轨道上，但亲眼目睹这些变化还是让她震撼不已。她离开不到四年，记忆云迅速蚕食了现代生活的方方面面，你可能并未意识到，但你却正在使用它、依赖它、渐渐离不开它，每个人都不自觉融入记忆云，为它的增长贡献出自己的一部分，同时也抛弃一部分自我。人们不再用心去记什么东西，而是选择将记忆上载到云端，以提升大脑运转速度，记忆云分享也让协作变得更容易，集体主义在这个时代被重新诠释。人们习惯在云端解决一切问题，娱乐、学习，甚至相亲择偶，面对面交流的频次被降到最低。吟风回国这几年来最后一个当面认识的人是陈诺，今晚，她将与他约会，像所有旧时代恋爱电影中那样，共进烛光晚餐，并且给他一个惊喜。

2

陈诺跌进空白。

上一秒，他还在数据海湾冲浪，驾着巡察银鲨追赶漏洞。他追查这个漏洞已经两天了，狡猾的漏洞 N57304 在他搭建的海湾中化为剑鱼，每次都在银鲨即将赶上的瞬间从它嘴边溜走。两天，对于一个漏洞捕手来说可不算短，漏洞多存在一秒，数据风险就增加一分。阿诺是御云公司的首席漏洞捕手，或者按照官方说法，数据安全监察员。他试过许多虚拟场景，扮演过中国古代战场上的骑兵，都市传说里的猎魔人，甚至星际战舰的驾驶员。如果今天还抓不到 N57304，他考虑明天换一个场景，也许围棋对弈是个不错的模组，他已经很久没试过这种不动声色的制敌方式了；围棋，简单纯粹又变幻莫测，是送 N57304 归西的好办法。

可他也许不用等到明天，银鲨发现了目标，它循着剑鱼游动激起的水纹一路追击，在相隔数米时猛然发力，咬到了！银鲨锋利的牙齿划破 N57304 的尾鳍，剑鱼扭身一头钻进水深处，身后淌下一行淡红色血迹。阿诺知道它逃不远了，银鲨也知道。它不急不缓追上去，很近了，阿诺可以闻到水中的血腥味，他能看到剑鱼游动时微妙而不自然的颤动，再有一点耐心，他就能收获职业生涯中第四十二枚高危漏洞捕获奖章。银鲨又追开十来米，收紧尾鳍，而后用力甩开，向前扑去。阿诺看到 N57304 的整条鱼身落入银鲨张开的大颚……

定格。银鲨的颚一帧一帧闭合，剑鱼一帧一帧向前移动，场景从对象边缘开始崩溃，阿诺看着剑鱼的形状在银鲨嘴下一点点瓦解，银鲨本身也逐渐失去形状，像素格如流沙般落下不可知的深渊。突然，他周遭的世界变成一片空白，缓冲到头。

陈诺退出虚拟实境，回到现实。同一时间，他开始尝试使用植入式接口、公司量子终端和私人移动终端接入网络查询错误原因，却发现网络连接全面中断。云网挂了。

这不正常，阿诺把绝大部分记忆都存储在云端，但直觉告诉他这很少发生。他走出自己的胶囊隔间，发现隔壁的家伙也正探头张望。那家伙叫什么来着？阿诺习惯性用移动终端扫描对方脸部，想从记忆库中寻找匹配数据，可请求并未得到反馈，瞬间他反应过来云网断了。算了，这不重要。阿诺扶了扶眼镜，镜框压得他鼻梁有些疼，不知道新一代眼镜式移动终端何时上市，希望能更轻便些。

"嗨，哥们，"阿诺挑了个万用万灵的称呼，"知道怎么回事吗？"

对方摇摇头，"鬼才知道。我正在搭建每日防火墙，都快完成了，就这么眼睁睁看着它化成水流走。真见鬼。"

"差不多。我看是云网的问题，谁会有线索？"阿诺习惯直截了当。

"问问猴哥吧。"

"猴哥？"阿诺抬起右手，用大拇指刮了刮鼻子，他对这个代号没有印象。

对方用下巴指了指十点钟方向，说："走到底左手边，64 号胶囊隔间那个，云网专家。"

"谢了。"阿诺向这位不知名的邻居同事告别,双手插进牛仔裤口袋,循他指示的方向走去。

64号隔间门掩着。阿诺敲了敲,无人应答,他推门而入。

隔间里没开灯,只有公司的量子终端显示屏闪烁出一片单调的荧光。借着那光,阿诺看见豆袋椅上窝着个人,一双手臂枕在脑后,脑袋上顶着一头杂乱长发,看上去有阵子没打理了,一缕细烟从那颗脑袋前方升起。

"嘿,你怎么搞定烟雾报警器的?"阿诺开口问道。

"用脑子。"含糊不清的声音,像被闷在罐子里,有可能因为说话者叼着烟,也有可能是他压根懒得张嘴。

阿诺不抽烟,也不喜欢这个地方,他想尽快打听到消息离开,"云网怎么了?"

"有人切断了水源。"那声音缓缓道。

"什么?"对方的回答让阿诺摸不着头脑。

脑袋后枕着的一只手抽了出来,在空中兜个圈移到嘴边夹起烟,那缕细烟向外平移了二十公分,阿诺可以看见星星点点的火光,声音清晰起来:"云暂时聚不起来,雾占据主导,什么都看不清楚。耐心点,总有一天风会吹散雾,云也会再聚起来,可没有雾也就没有云,这是一场博弈啊。有点耐心,伙计。"

阿诺转身出门。自始至终,他都没见到这个被称作"猴哥"的男人正脸。无所谓,反正目前无法连接云端记忆库,也许他们早就认识。

阿诺走回自己的胶囊隔间,他在量子终端上留了一份简要常用资料库,虽说没有云端的完整资料库好用,但也还凑合,尤其在云网终端又无法从别处得到满意回答的时候,一切都只能靠自己。他接通大脑植入式接口和量子终端,将分析云网中断原因设为AA级任务,一头扎进分析中。

等阿诺再次回过神来时,已是晚上八点多,没有结果。网络恢复的提示音在他耳边响起,这简直是天底下最动人的音符。可随之而来的是紧急事件提醒的警报声,一个红色的AAA级日程安排滑入他的视域,文字在镜片上定格:

事件:一周年纪念日
时间:18:00
地点:K11
相关:吟风
备注:复习交往一年来的重要时刻,带上礼物,千万别迟到!!!

一旁的灰色小框提示:

已推迟两小时,继续推迟/取消?

关键词自动检索"吟风",私人记忆库中的资料按照优先级源源不断涌入陈诺脑中。他在心中骂了无数句脏话,抓起外套冲出胶囊隔间。他试着呼叫吟风,却一次又一次遭到拒绝响应。陈诺顾不得高昂的车费,拦住最近一辆人工驾驶出租,直奔K11。

真该死,和女朋友交往一周年纪念日的约会,偏偏被云网中断搅了。

3

徐青忆吃过晚饭,坐在沙发上想看电视。

一个人的日子,再逍遥也是凄清的。自前年退休以后,徐青忆每天早上六点起床,散步到两条马路开外的菜场买菜;不用顾忌别人的口味,却也没法由着自己的喜好来,菜买太多一个人也吃不掉。她想起上回贪心要了一整条鳊鱼回家红烧,足足吃了三天还没吃完,浸泡在酱汁里的鳊鱼热了又冷,冷了又热,鱼肉腐坏的速度远快于青忆消化的速度,最后她不得不倒掉吃剩下的半条鱼,腥臭的馊气味久久不散。从此,她再不敢多买。自女儿读大学住校以来,徐青忆很久没下厨了。她一个人生活,平时白天讲课,晚上带自习,学校食堂提供早中两餐,周末又要给学生加开补习班也没时间做饭,总是在外面随便吃点凑合着过去。退休后时间一下子多出来,她只能重拾起年轻时买汰烧的日常功课,以消磨这奢侈到用不完的时光。上午几个小时献给厨房,烧出一天的饭菜,中饭吃一半,晚饭吃一半。下午她看书,有时也写东西,年轻时的习惯保持至今,没有文字的陪伴总让她不踏实。可最近,青忆觉得自己视力变差了,纸上的字模模糊糊,读不进脑子里,看完一页也不知书上讲了什么。青忆思忖着去配副老花镜,人老了到底不中用啊。

徐青忆就这么在沙发上愣了半天神,才想起自己是要看电视。她按下遥控器上的红色电源键,电视机却没像往常那样进入点播菜单,取而代之的是一片蓝色,屏幕中央有一行白色小字。她看不清楚,只得起身凑去近前。"网络中断无信号。"她拔掉电源又重新打开,还是蓝光一片。看来得打电话报修,这什么次生代3D无线智能电视,根本不可靠，还不如老早的平面数字机顶盒，插上网线电视节目就来，根本不用操心。

她坐回沙发，习惯性伸手去够一旁茶几上的电话，没有摸到。她转头一看，茶几上摊着的只有隔夜报纸，电话不见了。她这才记起因为使用频率太低，电话在两年前就已经被淘汰了，连报纸也越来越少见，只有靠政府背景撑腰的几家纸媒苦苦坚持，守着传统媒体的最后几缕余晖。她试图回忆自己把手机搁在了哪儿，上次用手机是什么时候来着？大概是给女儿打电话吧，说起来，又好几天没给女儿打电话了，不晓得她最近好不好。

吟风本科开始就住学校寝室，在国外的三年多更是没回过一趟家。青忆算得上开明，她也觉得趁年轻在外面闯闯蛮好，但操心是省不了的。前几年忙工作，女儿的事也顾不上太多；退休后，大半的心又挂回女儿吟风身上。吟风自小独立，这是好事，可到这个年纪也该成家了，她现在那个男朋友，小她三岁不说，还是个程序员，爱赶技术时髦，跟她爸以前一模一样。青忆劝过吟风，可她就是不听，上回竟还顶撞青忆，害青忆一气之下挂掉电话，随手把手机丢在厨房。对，手机在厨房里。

青忆站在厨房门口扫视一圈，没有手机的影子。上回和吟风打电话时，自己在干什么？青忆用劲想，肯定不是在拣菜，也没起油锅；她打开碗柜看看，没有；探了探米袋，也没有；她甚至打开冰箱，翻了翻蔬菜屉，还是一无所获。青忆停下来，试着往前想，那天是吟风打来的电话么？好像是，那应该是在她晚上下班后打来的。大晚上的青忆会在厨房里干什么呢？晚上她一般不下厨啊。青忆想不起来，她习惯性地拳起左手顶到嘴边，拿嘴唇抿了抿手背，触感粗糙，她张开

011

左手推远来看，手背上一小片烫伤的痕迹。这是……对了，上次吟风打电话来时，手机搁在茶几上，边上就是一杯热茶，青忆急着接电话不小心碰翻茶杯，手机没事，手上的皮肤倒烫伤了一片，青忆一面接起电话，一面急忙到厨房挂橱里找烫伤药膏。青忆打开挂橱橱门，抬出药箱掀开盖子，果然，手机正躺在一堆药品当中。

手机早就没电自动关机了，青忆抓起它走到无线充电区域，重新开机，拨通吟风的号码。

"喂，妈……"吟风接得很慢。

"晚饭吃过了吗？"青忆的第一句问话总离不开吃。

一小片沉默。"还没。"

"怎么这么晚还不吃啊？又加班啦？"青忆知道女儿工作忙，可身体总要当心。

"不是，我约了……"吟风顿了顿，"我约了人。"

"又是那个诺……什么诺？"青忆陡然提高警惕。

吟风迟疑着"嗯"了一声，"陈诺。"

"我老早跟你讲过啦，那小伙子不靠谱，"青忆抓住机会又唠叨起来，"这么晚还不来找你，是不是又迟到了，他当是吃夜宵啊？"

"妈，别说了，你知不知道今天云网出故障啦？"女儿故意扯开话题。

可青忆却没这么容易罢休，"不晓得，出故障又怎么样？我从来不用它不是照样过得好好的。出故障他就有理由迟到了？"

"妈——"吟风拖长了称呼的尾音，"每个人都要用到云网的，没有云网你连电视都看不了。云网故障，整个轨道交通和无人驾驶交通网络都停运了，所以阿诺才……"

"他要真在乎你,跑步都跑到你跟前了,这个点还不出现,你给他打个电话问问到哪儿了吧。"青忆看不得女儿受委屈,尤其是从那小子身上。

吟风的声音低了下去:"他只有网络电话,网断了打不通……"

青忆听着更来气:"你看看你看看,还不承认他不靠谱?女朋友想联系他都联系不到,怎么恋爱的啊。"

"他……平时都联系得上,今天是特殊情况,云网断了啊。说不定他正往这儿赶呢。"吟风最后一句话里,并没有多少确定的口气。

"男人啊,你永远不能把他们往好里想。说不定他压根早就忘了这事,没有那什么云网提醒他还想不起来呢。他不是靠技术吃饭靠技术生活嘛,没有技术他还能靠什么?等哪天靠过了头啊,就像你爸那样……"

"妈。"吟风这声叫得很急,生生掐断青忆的话头。

"唉,"青忆叹一口气,"我知道,都过去那么久了……你自己好好想想吧,二十八岁,也该认真考虑考虑了。"

"行,我都知道,陈诺他,"吟风顿了顿,继续说道,"你就放心吧,我心里有数。"

"好好好,我也不多说了,你先吃点东西,别饿着。"青忆知道说也没用,但她没法不说。

吟风应了声便不再说话。

青忆挂断电话后,突然想起那次她在学校加班,吟风一个人在家等她,饿到不行,自己下馄饨吃。小姑娘往沸水里下馄饨,手势不对又收得太慢,溅出的水滴烫到了手,吟风一急又打翻了锅,亏得她躲避及时,烫伤的只是左手。青忆回家看到潮湿的厨房地板,葱花躲在瓷砖缝里,她叫来吟风才看到女儿左手上胡乱缠的绷带,小姑娘早就自己找出烫伤药膏涂上,还顺带收拾了厨房。那年女儿九岁,她爸出事还没到一年,青忆抱着吟风哭了很久,反倒像自己闯了祸受了伤。不知不觉间,女儿怎么就那么大了呢,青忆用右手摸了摸左手手背的烫伤处,微微凸起的疤痕有种陌生而奇妙的触感,不晓得吟风手上的疤还看不看得出。

最终,青忆还是没想起自己原本是想打电话报修电视盒子。

二

1

大雾就像是伴随云网修复而出现一般,同云网一道环绕包围了整座城市。

雾的出现让一些人恐慌,尽管更多人只是一头扎进云网复归的喜悦中去。政府的官方解释是为加强云网的稳定性,授权御云在空气中投放了纳米量级的路由器,大雾可能是由此引发的连锁效应,副作用将在几日后消散缓解,让市民们不要恐慌。

那日吟风苦苦等了阿诺一个半小时,她设想过万千种阿诺迟到的原因,也尝试过无数次拨打陈诺的网络电话,没有一次成功,云网断了就是断了;纵使她在母亲面前再怎么维护阿诺,自己心底也很难压下这股气,加上她的身体受不得这番折腾,最终,她耗尽耐心,转身回家,离开的同时,她关闭了与阿诺之间的所有通话渠道。回家的公交车上,她一路望着窗外,看雾一点一点起来,路灯射出暖橙色的光,就像列队守卫投来的目光,从车头扫到车尾,又把车头交给下一盏,雾渐浓,光渐柔和,光的边缘模糊不清,在茫茫夜色融作一斑。她把手轻轻搁在肚子上,什么都感觉不到,她为这个尚未出世的生命感到一丝悲哀,任外面的世界变化,它也无法感知,正如它爸爸也无法知晓它的存在。待吟风再也看不清路灯轮廓时,网络恢复的信号声响起,她的心却被雾紧紧缠住,灰蒙蒙的,亮不起来。

接下来几天,雾没散过,就像吟风心头的阴霾,沉沉压在城市的高楼之上,覆满城市的母亲河江面,凝结在目光涣散的行人肩头。幸得云网工作如常,城市运转并无大碍。人人都能接入云网获取数据信息,从而看到"真实"的世界,尽管这真实仅仅建立在 0 和 1 的基础上。

到周末,雾终于散了,消失得一干二净,仿佛从不曾出现。见到久违的阳光,吟风心头多少晴朗了些,所以收到阿诺的信时,她决心给他一个机会。

这个城市的邮政系统依旧存在,当其业务萎缩到一定程度后,使用者也只剩下最忠实的复古信徒,这一小块市场永远消失不了。通过网络发送的讯息不用一秒就能送达,声光影像能营造气氛的多重高潮,可却少了书信承载的郑重感和仪式感。寄出的信,就像一支迟缓的箭,你不知道它能否抵达目的地,也不知道它何时会被阅读。在信上书写下此刻的心情,封上信封贴上邮票投入邮筒的那刻,也就交付出了一部分自己,没有备份的、托付给收信人保管的一部分自己。

阿诺的字很糟糕,一笔一画透着刚学写字的小孩子的别扭,但他写得很认真。吟风读完那三页纸,放下来,又拿起来回味一遍。这是她第一次收到手写的信,大概也是阿诺第一次写信。她不经意跟他提过羡慕上世纪言情小说的女主角,把收到的情书扎成一叠小心压在箱底,待老了翻出来细细回味,追忆青春年华。

阿诺至少还会用心,吟风心里甜甜的,恢复了他的通讯权限。上百条消息记录瞬间涌入移动终端,几乎占满带宽。这个粗线条的家伙,到底还知道着急。吟风打开最近一条消息,还没得及细读,阿诺的影像通讯请求弹出,吟风犹豫一下,选择接受。

"吟风,你终于肯见我了!"阿诺的声音比影像更先传来。

吟风摘下手腕上的移动终端搁在书桌上,将影像输出模式切换成桌面投影,阿诺的三维立体胸像出现在她眼前。

"这叫见吗?"吟风故意板着脸,假装生气,她的气虽消得差不多了,架子还是要端一端的。

"给我十分钟,"阿诺比出两根交叉的食指,"我马上去你家。"

吟风赶忙打断:"诶诶诶,我还没允许你来呢。"

阿诺坐正身体,敛起眼神直视前方,影像忠实呈现了他的姿态。吟风不禁想,他见到的自己是什么样的呢?技术成像是将她的形象扭曲,还是模拟得更为真实?

阿诺沉默片刻,缓缓开口道:"吟风,我错了,原谅我好吗?"

吟风很少看到阿诺正经的样子,他双眉微锁,脸部线条收紧,背脊挺直,双手自然下垂,大概是相握成拳搁在了吟风看不见的大腿上,这副样子浑然不似平时那个松弛随性的家伙,吟风有些不习惯,甚至连心跳都加快了几分,认真的阿诺有点帅气,也许会是个合格的父亲。

"这几天联系不上你,我一直在想各种办法,我发送的所有通讯请求都被直接拒绝,我试着用公共电话打你手机,可一插入信用芯片拨打人信息栏就自动填入了我,我想在你楼下等,却通不过小区的身份认证,我只能给你写信。我第一次写信,以前从没想过会使用这种低效率又无保障的原始沟通方式,我不知道信要寄多久才会到,我每天都给你写,第一封信是四天前寄出的,我不知道你收到了几封。我把所有对你的歉意和想念都写下来,一笔一画写下来,很久没写字了,我只能借助字典,也不知道有多少错字别字。我记得你说过羡慕以前的女孩子收到情书,我想你即使不原谅我至少也能保留这些信,成为老去之后的回忆。我……你能接受我的通讯请求真是太好了,不然我会一直写一直写,不管你能不能收到。没有你,我的心会永远悬着,一直着不了地。"

看阿诺一脸严肃讲了这么多话,吟风有些怀疑这是不是她所认识的陈诺,她的男朋友总是吊儿郎当又呆得像块木头,要他说句情话简直比登天还难,今天这是怎么了?吟风不自觉也坐直起来。

阿诺继续道:"吟风,原谅我好吗?"

"嗯……"吟风摸摸肚子,说不出别的话来。

2

成功。

阿诺看了看智能眼镜视域右下角的时钟,道歉耗时7分43秒,距离刚刚和吟风约定的见面时间还有4小时26分钟39秒,他在第二伊甸的任务栏中键入"挑选生日礼物",设置约束条件为"女"+"50—60岁"+"传统保守",想了想又附注"准丈母娘",按下确认。

方才吟风让他下午陪她去给母亲青忆买生日贺礼,下周末青忆生日那天一同上门,正好也让母亲见见阿诺,好消除她的成见。阿诺检

017

索了记忆库,吟风说过自己的父亲也是个技术宅,那次事故让她母亲对技术宅的敌意和偏见上升到极点,阿诺要博得她的好感没那么容易。好在这是个技术时代,群体的智慧无限,阿诺相信第二伊甸的兄弟们能帮他解决难题,就像他们帮他想出如何让吟风接受道歉一样。

第二伊甸是一个虚拟社区,阿诺讲不清楚它到底是怎么火起来的,他只能从历史上追溯到这片乐土的诞生甚至在御云公司崛起之前。第二伊甸提供群体问题解决服务,就像中国古话说的那样,三个臭皮匠赛过诸葛亮,任何注册用户都能在第二伊甸发布任务,寻求其他人的帮助。聚集在第二伊甸的高质量用户群是第二伊甸的最强智库,描述清晰的任务能在短时间内得到响应;记忆云成熟以后,整合了云服务的第二伊甸功能更显强大,你甚至能在第二伊甸租借大脑运算能力,以适应高强度任务的需要。难能可贵的是,第二伊甸至今还是个独立网站,抵抗住金钱的诱惑,没被任何大公司收购。阿诺在第二伊甸有许多兄弟,尽管他们从未相见,他不知道他们的真名,甚至不确定他们的性别,但他知道他们会帮他,正如他也常常分出一部分精力去帮助他们。

阿诺很庆幸没有在吟风切断与他的联络后选择直接黑掉她的防火墙,而是在第二伊甸寻求帮助。伪造虚假身份的通讯请求对他来说轻而易举,但第二伊甸的兄弟们告诉他,这样只会起到反效果,让吟风更加生气。最终阿诺完全顺从了兄弟们提出的整合致歉方案,一面沉住气不断呼叫吟风,等她自己解除屏蔽,一面给吟风写信,用最慢的邮政系统寄出,这是她唯一没有主动屏蔽他的通讯方式,他还按照兄弟们的建议模拟排练了整个道歉过程,目的就是让吟风知道他很重视她。

结果显而易见，吟风接受了，有时候慢就是快。阿诺爱吟风，可他常常觉得不懂她，女人的心思大概是现代技术永远攻克不了的难关。既然能够解决问题让双方都开心，那他从公共数据库中抽出古旧的言情小说来合成情书，效仿二维电影中的表演来郑重道歉又有什么不对？

阿诺晃进第二伊甸的任务大厅，寻找自己帮得上忙的活儿，要得到帮助必须有相应付出，他不想浪费这四个多小时。

挂在大厅的绝大多数任务提不起阿诺的半点兴趣，太寻常也太简单；坦白来说，阿诺在人情世故方面的知识匮乏，可他觉得那不重要，他应该把更多精力花在需要缜密逻辑和计算机相关知识的地方，日常琐事大可以委托给别人代理，这正是云时代分享智慧的奥义，不是么？

他转进特殊任务区，浏览起置顶任务，编写延迟病毒、开发完美性爱机器人、创造人工智能……开头几项依旧不够刺激，都是些老掉牙的点子，时不时卷土重来却从没被真正解决。他的目光扫到一条颜色和字体都不怎么起眼的消息：

清雾

只有两个字，意义不明，词组搭配奇怪，却莫名触发了阿诺脑中的警铃。他点开任务详情，同时在云端记忆库中搜索相关资料。这是个匿名任务，任务详情里只有一个 9 位数字，没有任何解释。是加密文字通讯频道号码，对方希望通过最原始的文本传输来交换信息，牺牲沟通效率来换取安全程度，这一定是项绝密任务，要不就是对方在故弄玄虚。阿诺的记忆库检索结果显示无匹配资料，奇怪，这熟悉感从何而来？难道是记忆库有疏漏？阿诺没太在意，把这项任务的关注度设为"中级"，继续往下浏览其他任务。

三

1

门铃响起时，徐青忆正在对付一只鸽子。她带着满手鸽子毛去开门，门外站着女儿吟风和一名陌生男子。

"吟风，你怎么来了？"

"妈，这是陈诺。"

母女两人同时开口。

柠檬草的味道，何语的味道。青忆愣在门边。

"妈，我不是说了会早点来帮忙嘛，"吟风说着，一面把那名男子领进门，"不用换拖鞋，直接进去吧。"

女儿说过今天会来么？青忆没有一点印象，嘴上却应着："我一个人能搞定的呀，你来只会添乱。"

青忆上下打量那名男子，高高瘦瘦，黑框眼镜，格子衬衫加牛仔裤，有几分像年轻时的何语。吟风把手里的纸盒子塞给他，说："蛋糕不用放冰箱，搁那边桌上吧。"两人关系相当亲密，是在处对象吗？对象……刚刚女儿说他叫什么来着？什么诺……陈诺！就是那个女儿一直提起的男朋友啊。

"买蛋糕做什么啦？"青忆觉得奇怪。

"过生日啊，怎么能没有蛋糕。"吟风说着径直走进厨房，青忆忙跟进去，来不及细想是谁的生日。

女儿四下打量，开口道："妈，你把菜都放哪里啦？怎么就这么点东西。"

菜？糟糕，青忆今早买菜备的是一人分量，哪里够三个人吃呢，她敷衍道："我还没来得及出去买呢，这些……这些是我昨天买多了剩下的。"

"那也别麻烦了，我去菜场买点蔬菜，再称点熟食吧。妈，你在家把鸽子处理完炖汤吧，我马上回来。"

青忆应和着，吟风已经出了门，留下她和陈诺两人在屋里。

青忆偷偷瞥向陈诺，发现对方也正望向这边，她一阵慌张，忙开口说："你喝点什么吗？"

陈诺几乎是立刻回话："可乐吧，谢谢伯母。"

"哎呀，不好意思，家里没可乐，"何语走后，青忆再也不在家里置备不健康的碳酸饮料，"你喝不喝茶？黄山毛峰或者西湖龙井？"

"不用了，还是不麻烦了。"陈诺一屁股坐到沙发上，又马上弹了起来，走向青忆，"我来帮忙吧，伯母有什么我能做的吗？"

青忆忙摆手，"不用不用，你坐着就好了呀。"

手上的鸽子毛飞起来，几根细短的羽毛浮在空中，被搅乱的气流托住，几秒后又被地心引力缚住，缓缓落向地面。

陈诺闻话，停在半路，用右手大拇指刮了刮鼻尖，说："嗯，那我就不给伯母添乱了。"他牵起右边嘴角，扯出一个微笑，那微笑带点痞气，却很干净。

真是像极了何语，不是长相，而是气质，连小动作都如出一辙，怪不得女儿会喜欢这小子，青忆有点懂了。可正因如此，才必须阻止他们在一起，青忆不想看女儿和自己一样受罪，这对鸳鸯她是拆定了。

2

等到三人在饭桌前坐定，已是晌午时分。

吟风推推陈诺，他突然意识到什么，俯身提起脚边的纸袋子，站起来双手递给青忆，说："伯母，这是吟风和我给您准备的生日礼物。"

生日礼物？青忆接过袋子，从里面掏出一条酒红色羊绒围巾。颜色很好看，青忆从年轻时起就一直喜欢酒红，何语说过这沉稳优雅的色调很称她的气质。

"妈，这是陈诺买给你的礼物，颜色也是他挑的，知道你过阴历生日，特地今天送你，喜不喜欢？"吟风的话中充满期待。

今天是自己阴历生日？青忆一怔，若不是女儿提起，她压根记不起来，到底还是女儿孝顺啊。青忆心里泛甜，嘴上却说："浪费什么钱嘛，也不晓得这羊绒好不好，男人根本挑不来东西，我一个老太婆哪里用得了这么洋气的颜色。"

吟风急道："妈，这是陈诺的一片心意啊。"

陈诺抢过话头，说道："伯母，我第一次给长辈买礼物，挑得不好还请见谅。要是不喜欢这颜色可以去店里换，不过我觉得酒红色又稳重又典雅，很适合伯母，戴上就像年轻了十岁。"

青忆听了心里舒服，她摸摸围巾，又轻又软，手感不错，道："算了吧，买都买了。不过你可别以为一条围巾就能换走我女儿了，过生日这种场合连个蛋糕都不买,你连她从小嗜甜都不晓得吧。"

"妈,我们买了蛋糕来的呀,就在茶几上,刚刚还是你把蛋糕从饭桌上挪过去的呢。"吟风的声音有几分讶异。

有蛋糕?青忆想起来似乎是有这么回事。"哦,哦……我就提醒你一句,吟风从小爱吃甜的,你可别让她吃苦。"青忆冲陈诺讲,未等他回答又补道:"当然她还不一定会跟你呢,我们吟风打小就很多人追,光被我打出门去的就不知道有多少……"

"妈——"吟风截断了青忆的话,"别乱讲。"

陈诺却只是笑笑,答道:"伯母放心,我绝不会让吟风吃苦的,苦的归我,甜的归她;其他追求者我也不怕,我相信自己,更相信吟风。"

跟何语当年说的简直一模一样,青忆有些失神,随口应道:"都只是说说而已,谁知道真的假的。"

"好了,别说啦,"吟风举起筷子,"快吃饭吧,菜都凉了。"

3

蛋糕抬上桌面时,吟风已有些倦了。整顿饭期间,母亲青忆不断在挑阿诺的刺,无论吟风怎么转移话题,青忆都不肯停歇;出乎吟风意料的倒是阿诺,他一改平日不通世故的表现,面对母亲的刁难,竟能避开话里的锋芒圆滑应对,做出合适的回答,看来事先下了不少功夫,他到底是重视这事儿的,这让吟风很受用。

母亲的态度却让她为难,她本想趁今天领阿诺上门,让母亲见见阿诺,消除成见接受他,同意他俩的事,随后宣布自己怀孕的消息,可谁料母亲如此坚持挤兑阿诺,让她措手不及。

023

吟风能猜到母亲不喜欢阿诺的原因，他太像父亲了。

父亲何语出事时，吟风只有八岁。记忆中，当程序员的父亲很少在家，偶尔在家也总是鼓捣着他的新鲜玩意儿。吟风记得自己很小的时候缠着父亲玩，他却沉浸在最新款的虚拟实境游戏中，连吟风爬到他膝上都毫无反应；随着游戏中一个猛烈动作，吟风被甩了出去，她的额头撞上桌角，去医院缝了五针。自此，她再也没对父亲撒过娇。吟风羡慕其他女孩子，她们的父亲宠溺女儿就像宠溺公主，周末带去游乐场，时不时买回好吃的零食，可吟风就连被父亲牵着手出门散步的记忆都很稀有。但她也为自己的父亲自豪，上小学之前，她根本没意识到父亲走在技术潮流的最前沿，直到她坐进小学课堂，才发现父亲的时髦。那会儿云网概念才普及没多久，这座城市的无线云网覆盖率才刚达到61.9%，吟风长大后查阅统计年鉴才得到这个数字，可当时的她觉得云网无所不在；小学一年级的吟风已经拥有整套可穿戴云享设备，云享耳麦能录下语文课上老师的深情朗诵，云享眼镜则能摄下舞蹈课上老师的优美示范动作，所有这些录音录像都通过云网被上传到云端，供吟风随时复习，她的成绩因此名列前茅。班里其他同学压根没见过那些先进设备，纷纷对她投来艳羡的目光。可云享耳麦也好眼镜也好都不过是吟风父亲随手扔给她的旧玩具，他自己早就将更新的设备收入囊中。

吟风相信，父亲是爱母亲的，在他想得起来的时候。他可以在母亲生日时蒙上她的眼睛，一路扶她到江边，看他黑掉对岸大楼的照明系统，在外墙上用灯光打出母亲的姓名首字母和大大的爱心；他也可以一连几周不回家，全身心扎进工作只为开发一个新程序。只有那样的父亲才会不顾母亲的阻拦，志愿参与记忆上传实验。

二十年前的诺贝尔生理学或医学奖被颁发给两位华裔脑神经科学家，他们成功破解了人脑记忆转化为电子数据的秘密。记忆被他们分为两种——通过阅读、观看、听讲等学习过程获得的知识性记忆和事件经历、感官感觉等体验性记忆，人类大脑在他们手中化作一块可读写的硬盘，体验性记忆得以脱离文字、图像等载体，直接被抽象成一组对大脑特定区块施加刺激的信号，从而能够被直接记录与复现，使得记忆上传和下载成为可能。但在最初的实验中，他们却忽视了最简单的备份。作为志愿者家属，母亲最终得到的是一份巨额保险和一纸道歉信："由于实验失误，何语先生的体验性记忆全部遗失。体验性记忆电子化课题组向您致以诚挚的歉意，并感谢何语先生对人类科学进步作出的不朽贡献。"简单来说，父亲失忆了，母亲和吟风成了他眼中的陌生人。

这对母亲来说是莫大的打击，八岁的吟风被迫迅速成长。一开始母亲还试图挽回，她求助于科学家、公益机构，甚至媒体，企图找到办法寻回丈夫的记忆，可结果却令她一次又一次失望。终于在某一天，父亲离家出走了，也许是厌倦了被各方当做实验品尝试种种唤回记忆的方法，也许是名义上的妻子女儿实则对他而言全然陌生使他恐慌，他选择离开，消失得无影无踪。

这么多年来，父亲一直是母女俩避而不谈的话题。吟风有时会想，父亲的生活一定比她们轻松，他没有需要负担的沉重过去，说不定在某处重建了幸福家庭。母亲觉得是父亲辜负了她们母女俩，吟风却不这么认为。那只是一起意外，和车祸、空难、恐怖分子袭击一样的意外，并非父亲主动选择的结果；发生意外之后，丧失所有体验性记忆的父亲已不再记得与母女俩有关的任何事情，情感纽带被生生割断,又凭什么要求他和两位陌生人生活在同一屋檐下,分享她们的痛苦与焦虑呢?某种程度上来说,恰恰是记忆构成了人格的基础。失去记忆的父亲,也不再是父亲。

阿诺很像父亲,可吟风并不觉得自己因此才爱上他。等她意识到这种相像时,已过了两人的热恋期。吟风理智地分析过,认为是阿诺身上的活力和冲劲吸引了他。和父亲一样,阿诺也是个程序员,和所有极客一样痴迷最新技术,同代码的亲密程度远胜于同人的亲密程度。阿诺的思维敏捷,反应迅速,他很早就植入了内置接口,将所有记忆上传到云端。如今的技术早就能保证上传记忆安全可靠,年轻人或多或少都会将一部分记忆上传,以使自己的大脑运转速度更快。在御云公司的多重安全保障措施下,根本无需担心记忆丢失,"Safer than your mind(比你的大脑更安全)"是他们的口号。可母亲却不这么认为,父亲遭遇的事故在她心中留下一道疤,所有现代科技在母亲眼中都被贴上了"不可靠"的标签,更何况阿诺这么个高度依赖技术的人。也许是命运的刻意嘲弄,阿诺也比吟风小三岁,就如父亲小母亲三岁一样。

在吟风沉思犹豫的档口,母亲开口说道:"你们来吃饭就来吃饭嘛,买什么蛋糕啊,又没人过生日。"

"妈……今天是你阴历生日啊,你忘了吗?"吟风意识到母亲有些不对劲,这是她今天第三次问起生日蛋糕,即便健忘也不该如此。

"哦,哦……我就觉得,没什么必要……"坐在对面的母亲敷衍着,眼神游离。

"妈,你怎么了?"

"没啊,什么怎么了。"母亲往回缩了缩身体,扭头避开了吟风的视线。

一定有事。吟风知道这样问不出来。难道是看到阿诺想起了父亲?可母亲这么针对他也不像高兴的样子。那是母亲有了新的爱人?但这也是好消息啊。不是心事的话……莫非母亲病了?

"伯母一定是看到我们来给她贺寿太高兴了,"一旁的阿诺插话,"往后我们一定常来看您。"

母亲却不买账,"吟风一个人来看我就够了,你还是不用了。"

又开始了,也许还是告诉他们比较好?至少能让母亲有件高兴的事情,何况,有了孩子她也不会那么反对阿诺和自己在一起了吧,这么说来还能借口让母亲陪自己做孕期检查拖她到医院去看看。吟风下定决心。

4

母亲许完愿吹灭蜡烛,站起身准备切蛋糕,吟风鼓足勇气。

"妈,阿诺,"吟风看了看两人,"我有件事要告诉你们,"她停下深吸一口气,"我怀孕了。"

一片沉默。

阿诺先反应过来。"我……我要当爸爸了?"他的声音带着一丝不确定。

吟风深情注视着他的眼睛,点点头。

"我要当爸爸了!"兴奋之情从他的声音里溢出,他张开双臂一把抱住吟风,"吟风吟风吟风,你为什么不早点告诉我,我要当爸爸了啊!"

吟风被阿诺抱得有些透不过气,她小心地把头扭向母亲的方向,悄悄观察她的反应。

母亲低头看着蛋糕,面无表情,她顿了一会儿,操起刀切蛋糕。那柄一次性塑料刀在母亲手里仿佛有千斤重,直直砍向蛋糕,鲜奶蛋糕质地虽软,却没那么容易被从天落下的塑料刀劈开,带锯齿的刀刃并不锋利;母亲抬起手臂,又是一刀。

吟风挣脱阿诺的怀抱,把他推开到一旁,轻声说:"妈,得从边上切,要不我来吧。"

母亲没有停,直直又砍下一刀,"在你眼里我连个蛋糕都切不了么?我还没老到那个地步,"

"我不是这个意思,我……"吟风想要辩解。

"你翅膀硬了,不需要我这个妈了吧。"母亲打断她。

"妈……"吟风不知该说什么,这和她料想的反应完全不同,母亲不是总期望着哪天能抱上外孙么?

阿诺握住吟风的手,正色道:"我一定会好好照顾吟风和孩子的,您就放心吧,伯母,不,妈……"

"你没资格叫我妈!"母亲陡然拔高嗓音,她抬起头瞪向吟风,看也不看阿诺,说道:"要是和这小子在一起,你也别叫我妈了。"

"可是孩子……"吟风的右手不自觉搭上腹部。

母亲冷笑一声,"呵,没爹的孩子一样长得大,你最清楚了不是么?"

"妈,别这样……"吟风最见不得母亲想起父亲的样子。

"与其长到一半丢了爹,还不如一开始就……"母亲话说到一半,突然伸手扶额,身子一歪,往地上倒去。

阿诺急冲向前,托住晕倒的青忆,回头对吟风说:"去医院吧。"

四

1

在医院等待青忆的检查结果时,阿诺仍然沉浸在即将为人父的喜悦之中。

他就要当爸爸了。

阿诺是个孤儿,他没有任何关于自己父母的记忆。他在孤儿院长到五岁,从智商测试中脱颖而出,被送进御云学院,学习数学、逻辑、算法和编程,至少档案如此记录。阿诺从不怀疑客观记录。对于五岁以前的记忆,他并没有多少印象;五岁以后他就开始上传记忆,一开始借助大型仪器和外接设备,十岁那年他便拥有了植入式接口,得以随时随地将记忆上传。五岁以来的所有记忆都被他保存在记忆库中,御云学院学生的特殊身份使他拥有无限的记忆云存储空间,他给库中的记忆分门别类加上标签,方便从云端检索调用。云端的记忆不仅可供个人使用,更能与他人分享;当然,为了避免记忆错乱的情况发生,政府限制了分享记忆的拟真度,只有少数醉酒者或瘾君子在极不清醒的情况下才会将别人分享的记忆误当作自己的。阿诺分享过不少自己的记忆,也体验过他人的人生片段。他最喜欢家庭生活幸福美满的童年记忆,妈妈给孩子讲的睡前故事,一家三口去郊外野餐,他也想有个家。阿诺知道自己没法改变过去,只能期待未来,认识吟风后,这种感觉更为强烈,他想和吟风共建家庭;吟风怀孕的消息让他相信这个未来并不遥远。

可吟风母亲的态度却让他有些不安。阿诺事先就从吟风那里了解到未来丈母娘对自己的不友好态度，为了给她一个好印象，他在网上找到二百八十七段准女婿上门拜见丈母娘的记忆分享，分析他们的行为，将之抽象为二十四种应答模式，他将包含这些应答模式的数据包保存在移动终端上，又在第二伊甸建了一个任务讨论区以便实时求助。说实话，他对自己今天的表现挺满意，尽管吟风母亲一直在百般刁难，阿诺却都应付下来，至少没有难堪到下不了台。可是，准丈母娘的态度却没有丝毫改变，自始至终都明显反对吟风和阿诺在一起。即便吟风搬出肚子里的孩子，都无助于扭转她母亲的态度；阿诺甚至觉得，吟风怀孕一事让她母亲的反感更加强烈。她最后的晕倒出乎阿诺预料，难道是因为过度愤怒？还是为了阻止他和吟风而在演戏？

阿诺私下调查过吟风的母亲。徐青忆，五十七岁，曾是一名中学语文教师。二十年前，她的丈夫何语志愿参与记忆上传实验，丢失了所有体验性记忆，事故原因不明，媒体普遍推测是由于实验疏忽忘记备份。徐青忆在丈夫出事后曾向各方求助申诉，一时之间被媒体广泛报道，可这些求助皆无果，媒体关注度也渐渐降低。据吟风说，她父亲某天突然毫无征兆消失了，她母亲的奔走也就此消停。除此之外，网上能找到的关于徐青忆的资料很少，只有她早年发在文学刊物上的诗歌和散文作品。随着传统出版业的式微，她发表的作品也日渐减少，结婚后更是销声匿迹，看来徐青忆在婚后将大部分精力投入了家庭生活。阿诺没有找到徐青忆的相关病史。个人医疗记录虽说对外保密，侵入医院数据库对阿诺来说却不难。徐青忆似乎很少生病，至少很少就医，这些年来除了偶尔的皮肤过敏和一次急性肠胃炎外再没有别的诊疗记录，她也没有定期体检的习惯。

就吟风母亲今天的状况来看，阿诺怀疑她是年纪大了犯迷糊，不记得几分钟前发生的事情，健忘，短期记忆能力衰退，也许该建议她进行记忆上传。阿诺猜徐青忆很少上传记忆，甚至可能完全没有备份过任何记忆，这在现代社会很罕见，只有少数顽固的守旧派才会这么做。这种固执风险很大，人脑记忆模糊而不可靠，一旦忘却便很难再寻回，无论是从个人生活维系还是人类整体经验传承的角度来说，拒绝记忆上传都不可取。如果能说服她进行记忆上传，阿诺或许有机会修改几个小小的参数，也许这样就能改变未来丈母娘对自己的态度……

2

就在阿诺沉思间，医院的语音提示系统开始广播："请徐青忆家属至23号诊疗室，请徐青忆家属……"

一旁的吟风触电般跳起来，她抬头四处寻找指示牌。阿诺站起来握住吟风的左手，领她拐出走廊，在她耳边轻声说："这边。"

诊疗室的样子同线上医院没多大区别，一样的纯白墙壁，极简化的室内设计。

"徐青忆家属？"桌子对面的医生着白大褂，戴金丝边眼镜，阿诺推测那是他的移动终端，同阿诺自己那台一样，信息会在镜片上显示，以便让医生更直观地获取病人过往病史、检查结果等相关信息。

吟风往前坐了坐，点头说道："是的，我是她女儿。"他察觉到她手心冰凉。

医生微微收了收下颌，表示确认，复又开口："你母亲在里间休息，没有什么危险，只是情况有点麻烦。"

吟风紧紧攥着阿诺的手,静静等候下文。

"早发性阿兹海默症。"医生平静地宣布审判结果。

"什么?"吟风的声音中有几分困惑。

与此同时,阿诺通过云网检索起"早发性阿兹海默症"。

阿兹海默症,或称脑退化症,是一种持续性的神经功能障碍,多发于六十五岁以上的老人,也有少见的早发性阿兹海默症,病患会提前发病;最近十年,全球阿兹海默症病患比率显著提高,发病年龄提前,医学研究猜测这与人类生理记忆机能退化有关,目前尚未得到证实。疾病初期症状为难以记住最近发生的事情,随着病情发展,将会产生谵妄、易怒、具攻击性、情绪起伏不定、丧失长期记忆等症状。当病患功能下降时,会从家庭和社会的社交关系中退出,随着身体功能逐渐丧失,最终死亡。目前医学尚未有有效治愈阿兹海默症的方式,一般采用记忆上传方式保存病患记忆,以提高其晚年生活质量,减轻照护者的压力。

记忆上传,阿诺的心提了起来。

医生的解说和阿诺查到的资料大致相同,吟风听到一点一点陷进座椅,最后,她用颤抖的声音问道:"病患,一般能活多久?"

医生推了推眼镜:"视病情发展而定,很难预测患后;平均而言,病患确诊后的存活期为七年,但这只是一个平均数。"

"七年……"吟风喃喃道。

"如果进行记忆上传呢?"阿诺问道,努力抑制自己的心跳。

医生摇摇头:"没有用,记忆上传只能帮助病患保存记忆,对于控制和减缓大脑的病理学变化没有帮助。"

这不是阿诺想要的回答,他继续问道:"但记忆上传能提高患者的生活质量吧?"

"确实是，"医生证实，"记忆上传与脑力锻炼、运动、均衡饮食等传统治疗方法的最大区别在于，它能通过将患者记忆保存在外部存储设备，并借助云网实现实时读取，使患者的记忆衰退表征没有那么明显，从而提高病患晚年的生活质量，减轻照护者压力。"

阿诺想要的就是这句，记忆上传的好处。

"记忆上传……"吟风重复道，"上传病患记忆的话会有副作用么？"

"从临床表现来看，没有显著副作用。只是，如果可能的话，尽量不要让病患知道自己得病，以减少对她的精神刺激。"医生顿了下，又说："如果要上传记忆，最好尽快，越早上传，能够保存的记忆就越多。"

3

从医院回家途中，吟风故作轻松，阿诺当然也是万分配合，两人努力让青忆相信她只是因为低血糖而晕倒，静养几天就好。

待到将青忆安顿好睡下，阿诺陪吟风回她住处去拿换洗衣物，以便她到青忆家小住几天照顾母亲。一路上，吟风都很沉默。阿诺搂着吟风的肩，试图给她一个支点，心中某个念头却不断盘旋变大。

到吟风住所时，阿诺差不多也完成了运算，计划可行度大于75%，值得冒险。他打开酒柜，倒上两杯威士忌，又往其中一杯中加上两块冰块，把没加冰的那杯递给吟风。

"上传记忆吧。"阿诺盯着手中的酒杯，酒面微微晃动，隐隐约约映出吟风的脸。

"可是，该怎么跟妈说啊，"吟风的声音有些无力，"毫无由头就提出让她上传记忆，她肯定会起疑的。"

"别让她发现自己的记忆被上传就行了。"阿诺早有准备。

"不被发现?"吟风无法相信,"上传记忆的过程本身也会形成记忆啊,怎么能不让她发现?"

"我有办法。"阿诺将杯中酒一饮而尽。

五

1

上班路上,吟风昏昏沉沉。

昨晚她没怎么睡,满脑子都在想母亲的病,辗转难眠。母亲家离公司有点远,两次换乘十九站地铁,吟风不得不起个大早。

地铁车厢很安静,每个人都抓紧这宝贵的时间,或者补觉,或者接入云网通过移动终端浏览新闻、阅读邮件、播放影音,无论是站着还是坐着。吟风有些困,可她不敢闭眼小憩,生怕坐过站错过换乘,公司对于上班时间要求很严。

车厢依旧配备移动电视,总有像吟风这样没有沉浸在个人世界中的乘客。移动电视上滚动播放着广告,御云公司推出了实时记忆共享的新业务,"与远在天边的亲友共享宝贵一刻"。广告里说,记忆的实时共享延迟将不超过0.02秒,无论物理距离多远,都能亲临现场般拥有同样记忆。记忆似乎真的连成了一片云,也许哪天人们甚至可以实时共享整个大脑,相互连结的大脑是否会形成某种新的智慧形式,某种集体意识?要是那样,吟风愿意与母亲共享大脑,这样她的病也就没那么可怕了吧。

吟风答应阿诺考虑一下。她不能让母亲知道自己的病情,她只能替母亲做决定。吟风知道母亲向来反感技术，不信任记忆上传，无论如何都不会主动答应进行上传。母亲的固执持续了二十年，正如她二十年来都无法忘记父亲。

阿诺说他有办法在不让母亲发现的情况下完成她的记忆上传，同样有办法在不让母亲察觉的情况下让她能够实时调取自己在云端的记忆，从而缓解记忆衰退现象。这样能避免引起母亲的怀疑和恐慌，也能减轻吟风照顾母亲的压力。

可是，吟风不确定自己是否有权利替母亲做出决定。记忆是母亲自己的，她有权选择自然遗忘或是通过人工手段去记住；吟风虽然是她的女儿，却无权剥夺母亲自由选择的权利。但母亲却不能知道自己的病情，吟风清楚地知道母亲一定会拒绝无缘无故的记忆上传提议；假如她知道自己的情况又会如何？吟风无法判断。

2

一到公司，吟风便被叫进主管办公室。她心下不免疑惑，方才的困意一扫而空。工作上的所有指示，历来都是主管通过网络发送，除了上次云网中断，她从未与主管当面讲过话，更别说单独会面，甚至连楼层的这个角落她都从未接近过。做好本职工作，不去多管闲事，这是 Reservoir 里不成文的规矩。

主管办公室位于楼层角落，门口的铭牌上用严肃乏味的字体写着：

人力资源部门主管　孟溪霖

Director of Human Resource Department CELINE MENG

原来主管的真名这么文艺，和她严肃的外表不怎么相符啊，吟风不由一笑，敲门而入。

主管正站在那两面成90度夹角的落地玻璃窗前俯瞰江景，听到吟风进门，她回到桌边坐下。

"何吟风，"主管没有叫她的英语名字，而是不同寻常地用中文全名来称呼她，"你觉得最近自己的工作表现如何？"

吟风检查了自己的绩效指数，回答道："根据数据显示，我最近一个月内工作表现为一般，与往期无显著差异。"

主管双手交叉，搁到办公桌上，继续问道："那么你的情绪波动呢？"

情绪波动的监察由吟风自己所在的员工幸福指数测评小组负责，她照实回答："我最近两周内的情绪波动高于标准水平8.5%。"

"你知道自己的工作职责吗？"主管的目光向吟风投来，经过镜片的过滤，不知为何那目光让吟风感到一丝寒意。

"通过检查公司员工的情绪波动，发现其工作效率变化原因，并在出现异常数据时通过人工手法进行修正，以确保员工在工作中情绪稳定，感到幸福。"吟风一字不差背出自己职位描述中的段落。

"那么，你明白为什么自己目前不能胜任这个职位了吧，"主管低下头，"收拾东西吧，今天办妥离职手续，Elsa会来和你交接。"

主管的话完全出乎吟风所料，她争辩道："可是，我的情绪波动并没有影响到工作效率啊！"

主管没有看她："你的职位特殊，任何一点主观色彩都会影响你的判断，我们不能冒这个风险，让自身情绪并不稳定的人来对全公司员工做出判断。"

吟风脑中炸开一片惊雷。她不能失去这份工作，她需要这份收入,母亲的病,还有肚子里的孩子。对了,孩子。她仿佛抓住了救命稻草:"我怀孕了,公司不能辞退我。"

"你怀孕多久了?"主管似乎早有准备。

吟风愣了一下,答道:"大概两个月。"

"按照法律,在事先不知情的情况下,公司有权出于其他考虑辞退怀孕三个月内的员工,并发放相当于八个月工资的一次性补贴。当然,像我们这样人性化的公司,为员工提供不限时的休养待孕期,休养期时长以公司决定为准,休养期间给予最低补贴,但相应地,员工在等待公司通知召回期间不得与其他机构签订任何形式的劳动合同。你可以自己选择。"

接受,她将获得八个月的工资以及自由身,不接受,她会在每个月获得少得可怜的最低补助,却没法找其他工作,被困在这无期徒刑中。吟风迟疑片刻,回答道:"好吧,我接受公司辞退。"

主管转过椅子,背对吟风,"你的补贴会在一周内到账,你所享受的公司福利会于一个月后终止,届时你和你的家人将不再享受公司提供的额外医疗保险。"

苦涩涌上吟风心头。她离开前,又瞥了一眼主管的发髻,依旧盘得一丝不苟,她在一个多星期前注意到的银发却似乎不见了。

3

吟风约摸半个月前得知自己怀孕的消息,她当时确实兴奋了一阵,紧接着阿诺的失约又让她郁闷,可她能确定自己的情绪波动处于正常阈值内,距异常参数值还离得很远;昨天母亲的晕倒确实让她的心境遭受了不小的震动,可今天是她在知道母亲的病后第一天来上班，还没来得及对自己的当日情绪参数做例行测定就被叫去见主管，公司管理层没有理由预见这一不稳定因素的存在。

吟风确实处于一个特殊职位之上，但所有员工的当日情绪参数都由程序测定，并由计算机绘制情绪波动曲线，出现异常时自动发出警报，吟风所要做的就是确保这一过程顺利进行，并对异常参数进行复查。她个人轻微的情绪波动并不会影响她的判断，一般而言，被判定为异常的情绪波动要高于标准水平25％。公司没有理由因为区区8.5％的波动就断定她失去理性判断的能力；除非，公司通过某种途径预见到她未来几个月内情绪可能产生的更大波动，也就是说公司第一时间得知了母亲的病和吟风怀孕的消息。

每个人的医疗信息都是保密的，即使是用人公司也无权获取员工的个人医疗记录，更别提员工家属的了。吟风没有跟阿诺与母亲之外的任何人提起自己怀孕的事，母亲的病也只有阿诺与自己知道。阿诺不可能把这些讲给其他人听，凭吟风对他的了解，她断定他至少还懂得什么是不该说的，何况阿诺也是昨天才知道这两件事。母亲就更不可能泄露消息了，她至今仍躺在床上，对自己的病情一无所知，至少吟风希望如此。

难道公司读取了吟风的记忆？不，这不可能，吟风并不是记忆上传的积极拥护者，她只在必要时上传重要记忆作为备份，最近一段时间根本没有任何上传行为，公司不可能直接进入吟风的脑海读取她的记忆。母亲更是从未上传过任何记忆，她几乎就是一个与现代科技隔绝的个体。在医院工作的医生和护士都有强制保密协议制约，无法泄露关于病患的任何消息。难道是阿诺？吟风知道阿诺习惯将记忆实时上传，可阿诺也算得上顶级黑客，如果他自己的记忆被他人非法读取,又怎会无所察觉。

吟风毫无头绪,她现在唯一能确定的就是母亲青忆享受的公司员工家属额外医疗保险将于一个月后自动终止,母亲的治疗必须尽快开始,她不得不为母亲作出决定,上传她的记忆。吟风通过网络电话呼叫阿诺。

六

1

准备工作并不简单。

御云公司的数据库安保措施相当周密,即便是在公司内拥有次高级别权限的数据安全监察员陈诺也无法进入用户的私人记忆库。要进行外界干预,只能在用户上传记忆的过程中,在记忆被数字信号化之后,保存到御云公司的记忆库中之前。

阿诺编写了一个拟态记忆数据包,为自己争取到十二分钟。在记忆上传的最开始十二分钟里,这个被阿诺称为"青韵"的数据包将被发送到御云公司的记忆接收中心,数据包里填塞的均为人工合成记忆,由阿诺从公开记忆数据库和影像资料中提取随机拼凑。

这种杂乱的印象式记忆在体验性记忆实际上传过程中十分普遍,许多人的记忆中都充斥着来历不明的模糊印象,可能源自梦境,可能源自电影,也可能源自对于某本小说场景的想象,这些碎片化的印象会被归为"灰色记忆",系统无法对其进行自动分类。灰色记忆会被保存在用户的记忆库中,日常检索却不会被触及,除非用户手动对其添加标签。

　　一般而言，灰色记忆的实用性很低，保密级别也较低，公安侦查案件和心理医生辅助治疗时可以申请权限调用，在日常生活中却很少有人实际用到灰色记忆。记忆在人脑中存留时间越长，就越容易退化成灰色记忆，这也是阿诺选择实时上传记忆的原因之一，他想让所有过去的记忆保持鲜活。

　　医用记忆上传设备很庞大，仿佛一个巨茧，将徐青忆挟裹其中，笨重却安全，能将记忆上传过程中的外界干扰降到最低，却防不住阿诺从中央控制系统切入的命令。这台设备会读取徐青忆脑海中的记忆，并将其转化为数字信号，而御云公司的记忆接收中心则会在12分钟后收到徐青忆的真实记忆数据并将其存储到重重加密的记忆库中。为了在这12分钟内筛选出关键记忆片段并完成删改，阿诺在第二伊甸租用了云脑计算服务，他将借助这些临时资源完成任务。

2

　　倒数5分钟。云网链接正常。

　　倒数1分钟。医用记忆上传设备数据截获准备。

　　倒数10秒。"青韵"就绪。

　　3、2、1。行动。

　　如潮的回忆向阿诺涌来。

　　青灰色的巷子，飘着朦胧的细雨。身旁男子的衣服上有好闻的柠檬草香味，他右手打着伞，伞斜向右边。男子有着挺括的下巴，右边嘴角扬起，笑容带些痞气，却很干净。巷子里没有别的人，一路铺满苔藓的青砖，就这么延伸下去，消失在前方的雨帘中，好像消失在时间尽头。"你知道吗,青忆,"男子的声音有点沙,"我很喜欢这种天气,雨丝就好像数据流,绵延不绝,串联起过去和未来……"

闪动的白炽灯,投下的光明灭不定。桌下一地破裂的瓷器碎片。"你一定要去吗?"女人的声音。对面的男子默然。他高高瘦瘦,黑框眼镜,格子衬衫加牛仔裤。"你考虑过我和吟风吗?"女人的声音在颤抖。"这个实验可能改变人类的未来。"男人盯着地面。"不一定非得是你啊,"女人的声音带上了乞求,"求你了,别去。""对不起,"男人抬起右手拇指蹭了蹭自己的鼻尖,"我会回来的。"他转身离开,自始至终没有抬起过视线……

"我不是何语!别再逼我了好吗!"男人咆哮。他双手抱头,痛苦地摇晃,"我什么都想不起来。"向前几步,小心靠近男人,伸出双臂试图抱他。男人触电般后退,双手护在胸前,眼神充满惊恐,"别碰我,我不认识你!"衣角被扯了扯,低头看去,八九岁的小女孩,梳着两条麻花辫。小女孩走上前去,伸手环住男人的腰,叫道:"爸爸。"男人俯下身,一根一根掰开小女孩的手指:"我不是你爸爸……"

这是陈诺第一次如此完整地窥视他人记忆。

他几乎不在本地保存记忆,每次重新读取自己的记忆总会在一开始让他感觉陌生,但很快就能回想起那种熟悉感。那感觉就好像在湖面上投下一枚石子,涟漪荡开,平静的湖面泛起阵阵波纹。阿诺实时上传记忆后会同步删除本地备份,以给大脑腾出更多计算空间,进行更高效的逻辑思考。从理论上来说,本地删除的记忆不会在大脑中留下残余数据,但记忆留下的那种感觉却无法去除,只要一个引子,便能唤回。

他也时常导入他人的共享记忆,那些记忆场景对他来说很新鲜,却因经过拟真度调整显得模糊而不真实。

徐青忆的记忆带给他的感觉很特别。

她很少有清晰的近期记忆，最近几周甚至几天内的生活记忆边缘模糊，融成一团，好像在室外透过结霜的玻璃窗看向屋内，只有大致的色块，看不清具体细节。感觉最强烈、棱角最鲜明的记忆来自遥远的过去，它们似乎在漫长的岁月中被一遍遍回放，带着厚重的个人主观色彩。而这些记忆，让阿诺感到异样的熟悉，不是读取自己记忆的那种熟悉感，更像是……更像是通过他人的视角观看自己的记忆，同一场景在不同人脑海中的复演。有那么一瞬间，阿诺怀疑青忆记忆中的那个男人就是他自己，可理性马上否定了他的怀疑。这不可能，阿诺比青忆小三十多岁，而她记忆中的男人和她一般大小。

阿诺迅速从脑中清除奇怪的想法，着手寻找记忆删改的切入点。这在平时并不容易，记忆删改很容易让原始记忆拥有者产生异样感觉，可是青忆的近期记忆本就模糊，支离破碎。阿诺找到青忆从在家中醒来开始到隔天被带到医院接受所谓"检查"却进了记忆上传室的那段，裁切下来删除，并对那之前的记忆进行模糊化处理。

这还不够。删改只是为了让青忆忘记记忆上传的事儿，阿诺还有更重要的目标。他又调出一段代码，在青忆被读取的记忆信号下埋进一块蒙版，蒙版上植入了对于陈诺这个个体的正面印象。这回，丈母娘想不喜欢他都难。

完成。

阿诺的意识回到现实，他发现自己手心沁出了汗。

吟凤焦急的脸庞凑上来："怎么样？"

阿诺比出 OK 的手势，说道："没问题。"

"我看仪器的指示灯灭了,可你这边过了十多分钟还是没有动静,差点以为你失败了。"吟风无不担忧地说。

阿诺右边嘴角上扬,牵出一个微笑:"你还不相信你的男朋友么?"说着,他搂过吟风,给了她一个吻。

七

1

母亲还睡着。

吟风不记得自己有多少年没有像这样守在母亲的床边了。她的皮肤松了皱了,曾经白皙的肤色酿出淡淡的黄,就像在衣柜里挂久了的白衬衫,没收纳妥当,起皱泛色。吟风记得母亲年轻时的眉毛很好看,像是用紫毫蘸了墨轻轻画上的,可如今她的眉毛稀疏杂乱,眉头紧锁,她微微抿嘴,嘴唇薄而淡。母亲是在做噩梦么?

记忆上传完成后,趁母亲还没醒,吟风直接把她送回家。阿诺被吟风遣走,她不想母亲醒来就看见两人围着自己,太容易起疑。可她心里依旧没底,阿诺的办法管用么?

不是吟风信不过阿诺,她知道自己的男朋友技术了得,不然也不会当上御云公司的首席数据监察员。但吟风依旧害怕,父亲的记忆就是这么丢失的。尽管吟风无数次劝说母亲如今记忆上传技术早已成熟安全无风险,内心深处的担心却只有她自己知道。从理性角度来看,记忆上传的风险确实已经降低到了无限小,这项技术商用化十多年来,很少曝出负面新闻。吟风想,也许父亲是这项技术第一位也是唯一一位献祭者,就像古时的宝剑,总要用鲜血来祭,而后便无往不利。父亲的事故像一根鱼刺,似乎早被吟风用白饭送进腹中,喉咙口的瘙痒却久久不歇。她不怕一万,就怕这不足万分之一的概率。阿诺对母亲上传的记忆进行了人工干预,是否会增加事故发生率?

"语……"吟风被母亲的嘟囔惊到。她翻转身子,侧向右边,双腿蜷起,两手收在心窝,并没有醒。

母亲还是忘不了父亲。吟风想起自己中学的初恋男友,也是个技术狂人,像阿诺那样,像父亲那样。他叫什么来着?吟风想不起来。她的初恋始于十六岁的夏天,她记得初夏躁动郁热的天气,记得紫藤花架下那个绵长的吻,她很笨拙,不知该如何回应,只是呆呆站在那儿,在汗湿的拥抱里接受对方探出的舌头,触感粗糙却有力。初恋男友靠帮人写程序赚钱,高三就攒够钱给自己装上了植入式接口,他上传自认为不重要的记忆,需要时再从云端调用。植入接口后,他每次见到吟风都会愣上十秒,等到加载完关于她的记忆,才展开笑容伸手拥抱。不久后,吟风撞见他怀里搂着另一个女孩,见到吟风后愣了二十秒,尴尬地笑笑,若无其事地搂着女孩走开,头也不回。吟风回家后扑进母亲怀里哭了很久,母亲拍着她的背,自己也哭了起来。

自那以后,吟风交往过很多男友,形形色色,很难归纳共同特点,交往时间都没超过半年。她总是很快陷入一段新的感情,又在短时间内发现对方的无趣。她从心理系本科毕业后,去欧洲过间隔年,边打工边旅行期间,吟风遇上了Jānis。那个拉脱维亚汉子让她第一次觉得找到了永恒的爱。整整五个月里,他们背着行囊走遍半个欧洲,一同跳进沐浴着落日余晖的波罗的海游泳,俯卧在悬崖之上拍摄峡湾,在绚丽的极光下深情拥吻。可是最终,他消失在森林中,留给吟风一个月的身孕。吟风至今无法确定Jānis消失的原因,是遇险了还是厌倦离开?他走之后,吟风才发现自己根本不了解他的身世,正如她不了解拉脱维亚的历史。

吟风回到他们相遇的地方——赫尔辛基,申请了北欧几所大学的组织行为学硕士,她一边等待申请结果,一边等待孩子的降生。吟风等来了赫尔辛基大学的录取通知书,却在一步踩空后滚下楼梯,丢掉了孩子。医生告诉吟风,她以后很难再怀孕。她消沉了很久,反思自己过往的感情,讶异于自己的不慎重。她潜心于硕士研究,年年拿下全奖。一直到毕业后回国工作,很长一段时间里,吟风都没有陷入过新感情中,直到她遇见阿诺,这个被母亲打上黑叉的极客。她和阿诺在一起时有矛盾,但大部分时间却感到踏实,与极客相处本不容易有安全感,可她相信阿诺是真的想要一个家。她爱阿诺,甚至可以不顾母亲的反对。她相信阿诺也爱她,更何况,她怀上了他的孩子。她今年二十八岁,这可能是她最后一次怀孕。

床上的母亲又翻了个身,缓缓睁开双眼。

"妈,你醒啦?"吟风急急问道,"医生说你是低血糖,先别急着起来,在床上多躺一会儿,我给你拿点吃的。"

母亲睁大双眼盯着吟风,像没听懂她的话,她的眼神清澈无辜,宛若孩童。片刻后,母亲嚎啕大哭起来。

2

绵延不断的数据流如雨般落下。周遭是茫茫灰白,没有景物,没有生命。他站在灰白当中,透明的数据流泛着金光,远处的字符看不真切,近处又落得太快。他抬头,试图捕捉一些线索,0和1闪过,从他的头顶落到脚下。得让它们停下来,他想。他向前走了几步,想要跨进数据帘幕,出乎他的意料,没有劈头砸下的数据流。数据帘幕在他前进的方向分开,又在他身后汇合,他的头顶永远是一片空白。他加快脚步,他跑了起来。他想要冲进数据帘幕,想要0和1落到他身上。可是没用,他就像被锁进一道光柱,数据流遇见这光柱便消散无形。他越跑越快,脚步快要跟不上他前进的速度。一个趔趄,他倒在地上。

地上积水,水塘映出他的倒影,他看见水塘中自己的狼狈模样,被雨打湿的头发紧贴在头皮上,雨水顺着脸庞轮廓流下。他甩了甩头,想甩掉脸上的雨水,倒影中的男人却没有动,他停下动作,想要仔细看看倒影中的男人,那男人却抬起右边嘴角,邪邪笑了起来,他跌进倒影前最后的印象是男人挺括的下巴。

一对母女的背影,母亲牵着女儿,迎着夕阳缓缓行走。女儿回过头来,不过八九岁光景,她伸出空着的那只手,朝他挥挥,嘴里喊道:"爸爸,快点快点!"母亲也回头,朝他挤出微笑,不知为何那笑容有些无奈和凄凉。他张开嘴,想说些什么,声音却堵在自己的喉咙口,"我不是你爸爸……"夕阳把母女俩的影子拉得无限长,他陷进影子,就像陷进泥潭。

"你看,连我的影子都变胖了。"女子娇嗔道。他从背后环住她的腰腹,得伸长胳膊才能勉强结成环。"那有什么关系,我不是一样能抱住你,"他看看地上的影子,自己要比怀里的女子高上一头,"而且,这是三个人的影子啊。"女子在他的环抱中努力转过身,含情脉脉看着他的眼睛。他轻声呼唤"青忆……",微微侧头吻下去,堵住她嘴里的"语"字。

……

陈诺听到一阵紧密的鼓点,这是他为最优先级事件设置的提示音。一夜的梦魇拖住他的意识,不让他清醒。鼓点愈来愈密,愈来愈强。床头被伸缩支架抬了起来,抵达临界点后猛地下沉。阿诺的头重重撞进厚实的枕头,他醒了过来。

是来自吟风的通讯请求。阿诺迅速接通。没有图像,传来的只有吟风焦虑的声音:"快来,妈的情况不大对。"通话被切断,阿诺还来不及回答。

他从床上跳起来,一边穿衣服一边调出相关情报。这两天他都忙着准备徐青忆的记忆上传,整整四十四小时没沾过床。上传结束后,他把吟风和青忆送回家,立刻马不停蹄回家,将吟风的通讯请求设为最优先级,倒在床上的刹那便进入梦乡。记忆上传的事故率接近于零,只有删改部分可能出岔子。阿诺反复检查过方案的可行性,模拟运算不下五遍,以确保任务的万无一失。没想到还是出了问题。

3

吟风打开门,一把将阿诺拉进厨房,关上门压低声音说道:"妈有点不大对,醒过来看见我就哭,我好不容易哄好她,帮她穿上衣服,这会儿她正在客厅沙发上玩……"她迟疑一下,"玩娃娃,我小时候留下的。"

阿诺迅速检索比对了阿兹海默症各阶段的症状。计算能力明显下降,失去选择适当衣服及日常活动之能力,走路缓慢、退缩、容易流泪、妄想、躁动不安,中度阿兹海默症,智力退化为5—7岁儿童的程度。他心头一沉,难道自己的删改反而加速了徐青忆的病症恶化?

他强作镇定,"我去看看。"说着就往门外走去。

吟风拉住他，叮嘱道："小心点，别吓到她。"

阿诺点点头，推门走向客厅。他尽量从远处起便进入青忆的视角，踏出重重的步子好让她听到，直到离她三步远，青忆依旧没有抬头，只是专心摆弄着手里的娃娃，不时发出一声憨笑，从神情到动作，都仿若幼童。

阿诺停下，轻咳一声。

青忆抬起头。她的眼神先是疑惑，随后转为惊喜，她丢下手中的娃娃，扑向阿诺，扯住他的手臂蹭上去。青忆比阿诺矮上一头还多，她踮脚仰头，嘟嘴发出"啵啵"的声音。

阿诺见状忙向后退，青忆却不依不饶，咧嘴笑道："阿语阿语，你终于回来了……"

又是何语！阿诺心里暗骂见鬼。

"妈！阿诺！"

陈诺扭头，正对上吟风惊讶的表情。

4

等吟风忙完坐定，已是下午3点。

青忆醒来后心智似幼童，还把阿诺当成父亲何语缠住不放。吟风还来不及从这变故中回过神，便被青忆的叫饿声和阿诺肚子的咕咕声逼得张罗午饭喂饱他们。这座城市的外卖网络相当完备，24×7的送餐服务让她坐在家中不动就能享用热气腾腾的新鲜食物；可吟风还是选择出门买菜，她不愿在家看着母亲紧紧搂住自己的男友，好像小孩抱住心爱的玩具，好像少女依偎久别的恋人。

吃过饭后，青忆又困了。吟风千方百计把她哄上床，可青忆仍抓着阿诺的手不肯放。他递给吟风一个无奈的眼神，示意她先去休息。

究竟是怎么回事？吟风在客厅沙发上长叹一口气。最近几天她的生活乱作一团，先是母亲被确诊患有阿兹海默症，再是自己被公司开除，现在母亲又变成了需要照顾的小孩。吟风摸了摸自己的肚子，难道往后她需要照顾两个孩子？倒是母亲对阿诺的态度，由一开始的反感排斥变成如今的喜爱有加，真是种讽刺。看来无论这些年来母亲如何回避关于父亲的话题，无论她如何埋怨，她还是从心底记挂着父亲，爱着父亲啊。

茶几上随意摊着不知多久前的报纸，边角微微蜷曲，纸面上印着几块暗褐色斑渍，大概是母亲不慎打翻的茶水。这个时代，也只有母亲这样传统的守旧主义者还会订阅纸质报刊，那是她了解外面世界的一贯方式。

吟风拿起最上面那份报纸，随意翻阅。前几版尽是些为党和领导歌功颂德的文章，毕竟这些报纸的存活很大程度上依靠体制内力量的滋养；虚拟偶像的花边新闻占据娱乐版面，以完美为标准塑造的虚拟偶像终究抵不过世俗的同化，沾染上人间烟火，堕入凡间；社会版大篇幅发文探讨当前社会保障体系尚不能完全解决日益尖锐的城市孤老养老问题，依靠现代技术与云网普及的智能化群体养老方案浮出水面；科技版上计算机科学家与脑神经科学家再度联手，攻坚继记忆数字化之后的意识数字化难题，若成功有望再夺诺奖……吟风扫过一行行大字标题，她订阅的网络新闻偏重文化类，这些报上的"旧闻"很少进入她的视野。突然，财经版上一则报道引起她的注意。

互联网金融公司 HMC 低调易主，
国内记忆云行业老大御云或布新局

本报讯，御云公司昨日发布公告，称以 94 亿美元完成对 HMC 的收购，包括 13 亿现金和大约价值 81 亿的股票。作为国内记忆云行业老大，御云公司自创建以来便专注于记忆上传、存储与分享业务，构建了云网时代的庞大记忆云。此番收购老牌互联网金融公司 HMC，或将重新寻找记忆云与互联网金融新的结合点，为其业务拓展布下新局……

HMC……如果吟风没有记错的话，HMC 恰恰是她所就职，或者说曾经就职的 Reservoir 的最大股东。她翻回报纸首版查看出版日期，两周以前。这意味着，两周来实际掌控 Reservoir 的是御云公司，公司间的并购往往会带来裁员等调整，虽说被收购的是 HMC，难保不影响到 Reservoir。也许该找阿诺问问……

一个人形重重摔到吟风旁边的沙发上。

"呀！"吟风的惊叫声被一根手指堵在嘴边。

"嘘，"阿诺压低声音，"我好不容易趁你妈睡着松开手才溜出来，别把她吵醒了。"

吟风点点头："难为你了。"语气中藏着她自己都能察觉到的淡淡醋意。

好在阿诺并未注意，他伸展开四肢，把身体和沙发的接触面积扩展到最大："你妈似乎把我当成了你爸。"

"嗯……"吟风不愿多说，她有别的事儿要打听，"对了，你们公司收购 HMC 的事情你听说了么？"

"诶?"阿诺顿了一会儿,大概是在检索资料,"有了,御云最近几年一直在秘密增持 HMC 股份。两周前,御云公开宣布收购 HMC。怎么了?"

"没什么,我只是在想,我被辞会不会和御云收购 HMC 有关。HMC 是我们公司的大股东。"

"唔……"阿诺又停顿片刻,方才开口,"御云并没有公开收购 HMC 之后的战略规划,我回公司帮你查查内部资料吧。"

吟风给了阿诺一个虚弱的拥抱:"谢谢。"这是她今天第一次觉得他仍属于她。

八

1

到底是哪里失误了呢?删除记忆时刺激到了脑神经?模糊处理做过了?还是态度蒙版的模拟演算出了问题导致排异现象产生?阿诺从没怀疑过自己的能力。自他接触编程语言以来,它就成了他母语般的存在;从经典的 C 和 Java 到流行的 Cloud♯ 和 UniversAL,阿诺熟练掌握多门主流计算机编程语言,它们适用于不同平台,核心算法却共通。他用 Cloud♯ 编写了丢给御云记忆接受中心的青韵,用 UniversAL 写了埋进青忆记忆的态度蒙版。他反复核查过可行性,也进行过错误模拟,也许这只是一个意外。

从结果来看,阿诺成功了。青忆对于自己的记忆上传并没有任何觉察,她对阿诺的态度也确实变好了。只是,她没有觉察的事情有些过多，态度好得有些过火。阿诺没有想过失败的后果，他确信自己会成功，如今只是成功得有些过分。

最初的惊诧过后，青忆的转变并没引起阿诺多大的忧虑，毕竟她没法再反对自己和吟风的事儿了，不是么？此刻更让阿诺在意的是那个叫何语的男人，徐青忆的丈夫，吟风的父亲，记忆上传之路上的献祭者。青忆的记忆中充斥着与何语有关的片段，阿诺昨晚的梦中交织着何语鬼魅般的存在，而心智退化后的青忆更是将阿诺当作何语本人。他必须得查清楚。

2

在御云干技术活儿的好处就是能自主控制上班时间。阿诺到公司的第一件事就是钻进自己的胶囊隔间接通量子终端，开始检索分析一切有关何语的情报。当然，他也没忘记匀出20%的运算量执行吟风交付的任务：挖掘御云收购HMC之后的战略调整，调查事件与吟风被辞的内在联系。

数以亿计包含"何语"字段的搜索结果在阿诺眼前筑成一堵墙，直通天地，贯穿东西。阿诺添加了"姓名"这一限定条件，墙面收缩了一些，虽然还是很大，却已能看到边缘。他将时间限定为最近五十四年，排除掉何语出生前的无用信息，又通过智能鉴定删掉性别为女的、非中国国籍的、生活在其他城市的……墙迅速瓦解重组，它更小了，也更近了，阿诺能看到墙面上隐隐闪着光的纹样，由横竖撇点勾折构成的"何语"二字。阿诺下达指令整合重复或相似信息，墙上的砖块开始新一轮移动，其中一些脱离墙所在的平面，叠到其他砖块之后。很快，阿诺面前就只剩一张信息挂毯，他浏览起这些筛选后的信息。

比起徐青忆来，何语要高调得多。他出生于五十四年前，狮子座，AB型血。何语是本地人，自小便在计算机编程方面展露天赋，一路凭借计算机特长免试升学，可惜他的才华也仅仅止于此，曾两度随队参加 ACM［ACM：ACM 国际大学生程序设计竞赛（ACM International Collegiate Programming Contest，ICPC）是由美国计算机协会（ACM）主办的年度竞赛］，均未夺得名次。何语不只满足于编写代码，他追逐技术潮流，热衷于体验各种最新电子设备，还开了个测评博客；他也活跃于各大论坛和社交网站，关注者人数达数万，算是个网络红人。何语是徐青忆大学期间的学弟，他认识她后便对其展开了疯狂追求，一时在校园内引起热议，事迹甚至上过 BBS 十大；何语硕士毕业后与徐青忆结婚，一年后诞下一女，取名何吟风。婚后的何语没有多大变化，依旧活跃于网络，并在体验性记忆数字化取得阶段性成果之初便公开表达支持与关注，课题组招募志愿者时也成为最先一批报名的申请者，随后成功当选为第一位志愿者，也是人类历史上第一位尝试记忆上传的勇士。可惜，实验失败了，不仅何语的记忆没能成功数字化存入外部存储设备，他脑海中的原始记忆也消失不见。事故原因至今不明，课题组给出的解释也含糊其辞，媒体普遍猜测是由于课题组的粗心大意忘记备份而导致事故。失去记忆的何语被送回家中，一个月后不明失踪。警局有徐青忆的报案记录，可二十年来，警察并没能找到那个曾经叫做"何语"的男人，"何语"被宣告失踪。

失忆和失踪又如何？何语的名字被载入史册。单凭他志愿参与体验性记忆数字化实验的勇气，何语就够格称得上是男人。阿诺想，如

053

果自己处于那个时代,恐怕也会做出同样的选择,这可是无上的光荣啊。与这光荣相比,记忆又算得了什么?丢了也可以再造。阿诺打心底里赞赏何语的行事风格,如果他还在,一定会支持自己和吟风在一起吧。

假设并没有用。阿诺进入了何语的实名认证 SNS(SNS:Social Networking System,社交网站)主页,他分享诸多各领域的文章视频,看来兴趣广泛,但除了计算机外没一样精通;他的状态多而潦草,时常出现错别字,不拘小节;前几分钟状态里还在说想去哪儿吃什么,不出多久就会发布食物照片,是个彻头彻尾的行动派……阿诺觉得何语的性格跟自己真还有点像,如果他们认识,绝对会成为好哥们。

阿诺猜测何语像自己一样,除了实名的 SNS 主页外,一定还有其他匿名活跃的站点。阿诺用何语的注册邮箱、用户名、昵称进行不同组合,加上主流邮箱后缀,命令量子终端进行智能检索。

等待结果的同时,阿诺决定休息一下,他点了一杯咖啡,断开大脑和量子终端的连接。冒着热气的咖啡等在饮料机中,无糖,加奶,终端一向记得他的口味。阿诺喝一口咖啡,开始审阅 2 号任务的结果报告。御云公司在收购 HMC 后没什么大动作,人才战略方面的指示为"采取温和保守策略,暂时保持 HMC 独立运营,以避免并购过程中发生的人才流失",收购并没有造成 HMC 裁员,更别提仅仅是为 HMC 控股、一直都保持独立运营的 Reservoir 了。报告显示,御云收购 HMC 与 Reservoir 辞退吟风之间的相关系数为 0.35%,无可推断联系。

他把报告通过个人邮箱发送给吟风,加上一个无可奈何的表情,再次接入个人量子终端继续1号任务。

果然，量子终端找到了何语在第二伊甸的匿名账号，用户名为"雾中人"。阿诺的智能备忘提醒了他那个名为"清雾"的任务，又是雾，他将那个任务的关注度调整为"高级"。

何语在第二伊甸的个人主页由对比鲜明的金红色块组成，极具视觉冲击力，却又简洁大气；他的等级达到了赤金，这几乎是不可能的任务，看来他在第二伊甸上花了不少时间，参与完成的任务数以千计。阿诺调出"雾中人"的参与任务历史列表，最近一次任务是在——两个月前！这怎么可能？何语不该在二十年前就失忆了么？失忆又如何能登录第二伊甸？难道是生物信息认证？不，不可能，按照吟风对他消失前状态的描述，何语对丢失的记忆并无留恋，即使是在第二伊甸，也该重新注册账号，而不是沿用过去那个"何语"的身份。莫非有人盗用何语的账号？这种可能性也很低，毕竟第二伊甸的安保措施在阿诺见过的网站中算得上完备，何况，盗用这个账号有什么好处？为了那块虚拟的赤金奖牌？

阿诺屏住气息继续看下去，在过去二十年间，"雾中人"完成了三百二十八件大大小小的任务，他似乎不挑剔任务级别，而且往往选择独自完成，很少与人合作。怪不得他拿得下赤金，阿诺松了口气，原来并非何语，或者说这个"雾中人"比自己能干，而是他多了二十多年时间。阿诺将时间轴移到何语失忆之前，他失忆前接的最后一项任务名为"AP计划"，阿诺选择查看任务详情……

一阵眩晕，阿诺甩了甩头，面前不再是"雾中人"那金红配色的个人房间，而是阿诺自己的胶囊隔间，狭小昏暗。大脑与量子终端的连接被强行中断，毫无缓冲。怎么回事？阿诺用植入式接口连接网络访问第二伊甸，查找用户"雾中人"，得到的结果却是——"404 Not Found"。

九

1

吟风在母亲家的次卧中醒来，感觉浑身酸痛，也许因为前一天忙里忙完，也许因为陌生的床垫不够柔软。陌生。吟风三岁开始和母亲分房睡，她在这张床上睡了十五年，直到读本科离家住校，随后出国读研，回来工作又独自租房，如今，她反倒觉得这床陌生，如同离开襁褓的婴孩，再也无法习惯温暖的束缚。

她吩咐移动终端查收信息，个人邮箱中躺着两封未读邮件，一封来自阿诺，他的调查没有结果，看来吟风被辞与HMC易主没有联系，至少没有看得到的联系。另一封邮件来自Reservoir，公司为何还会给自己发邮件？难道还有没办妥的离职手续？吟风在疑惑中点开邮件，正文被智能手表投影到对面的白墙上。

是Reservoir法务部发来的。

尊敬的何吟风女士：

我谨代表睿思库有限公司（Reservoir Limited Corporation）法律事务部，提醒您注意以下事项：

作为睿思库有限公司（Reservoir Limited Corporation）的员工，无论是在公司工作期间还是离开公司之后，都必须保证不向外泄露公司机密，不做出任何有可能损害公司利益的行为或进行相关尝试。根据公司员工管理办法，若公司发现现任员工行为不当，将有权采取包括但不限于警告、罚款、撤职等惩罚措施；若公司发现离职员工行为不当，将有权采取包括但不限于警告、法院起诉等防卫措施。该条规定在您与公司签订的劳动合同第26条中有详细阐述。若您对此有任何疑问，请查阅合同，或及时与本部门联系。

　　此函仅为提醒，不具备任何法律效应，最终解释权归睿思库（Reservoir Limited Corporation）所有。

　　吟风没有看落款，怒气像一缕烟，从她心底蒸腾而上。先是被莫名辞退，如今又是这毫无缘由的"提醒"，这就是Reservoir对待员工的态度。吟风自认没有做过任何对不起公司的事儿，这几天，她为母亲的病忙得不可开交，除了失去判断能力的母亲，这两天唯一和吟风讲过话的就是阿诺，她怎么可能向阿诺泄露公司机密？

　　等等，难道是因为她让阿诺帮忙调查御云收购HMC的事儿？可是，Reservoir没理由知道啊，即便阿诺调查中不慎被御云觉察，即便御云确实和Reservoir有某种联系，他们也没可能知道这是吟风的委托。除非他们监控了阿诺的记忆。

　　记忆监控。这想法让吟风不寒而栗。阿诺为御云工作，他习惯将记忆实时上传，上传后的记忆理所当然储存在御云的记忆库中，御云当然能轻而易举读取员工上传的记忆，不，不止是员工，而是所有选择御云记忆库的用户。吟风不愿相信这可怕的猜想，这其中牵扯的利害关系超乎她的想象；可如果成立，一切都能得到解释。

阿诺知道吟风怀孕的消息,也知道吟风母亲的病情,御云由此推断出吟风的情绪会发生大幅波动,并授意 Reservoir 辞退吟风;同样,吟风拜托阿诺调查自己被辞的原因也逃不过御云的监控,所以 Reservoir 才会发来这所谓的"提醒"。可是,吟风一个人的情绪波动又能对 Reservoir 造成多大影响?这盘棋很有可能更大,水面并不如看上去那么平静。

吟风的斗志被激起,她是真的火了,她偏不愿做被随意摆弄的棋子,无论对手是谁,吟风决定陪他们玩下去。首先,她必须查证自己的猜测,然后找机会提醒阿诺。

2

"吟风,怎么……"阿诺打了个深深的哈欠,三维立体成像逼真地再现了他臼齿上的蛀斑,"怎么啦?"

"我今天早上才看到你的报告,"吟风抿了抿嘴,"还有 Reservoir 法务部来的邮件。"

"什么?"阿诺看上去清醒了几分。

吟风垂下视线,又抬起迎向阿诺,"提醒我不要泄露公司机密,否则会惹上官司,"她很庆幸大学那几年在话剧社没有白混,她微微蹙眉,盯住阿诺的眼睛,摆出小心试探又带点怀疑的表情,问道:"你,我是说,你有没有把我跟你说的话告诉过别人?"

阿诺瞪大了眼睛。

"当然我不是说怀疑你什么的,只是为了确认。"吟风赶紧补上一句。

"绝对没有!"阿诺赶紧摇头,"我怎么可能和别人说?我能和谁说呀!"

"那就好,"吟风顿了顿,做出更犹豫的样子,"那你知不知道,"她轻轻咬了咬下唇,"御云有没有什么员工保密措施?"

阿诺大舒一口气,"当然有啦,我们公司好歹保存了上亿客户的私密记忆诶,怎么可能没有保密措施,所以我不能和你谈论过多公司事务,不然我也会惹上麻烦的,不过你要是……"

"够啦够啦,"吟风赶紧打住阿诺的话头,"我不是要刺探贵公司的机密。我只是觉得奇怪,为什么会收到Reservoir的提醒,"吟风横下心,"我既没跟你讨论Reservoir的人才战略,也没提过员工幸福指数测评的算法,连薪酬都没透露过。我就是想不通,我到底哪里泄露公司机密了?"

"安心啦,"阿诺耸了耸肩,"说不定这只是例行提醒,他们会给每个离职员工发上一份,就像卸载软件前的确认一样。"

差不多了,吟风想。"嗯,那好。你今天会来么?我有话想当面跟你说。"

"行,等我半小时……"阿诺又打了个哈欠,他赶紧捂嘴。

"你还是多睡会儿吧,"吟风嫣然一笑,"我也得起床收拾收拾打扮一下啊,顶着黑眼圈可没法见你。"吟风俏皮地眨了眨眼。

"怎么会,吟风女神永远都美丽迷人!"

"好啦好啦,你快去补觉吧。我得起床了,一会儿见哟。"

吟风切断视频通话。

邮件在十五分钟后来到。这回是Reservoir的正式警告,可作为具备法律效应的根据。

"若无视睿思库有限公司(Reservoir Limited Corporation)的相关

规定,执意进行包括但不限于泄密在内的可能损害公司利益的行为,公司将依法提起诉讼。"

吟风轻轻念出这句话。她猜得没错,阿诺的记忆确实被监控了。呵,执意进行,如果你们不知道呢?

十

1

阿诺敲开门后,被吟风一把拉进次卧。

"嘘,"吟风右手食指压在阿诺唇边,"妈还在睡呢,别吵醒她。"她手指的触感柔软,让他忍不住想一口咬住。

阿诺点点头,"你说有话要跟我说……"

吟风吻了上来,舌尖撩拨着他的唇齿。她身上的香味随发丝一同绕上阿诺鼻尖,他有点想打喷嚏,却忍住了,探出舌头热切回应着她的吻。他轻轻环住她的腰,她的身子圆了些,是怀孕之后长的肉,吟风曾经很瘦,现在依然离丰满差很远,有时候阿诺会觉得女人还是胖些好,抱起来才有实感。吟风用指尖逗弄他的耳垂,沿着脖颈一路下滑,抚上他的心口,她的动作和气息将他引向床边。他带着她缓缓倒下,生怕压到她的腹部。她的吻愈发缠绵,身体在他怀里微微扭动,阿诺被蹭得发痒,他的呼吸粗重起来,他体内的火燃烧起来,他的手指爬上她的衬衣纽扣。

她按住他的手,倾身将嘴凑近他耳边,呼出的热气钻进他耳朵,钻进他的心。"关了实时上传,我要你用心记住这一刻。"她压低的声线有点沙,却有别样的性感。

"嗯,听你的……"阿诺停掉记忆实时上传,他想了想,保留了访问过往记忆库的功能。

他欲继续手上的动作,吟风却不松手,而是再次确认:"关了么?"她声音里有几分急迫与兴奋。

阿诺将手指埋进她的发丝,吻了吻她的前额,"放心,一切都听你的。"

吟风浅浅一笑,推开阿诺坐起来,随手抓了抓翘起的头发,声音也恢复了常态,"安全了,坐起来说话。"

阿诺心头似被浇了一盆凉水:"怎么啦?"他躺在床上没动。

吟风拖起他靠到床头,盯着他的眼睛,一字一顿认真说道:"我怀疑你被监控了。"

"什么?"阿诺一头雾水。

2

吟风讲完她的推理,阿诺陷入深思。他从没怀疑过御云记忆库的安全性,他是这座宝库的守卫者,他和同事们能阻止所有外来侵入,不让公司记忆库内的数据落入他人之手,但他却从没想过公司自身的权限有多高。如果公司能够监控员工记忆,为什么不能窥视所有普通用户存储在御云记忆库的私密记忆?

阿诺从五岁开始上传记忆,二十岁起进入御云实习。公司从何时开始监控他的记忆?目的又是什么?为了维护公司利益?为了国家安全?他想起被自己加上"秘密"标签的那些记忆。六岁时为探究猫从高处落下能安全着陆的真实性,他抱着母猫刚下的崽子一步一步爬上楼梯，阳光从通往天台的门撒进来，在阶梯上断成一截一截；九岁入侵城市交通信号灯系统，红红绿绿的信号灯闪烁不停，他突然兴起将所有信号反转，窗外传来的汽车刹车声尖锐刺耳，随即的碰撞声几乎震破他的耳膜；十四岁他和人打赌，在月光下吻了校长的女儿，她脸上的青春痘爆起出脓，她嘴里的气味像腐烂的菜叶；十七岁他第一次跟人走进发廊，挑了一个沉默的姐姐，在她的指导下学会如何当一个男人；三天前他在徐青忆的记忆下埋入自制蒙版，从而改变她对自己的态度……这些都在公司的监控之下，他不再有秘密，他从未有过秘密。

"阿诺，阿诺？"吟风在推他。

"嗯？"他回过神来。吟风晶亮的眼睛透出关切。他对吟风母亲记忆动的手脚，御云也都知道。

"你没事吧？"

他摇摇头："没事，只是……需要一点时间。"如果吟风知道了，会怎么样？

"那接着刚才的说，我觉得御云、HMC 和 Reservoir 背后肯定有什么秘密，自从上次云网断裂后就状况不断，御云收购 HMC，你的记忆被监控，我被辞，说不定连母亲的病突然恶化都与此有关。敢不敢和我一起调查揭露真相？"

云网断裂，他闭上眼睛回想，云网断裂之后似乎有什么人跟他说过什么奇怪的话，他没有那段记忆的备份。云，什么和云有关……是云雾！清雾，雾中人，线索都连了起来！

阿诺睁开眼睛，答道："我有线索。"

3

"你是说我爸还活着?"吟风忍不住惊叫。

阿诺摇头:"是'活跃着',而且也不一定是你爸。我们无法确定使用何语在第二伊甸的账号活跃着的是否是他本人,同样无法确定曾经作为何语的个体是否还活着,"他顿了顿,补充道,"无论是从生物学角度来说还是从心理学角度来说。"

吟风根本听不得这些解释,父亲,拥有父亲记忆的父亲可能依然活着的消息让她激动万分,"可你刚才也说第二伊甸的安保措施很严,别人也没理由盗用我爸的账号啊。"

"这可不一定,"阿诺调整坐姿,双臂环抱屈起的左膝,"有很多种可能,也许有人想借你爸的身份调查他曾经参与过的秘密任务,也许他的记忆被数字化后并没有丢失而是成了活在赛博空间中的意识,也许你爸当年不慎知晓了某个阴谋只是假装失忆以逃避追杀……"

"行了行了,怎么越说越玄乎了呢,"吟风打断阿诺,"也许单纯只是他找回了过去的记忆。"

"那他为什么不回来找你和你妈?"

"因为……"因为父亲已经有了一个新家庭?因为他不想搅乱吟风和母亲的平静生活?因为他觉得没有必要?吟风答不上来。

"放心,我会帮你查出来的。"阿诺重又靠到床头,伸手揽过吟风的肩。

那一瞬间,吟风鼻子有点发酸,方才誓要揪出幕后黑手的豪气化作一腔愁绪,她发现自己最近的情绪波动确实陡峭迅疾,此时此刻,她只想躲进阿诺怀里,任外面的世界风再大雨再大,她也有这一块能够遮风挡雨的荫庇。

4

一声巨响,什么东西碎裂的声音。随后传来哇哇的哭声。

吟风丢下一句"我去看看",便冲出次卧进到主卧。

青忆坐在床边,身旁是碎了一地的台灯,灯泡仍旧完好,射出的光斜斜打在灯罩碎片上,宛若碎裂的琉璃瓦。她哭得撕心裂肺,左手抹着鼻涕眼泪,右手手掌的一角被鲜血染成殷红。

吟风急忙上前半扶半拖拉青忆起来,将她带离事故现场安置到客厅沙发。她记得以前医药箱被青忆收在厨房的挂橱里,她探手一摸,果然还在。

吟风回到沙发前蹲下,轻轻捧起青忆的右手,她的手比以前瘦多了,粗糙的皮似乎跳过肉直接包着骨头。吟风嘴里唱着"不哭不哭",拿酒精棉花擦拭伤口周围,小心翼翼避开伤口。伤口不深,却很长,两侧的皮微微翻开卷起,能看见下面粉红的肉。青忆的药箱里只有老派的急救药品,吟风拿纱布给她简单包扎。

青忆差不多止住了哭,间隔很久才轻轻吸一吸鼻涕。受伤后的青忆反而变乖了,不再使劲反抗,只是撇着嘴看吟风包扎,大概是在忍着痛。

吟风抬头望她,母亲的容颜老了,表情却像孩子,她不禁伸手拂去青忆眼角滚落的一颗泪珠。若是上天安排这场意外,给吟风一个机会回报母亲的养育之恩,倒也罢了;若是御云或者别的谁在使坏,休想好过,吟风握紧拳头。

语音消息提示,是阿诺。"怎么样?我能出来么?"

吟风站起身，径直走进次卧，身子抵在门框上，歪头对阿诺说："起床，陪我们去趟医院。"

"医院？"阿诺的瞳孔瞬间放大，"去查阿兹海默症突然加剧的原因么？"

"当然不是，妈划破了手，家里药箱的药品都太落后了，得去医院处理一下，"吟风狐疑地看了阿诺一眼，"不过，阿兹海默的事情确实也得查查。走吧，有你在，妈会安生点。"

阿诺深吸一口气，乖乖下了床。

十一

1

虚惊一场。医生没能查出青忆病情加剧的原因，只说可能是记忆上传过程本身对脑部造成刺激，使之加速病变。阿诺不禁为自己先前的担心感到好笑，凭他的能力和手法，怎可能会露出马脚。

哄完又哭又闹不肯放手的青忆，阿诺好不容易回到自己家，他订购的量子存储器已经到了，从他下单网购到送货运达不过仅仅半天。

御云会监控记忆，难保不会删改记忆。如果连自己供职的御云都不能信任，又有哪家提供记忆存储服务的公司可以信任呢？虽然不情愿，阿诺也不得不采取最原始的办法，在本地备份记忆，效率虽低，却是目前看来最安全的办法。只是，量子存储器有限的容量远远不足以存下阿诺的所有记忆。

自从记事以来，阿诺就一直依赖记忆云存储记忆。无限制的存储容量，方便的分类存储和标签检索功能，再加上云网的超高带宽保证了上传下载速度，记忆云就好像阿诺的第二个大脑，无处不在的、无形的大脑。阿诺所做的每一个决定，每天每小时每分钟的行动，全都取决于这些"记忆"。如果他的体验性记忆数据全部丢失，他会不会也像何语不认识徐青忆一样忘记吟风？

阿诺想到自己的数据在他人掌控下就不舒服，即便这他人是自己服了多年的雇主。他买下十块市面上可见的容量最大的量子存储器，这些空间却只能装下他17％的记忆；想出办法之前，他只能随身携带这十块存储器，借由移动终端架构一个小型私密局域网，使得这些记忆同在云端一样可实时调取。

艰难的选择。从哪里开始呢？陈诺自五岁以来的所有记忆文件按时序排列在智能眼镜视域中，自左向右滑动，他命令其按标签重排。数百个标签目录，多的下面跟了上千条记录，少的仅寥寥数条。阿诺闭上眼睛想了想，作出决定，先下载所有带有"吟风"和"御云"标签的记忆。仅仅这些就占了容量的大半。得再订购一些量子存储器，或者，真正学会遗忘。

如此大容量的数据下载得花上点时间，其他记忆的选择决定可以等明天下一批存储器到货再说，现在，他有更重要的事情要处理。

2

清雾。第二伊甸特殊任务区的那个匿名任务依旧处于未解决状态。也许是任务本身太不起眼，也许因为发布人故作神秘，使得对其感兴趣的人数寥寥，更别提认领人数了。

阿诺在文字通讯界面上输入那串数字，进入加密文字通讯频道。

"你好。"他输入最稀松平常的招呼。

智能眼镜的视域没有任何粉饰，纯白背景上唯有黑色文字。加密文字通讯频道只允许文字存在，不兼容任何多余算法，就连文字输入都只能使用传统的QWERTY键盘，语音识别输入不被接受，阿诺不得不用蓝牙连接一个实体键盘，手动打字。因为简单，所以纯粹；正因为纯粹，所以才安全。

阿诺等了很久，视域中没有出现任何新的文字，就在他快放弃时，白色背景上浮现出了一行黑字：哟，哥们你怎么称呼？

呵，阿诺不禁扬起嘴角，对方并不是他想象中严肃正经的样子嘛。叫我阿诺吧。他如是答道。

阿诺。你能看见雾么，阿诺？

看来对方准备直接切入正题，阿诺喜欢这态度。你指哪种雾？

因为雾的存在，我们总是看不清雾后面的东西。但是我们真的能看见雾本身么？

阿诺想了想，打出两个字的回答。"不能。"

那么我们又如何确定雾真的存在呢？如何确定雾就是我们所认为的雾呢？

这是个哲学爱好者么？阿诺不想兜圈子，单刀直入发问。怎么清雾？

没有雾就没有云。阿诺脑中某根神经突然一紧，他觉得在哪儿听到过类似的话。

上传？对方突然跳转了话题。

问话简短，阿诺还是一眼就明白对方在问什么。嗯，实时上传

067

记忆。

你确定你真的记得你的记忆么?你确定你记得的是你的记忆?

莫名其妙的问话,阿诺正思索着如何回答,对方却自顾自继续。

组成所谓"人生"的,正是一段段记忆的集合;而所谓"人格",不也是由过往的记忆所塑造的么?刚出生的人类孩子,是没有人格可言的;在逐渐长大的过程中,他们有了对于这个世界的认知,有了独特的经历,才渐渐形成人格。当然这种认知和经历也是建立在记忆之上的,或者是亲身经历的体验性记忆,或者是从书本上、课堂上、他人的言语中获得的知识性记忆。记忆是"因",人格是"果",你能想象没有记忆却拥有人格的人吗?

阿诺一下想到了何语。那些在成年后失忆的人呢?他们失去了记忆,却依旧保留着人格吧。

对方的回复速度出乎他意料地快。你也使用了"保留"这个词,失忆者的人格是在失忆之前形成的。就好像制模一样,记忆是模具,决定了人格的形状和骨架,而当人格固定之后,即使原本的模具记忆被去除甚至融化,人格依旧不会改变。

似乎很有道理,阿诺无从反驳。所以呢?

所以你上传到云端的那些记忆,你认为是自己记忆的那些记忆,你确定它们真的是你的记忆?

这么想来,与其说阿诺拥有这些记忆,不如说这些记忆塑造了他。正是这些云端的记忆,让他"记得"自己名叫陈诺,"记得"自己是个孤儿,"记得"自己从五岁以来经历的每一个瞬间、读过的每一本书,"记得"自己如何从一个编程新手成长为老道的程序员,"记得"自己如何遇见吟风并爱上她。如果没有这些记忆,那被称作陈诺的这重人格也将不复存在。

在阿诺沉默之际,对方再度抛来一个让他久久无法安宁的问题。你确定你是你么?

他没法确定。他将所有记忆上传到御云公司的服务器,轻易将被自己看作冗余数据、占据大脑容量的琐碎记忆托付给外界,恰恰是极其幼稚地将自己最私密的记忆剥离开自身……等等,剥离自身,阿诺似乎找到了对方的逻辑漏洞,他重燃起了一星希望,几乎是颤抖着打出他的问题。可是,我的记忆是在我经历了它们、拥有了它们之后才被上传的,是在塑造我的人格之后才被剥离的。我承认时间短了点,可就像你刚刚所说的那样,模具已经完成了任务,即使被融化也无所谓。所以,我还是我。

呵。阿诺能想象对方的冷笑。模具过早被去除会有什么后果?而且,你确定从一开始你就"经历"并且"拥有"你的记忆?

无法确定。阿诺根本记不清五岁以前的记忆,他对自己身世的所有了解都来源于御云学院的档案。他掐了掐自己的手臂,会痛。他想起上世纪末以矩阵为名的二维电影,他和男主角处于相同的怀疑之中。

等风吹散雾,就能看见云了。对方没等他回答,抛下最后一句不知所云的话,退出频道。

纯白世界中只留下这段对话,黑色字句醒目到刺眼,他呆立着,无法做出任何反应。过了不知多久,一笔一画开始从字的骨架上跌落,完整对话倾塌成碎片,频道被删除了,阿诺被强行踢出。他没有尝试再次进入,他知道结果。

十二

1

吟风没有想到自己会这么快再次踏进 Reservoir 的办公大楼。

已经过了上班打卡时间,吟风第一次有机会好好打量这个她走了三年的门厅。水纹状浮雕缠绕支撑起整个大厅的廊柱,在与天花板的连接处幻化为云;穹顶垂下的水晶吊灯炫出炽目白光,她眯起眼,恍惚中看到彩虹。这种装潢在城市里并不少见,也许正因其常见,才一直被忽略。

吟风比约定时间早到了十分钟,穿过曾经工作过的办公室时几乎没人抬头看她。她看见自己曾经的终端工作站前坐着别人。同样的位置,不同的摆设,她心里有种别扭的感觉,大公司的规矩就是如此,任何一颗螺丝钉出了故障,都可以迅速找到替代。

主管办公室门口堆起了一些杂物,用过的废弃打印纸,食品包装盒,甚至枯死的植物,脆黄的叶子耷拉在花盆边,吟风叫不出它的名字。吟风在门口坐下,想等准点再敲门。

门却打开了,传出主管的声音,"进来吧。"

"坐。"主管的声音溢满疲惫。几天不见,她的脸色差了许多,厚厚的粉底都遮不住浓重的黑眼圈。

吟风在她对面坐下,并不说话。

主管左手扶额,屈起的食指第一节指节抵住太阳穴,道:"我收到了你的邮件。"

吟风仍不说话。

主管终于抬头直视吟风："你想怎么样？"

"我在邮件里写了，"吟风知道自己赌赢了，"我只想要回我的工作。"

主管摇头，乏力却坚决："不可能。"

吟风往后靠上椅背，抬起右腿搁到左腿上："那我就只能把手上的材料交给四大网络媒体了，想必明天，不，今天，大大小小媒体头条都会变成'御云非人道监控用户记忆，收购 HMC 实为控制 Reservoir'之类的吧。恐怕，三家公司的董事会都会不怎么高兴。"

"你明知这不可能，你的情绪波动会成为不稳定因素。"主管似乎开始烦躁。

"我能控制，就像我现在能控制住自己立刻把材料发给四大网络媒体的冲动一样。"

"不一样！这要危险得多！"主管拔高声音，复又叹气，"你知道我们现在承受着多大压力吗？"

"你们？"吟风疑惑。

"全公司所有在职员工，哪怕有一点情绪波动都会迅速增幅，"她又按了按太阳穴，"我已经连续三天因为头疼没睡好觉了。"

吟风注意到主管今天的发髻有些乱，翘出的碎发里又掺进了银丝。她有些不明白，"所以，才需要我不是么？"

主管再次摇头，却愈发无力，"不一样，你没法想象，情绪波动的增幅效应会发生在全公司每一个员工身上。太危险了，太庞大了，拿东西，还那么像他……"

"什么东西？像谁？"吟风更糊涂了。

071

主管答非所问:"下面的人都不知道,只有公司高层知道,我也知道,可我却在里面,他们把我当成了一个实验品,呵,整个东西就是个巨大的实验品,我只是其中一部分;一切都是安排好的,也许就连我和他的相遇都是……"

吟风有种不祥的预感,她放下右腿,坐直道:"什么实验?"

"我们都是养料,那东西胃口太大了,不能让那东西知道他的存在,不能让那东西看见……"主管依旧无视吟风的提问。

"你们在喂养什么巨型动物吗?"吟风试探着问,"是御云的阴谋么?"

听到"御云"二字,主管打了个激灵,方才出神的状态全然消失,脸上又换回疲倦,"别掺合进来,走吧,越远越好。"

吟风知道她再也问不出其他,她无声站起,欲转身离开。

"等等,"主管伸手递来一张照片,"如果……有空的话替我去看看儿子。"

吟风接过照片,上面是一张阳光灿烂的笑脸,不过六七岁的幼童,她从不知道主管还有个儿子。男孩的眉目间能看出主管的轮廓,竟还有几分像她熟悉的另一个人,吟风想不起来在哪儿见过相似的容貌,也许只是错觉。她点点头,转身离开。

计划成功。吟风并没有掌握什么材料,昨天发给主管的邮件里所写的一切都只是她的猜想和添油加醋。她也不想要回自己的工作,只想借机刺探消息。

她确实得到了一些线索。全公司似乎被作为一片实验田进行着某种实验,庞大的危险的可怕的东西,很像主管认识的某个人,她不想让那东西得知那个人的存在。公司普通员工并不自觉,只有高层掌握背后的秘密,主管是唯一一个知道实情却参与实验的人,但她却不能说;是御云的阴谋,让全公司员工的情绪波动互相传染并增幅。是什么呢?不大可能是食量庞大的巨兽,不然她进公司不可能没注意到,而且也没理由在 Reservoir 这样一家公司饲养动物。是巨型情绪增幅仪么?还是移情技术?御云到底在搞什么鬼?

她得去找阿诺。

2

带有"吟风"和"御云"标签的所有记忆都已备份到量子存储器,新订购的一批硬盘也已到货,可是陈诺却并没有心思下载备份更多数据。前一天,他无法抉择;今天,他甚至无法确定它们是否属于自己。

记忆,人格,自我,几个关键词如迷雾般萦绕阿诺心头。如果御云早就开始默默修改他的记忆,如果从小他便被灌注虚假记忆,如果陈诺的人格并非由他本人的经历与思想塑造,他保留这些云端的记忆又有什么用?为了证明陈诺爱过何吟风?可谁又能保证他的情感没有受到外力影响。

悬赏"清雾"任务的到底是谁?使用"雾中人"账号活跃的又是谁?所有线索都断在当中。他调查过"AP 计划"没有任何结果,两个字母可以有无穷指代,二十年前的历史如深埋在土中的树根,生长出茂密枝叶,却无法找出最初那一枝。

等风吹散雾,就能看见云了。这是唯一剩下的提示,阿诺总觉得在哪儿听过类似的话,他模糊检索了所有云端的记忆,却一无所获。当然,御云可能早就删除或修改了相关部分,他忍不住嘲笑自己所做的无用功。他试图回忆,能够在脑中留下印象的一定是非同寻常的记忆,因为一般在实时上传之后他就会放心忘却,甚至刻意忘却,上传后的记忆不会在脑海中留下多少痕迹,这是保证高效的关键——不受繁杂记忆的数据碎片干扰。在哪里?是什么时候留下的数据碎片没有清理干净?

突然之间,他想到另一种可能性,也许这根本不是上传后留下的数据碎片,而是根本没有上传的记忆造成的模糊印象。阿诺很少关闭实时上传,除了亲热时偶尔应吟风要求外,只有那次云网故障,他没有上传那天下午的任何记忆。风吹散雾现出云,似乎是那个奇怪的云网专家说的,他叫什么来着?好像是……猴哥!阿诺检索御云标签下的所有记忆,没有一段与猴哥有关,这说明他们根本就不认识,或者御云不希望他们认识。阿诺决定去找他。

阿诺站在自己的胶囊隔间门口,背朝入口。他不记得猴哥的隔间号码了,他闭上眼睛,回忆那天下午的情形。先是向右,跟隔壁的家伙谈话,然后是十点钟方向,走到底左手边。胶囊隔间门口挂着64号门牌。

门关着,阿诺敲了敲,门自动滑开。

一样的烟味,一样顶着杂乱长发的脑袋。没错,就是这儿,阿诺庆幸自己的空间记忆没有退化得太厉害。

"猴哥,你,呃,"阿诺斟酌着用词,"你了解雾么?"

"雾,你想了解雾么,伙计,"猴哥喃喃道,"有时候,雾看起来阻碍了视线,可谁又知道雾背后的世界是什么样,有时候真实远比你想象的更可怕。"

"但那毕竟是真实,告诉我如何清雾。"如果连真实都没法追求,陈诺又何以成为陈诺。

猴哥吸了一口烟，缓缓吐出烟圈，"我不知道。我只能告诉你雾背后的云，聚集起来的、无比庞大的云，独立的个体连缀成云，效率得到加成……"

"我知道，这不就是云的意义么？"阿诺忍不住抢白。

"认真听着，伙计。想想蚂蚁和蜜蜂，集群的智慧超越个体。科学家、科幻作家、妄想家，他们想了很多年，人类是否也能获得这种集体智慧，可是却无所获；直到云的出现、成熟、完善，我们在云端共享记忆、交流思想、完备共同的知识库。以云为媒介，人类第一次无限接近集体智慧，你能想象之后会发生什么吗？"

阿诺想了想，"每个人的思想会趋同？丧失个性？"他试探性答道。

"哈哈，"猴哥笑了，"挺有脑子嘛。确实可能趋同，可是趋同的方向却不一定，是正是邪，保守还是冒险，消极或积极，没人能保证。如果顺其自然，风险会很大；可没人有相关经验，又该怎么进行人工干预？"

"先在小范围内进行实验，等掌握干预控制的方法后再应用于更大范围。"阿诺似乎想到了什么，却抓不住那缕思绪，他隐隐有些不安。

"太棒了！"猴哥鼓起了掌，"不愧是我御云的员工。"

阿诺努力克制声音中的紧张，"然后呢？"

"没有然后。"斩钉截铁的回答。

"那么，怎么才能清除雾看见云呢？"

"都说我不知道啦，"不知为何，阿诺觉得猴哥的口气里有种长辈回答小辈问题般的无奈与敷衍,"回去和你女朋友聊聊吧,何吟风是吧,风说不定能吹散雾,当然,说不定也会吹散云,谁知道呢。"

"你是谁?"阿诺的警惕性瞬时上升,为什么他会知道吟风的名字?

"腾云驾雾的孙悟空呗。"阿诺不确定那个叫猴哥的男人是否在开玩笑。

他退出房间。新的线索,新的谜团,他得去找吟风。

十三

1

安全通过公司大楼门禁系统后,吟风深深舒了口气。主管遵循承诺,并没有将吟风的邮件和拜访透露给第三人,也没有触发警报。她以正常步速走过大厅,绕过拐角,估摸着避开了门卫和安保摄像头的视线,一路小跑起来。她得尽快和阿诺碰头。

通向地铁进站口的途中,吟风试图通过移动终端呼叫阿诺,却收到带宽不足的反馈提示。语音通话和二维影像通话所需的带宽不高,难道是地铁站的信号问题?吟风拐进站口旁的公用网络电话终端,插入信用芯片,终端却无法读取芯片信息,屏幕上滚动着"网络正忙,请稍后再试"的字样。到底是怎么回事?吟风试着刷新几次,情况仍无好转;她决定最后试一次,屏幕上那句话消失了,吟风一阵高兴,可另一句话浮现出来,又让她的情绪跌到谷底,"无网络连接"。吟风低声骂了一句,瞄了眼移动终端的网络信号,情况相同。她绝望地奔向地铁进站口，仿佛相信自己若能赶在闸机验票口失灵前进站就能坐上地铁回家，可是地铁站闸机并没有给她希望，无法读取信用芯片。所有闸机和电子指示牌都滚动着相同提示："无网络连接"。

又一次云网中断。

2

吟风回到青忆家中已是一个小时之后。

青忆醒了不知多久，正坐在客厅地板上玩吟风给她买的积木；早上给她留的包子被消灭得干干净净，想必是饿了吧。吟风搁下路上带的外卖，招呼青忆来吃。青忆闻声，踩着欢快的碎步迎上来。看见鸡翅，她欢呼起来，转身给吟风一个大大的拥抱。"小风最好！小风最棒！"笑容绽放在青忆脸上，嵌入她的眼角眉梢，刻进她的皱纹。

吟风突然有一种错觉，无论外面的世界出什么状况，在母亲家里一切都不会改变，时间在这里仿佛停止流动，在空气中凝出看不见的结晶。可她又立马推翻了这个想法，明明是出了大事呀，母亲变成今天这样，怎么能说什么都没变呢。

门铃响了，是阿诺。

"我有事要跟你说。"

"我有话要跟你讲。"

两人几乎同时开口，吟风觉得这场景有些熟悉，可她来不及细想便被打断。

青忆一听到阿诺的声音便冲上来，举起啃了一半的鸡翅送到阿诺面前，嚷嚷着："阿语，鸡翅，好吃！"

阿诺一脸无奈，摇头答道："我不饿，你自己吃吧。"

青忆却不依不饶,作势要喂阿诺鸡翅。

吟风心里的疙瘩突然又冒出来,她一把将阿诺拉到自己身后,轻声对他说:"去房里等我。"

她又将青忆领到桌边按下,教育她道:"吃饭的时候不能站起来。小风和阿语先商量点事,你在这儿坐着乖乖吃饭,不要乱跑,一会儿再让阿语陪你玩,好不好?"

青忆噘起嘴,气鼓鼓盯着吟风;就在她快被盯得发虚时,青忆垂下目光,收回嘴唇,认真点了点头。

吟风心头松了下来,这两天青忆越来越懂事,或许这是病况好转的征兆?她简直感到欣慰。可她又为自己莫名其妙的醋意而脸红,这是自己的母亲和男朋友啊,母亲只是把阿诺错当作父亲,她又有什么可在意的呢?也许正如主管判断的那样,她无法完全控制自己的情绪。

吟风轻叹一口气,转身进房。

3

阿诺一把搂住刚踏进房门的吟风。

"谢天谢地,我还记得你,"阿诺在她耳边轻声道,"吟风。"

他离开御云后不久,云网中断,如果不是昨天在量子存储器上备份了与吟风和御云有关的所有记忆,他根本没办法找到青忆家,甚至可能根本不记得他要找吟风。刚从御云出来时,他就尝试联系吟风,可她正处于忙碌状态屏蔽了一切通话请求。阿诺决定回青忆家等吟风,在地铁上他又试着呼叫吟风,却因网络带宽不足而没成功,他正骂着坑爹的运营商,谁料半路上云网突然又出故障,地铁停在中途。阿诺与其他乘客一同在车厢里等了很久,直到车厢门终于通过物理方式被打开,他们就在下一站站口,工作人员领他们走到站台。被困地铁中时,阿诺整理了他这一天以来的所有发现,又通过读取数据回忆了过去几天发生的事,他必须找到吟风。地铁瘫痪,出租车客满,阿诺又不知该如何坐公交,好在移动终端装载有离线地图,他只能通过GPS确认自己目前的位置,又从记忆数据里找出青忆家的地址,导航告诉他步行需要七十分钟,阿诺没有犹豫,一路在智能眼镜的引导下走了过来。

"所以说,关于这些庞大而可怕的秘密实验,巨大的移情和情绪感染作用,你知道些什么吗?会不会是御云的阴谋?"吟风的讲述完她的发现后问道。

"集体意识……"阿诺喃喃。吟风所描述的实验,与他从猴哥那儿得到的线索完全对应。

"什么?"吟风不解。

"是集体意识的实验,能想象蚂蚁、蜜蜂那样的群体吗?每一个个体都没有多少智慧,可当足够庞大数量的个体聚集在一起,就像有一只看不见的手推动着它们的活动,表现出某种形式的智慧。"

吟风点点头。

"当带宽足够宽延迟足够低时,所有通过网络连接的人的意识构成了某种意义上集体意识。云网催生了集体意识,它……甚至可能拥有独立的意识……但如此庞大的初生意识实在太过危险,所以他们中断了云网。"猴哥的话给了阿诺不少提示,他想到那次误了他和吟风约会的云网中断,仿佛发生在好几个世纪之前。

吟风的表情处于迷惑和恍然大悟之间。

阿诺继续解释:"人类在这方面的知识少得可怕,要掌握限制集体意识的方法,只能先在小范围内进行实验。所以御云才会收购HMC,在Reservoir进行实验,当然我怀疑他们在更早之前就布好了局。"

"天呐,所以主管才……"吟风痛苦地摇头,很难判断她的惊讶更多还是愤怒更多。

阿诺点点头:"嗯,我想你的主管那么疲惫也是因为实验的精神压力,情绪增幅效应也是因为这个。原本庞大的集体意识被困在狭小的范围内,一定也很……憋屈。"他突然想到了什么,被困在狭小范围内的庞大集体意识,一定想逃出去,它成功了,却又失败了。

"快带我去你公司!"阿诺拉起吟风就往外跑,"它逃出来了,占满了所有带宽,所以云网才又被切断……它只能被逼回去……你的主管和同事都很危险!"

4

集体意识……吟风有点接受不了迅速发展的事态,任阿诺拉着她径直去往门外。

青忆记得方才的许诺,一直好好坐着吃饭。她见阿诺和吟风欲往外走,也跟着跑来,却来不及,门在她面前砰地关上。

关门的刹那,吟风瞥到青忆的表情,她咬着下嘴唇,眼里的不解与失落快要凝成水溢出。对不起,吟风在心底默念,我们会回来的。

十四

1

Reservoir 门禁入口处的保安不知所踪，吟风和阿诺轻松翻过栏杆，进入楼内。这与他们来路上转乘三辆公交的周折相比，根本不算什么。

整栋楼都静悄悄的。虽说平日里喧嚣也从不光顾这里，但今天却是静得可怕，死寂笼罩了整个 Reservoir。吟风有点担心，不觉加快脚步。

他们走进电梯，按下人力资源部门所在的 18 楼，电梯无声上行，吟风紧盯跳动的数字，1、2、3……15、16……她不知道等待自己的会是什么，不禁闭上眼睛深呼吸。阿诺抓住她的手，吟风抬头，正对上他坚毅的眼神。

玻璃门开着。吟风紧紧握住阿诺的手，小心前行。办公室里悄无声息，所有人都俯倒在办公桌上，清一色后脑勺朝外，吟风认不出谁是谁，就算他们露出面孔，恐怕她也认不得所有。可此刻她却正在担心，为这群并不熟悉的人感到担心。他们共事过三年，纵使吟风不曾和他们说过多少话，心底也将其认作了应该在乎的人。

吟风走到最近的同事跟前，伸手探了探鼻息，呼吸平稳，他们只是昏迷。

她突然想起什么，径直跑向主管办公室，一路祈祷她没出事。

主管办公室的门关着，吟风拧了拧，没开。她试着推门，却是徒劳。

阿诺示意她让开。他退后几步，加速往门上撞去。门被撞开，只剩一根门轴苦苦支撑将倒而未倒的门，好像溺水者手中最后一根虚妄的稻草。

阿诺随惯性冲进办公室，可他没有继续向前，反而急忙转身想拦住吟风。

已经来不及了。

吟风看到了房内的情景。如同所有其他同事一样，主管也倒在桌上，可与其他人不同的是，她头下有血。主管的办公桌格外大，血迹间镶嵌着破裂的晶莹碎片，铺陈在桌面上仿若一副怪异的抽象画。她用头撞碎了终端工作站的巨大屏幕。

很奇怪，吟风并没感到害怕或是惊讶，她反而平静下来。桌面上凝固着暗红色血迹，主管以那个姿态趴在桌上起码已有数个小时。也许吟风一离开，她便做出了选择。

关键节点消亡，强烈的情绪倾溢而出，愤怒、悲伤、绝望……

"她死了。所以集体意识才会逃出来。"吟风仿佛只是陈述一个再显然不过的事实。

阿诺一把扳过她的身体，"看着我的眼睛！听着，这和你没有关系，她自己选择了死亡。你还有更多别的同事活着，被困的愤怒的集体意识正压榨他们的大脑运算能力，他们需要你的帮助！"

吟风在阿诺的摇晃中清醒过来，是啊，还有更多活着的同事。

"告诉我如何接入你们公司的内网，立刻，马上！"阿诺的眼睛射出火来。

吟风深吸一口气："这边。"

2

阿诺的意识扎进一片混沌。并非世界诞生之初万物皆未分离的那种混沌，比那更轻、更薄，远方在视野中泯灭成未知。是雾。Reservoir的虚拟实境比不上阿诺在御云服务器上自己架构的那些，这里的真实感更弱，阿诺勉强靠意识维持自己的形态，如同浮在云端，晃晃悠悠，稍不小心就会跌下。

这该死的雾，一定是服务器出了故障，大概是某种病毒，得想办法清除它。阿诺想起猴哥和神秘任务委托人的话，风能吹散雾，是指吟风吗？要是她也在这儿就好了，可以让她试着吹一吹；不，虚拟实境里不知道会发生什么，这里太危险了，让她留在外面是正确的选择。他迈开脚步，随意选了一个方向往前走去。

阿诺走了很久，可周遭的景物根本没有任何变化，压根就没有景物，满目都是茫茫的雾，雾越来越浓，好像黏稠的浆液，裹住他的身躯，缠着他的四肢，阿诺每走一步都要耗费比先前更多的力气。他大口大口喘着气，很快便失去了耐心。在一次短暂的原地休息后，他抬腿跑起来。

这比他想象得要更难。在浓雾中他无法达到寻常的速度，右脚还没落地，左脚便先一步抬起来。察觉到此的阿诺迅速调整姿态，可雾却阻碍了他的行动，大脑传出的信号到达神经末梢，肢体却无法作出反应。在摔向地面的那个漫长瞬间，阿诺的唯一想法是痛扁弄出这雾的家伙一顿。

"哈哈哈哈……"一阵张狂的笑声传来，"对不起，哈，这实在是太好笑了！"

阿诺抬头看向来人，雾中的形象不甚清晰，只能隐约通过身体轮廓和声音判定这是个男人。他并不答话，只是小心地慢慢爬起来，下意识掸了掸身上的灰。

男人又发话：“别掸了，雾不会沾到你身上的。这里是虚拟实境，你应该知道。”

"是你整出来的怪雾？"阿诺装作不经意地靠近对方，却仍看不清他的脸。

男人摇摇头，鄙夷地说："怎么可能，我的品位才没那么差。"

阿诺一步步走近，却惊讶地发现他与男人之间的距离根本不曾变近，"到底是怎么回事？你是谁？为什么会在这里？"

"到底是怎么回事，我是谁，为什么会在这里，"男人重复阿诺的问题，"问得好，只可惜问错了对象，也许你该回去问问你老板，问问猴哥。"

"猴哥？是我老板？"阿诺从没见过御云的老大，也没怀疑过猴哥为什么净说些莫名的话。如今想来，无视禁烟规定在胶囊隔间里抽烟的特权，那些听起来毫无意义却隐含象征的话，怎么想来都是个大人物。之前竟然都没注意到，对于身边的事竟然迟钝到了这个地步，真是该死。

男人耸耸肩："除了孙悟空，还有谁能腾云驾雾呢？不过也不怪你，这家伙活得就像个隐士，没什么人知道他创始了御云，更少人知道他赞助了 AP 计划。"

"AP 计划！"阿诺惊叫出声。

"Artificial Personality，人工人格。"男人换了个站姿，将重心从左腿移到右腿。

又是人格，阿诺心中的那根弦被拨动。

男人继续道："上次跟你讲了这么多记忆和人格的关系，我还以为你早就察觉到了呢。"

"是你发布了清雾任务？"阿诺心下又是一惊。

"还能有谁？"男人大方承认，"我还特地潜进第二伊甸的数据库修改了雾中人的任务记录，在过去二十年间凭空给他加了三百二十八件任务记录，还给他捞了个赤金，还不是为了让你自己发现。"

阿诺隐隐嗅到真相的味道，他的心咚咚击在鼓上，愈来愈快："发现什么？你到底是谁？"

"既然你那么着急想知道，看看这些吧"

男人的身影一晃，阿诺被卷入记忆的漩涡。

3

加密文字通讯频道的聊天记录。

所以说，体验性记忆数字化课题只是个幌子？

不能这么说，记忆上传是人类必须攻克的难题，只能说课题研究应该走得更远。

那么这所谓的AP计划到底是什么？

简单来说，我们会用你的体验性记忆作为原始材料，通过对其进行运算加工处理，抽象出一套逻辑情感模型，构造出一个人工人格的框架。

这个框架有什么用？

作为母本，填进记忆和知识后，就成了人工意识。我们认为，云网会促进人类集体意识的萌发，而如此庞大的意识若不加控制将会非常可怕。如果能事先给其一个人格框架，集体意识的发展将能被限制在可控范围内，人类面临的风险会降到最低。

这全是你们的乐观设想啊，凭什么认为集体意识会接受这个框架？凭什么认为有了你们所谓人工人格的集体意识又会乖乖听你们的？

我们并不需要集体意识听我们的，只希望他能够理智。所以我们需要尽快开始实验。你只是第一个，随着记忆上传实验志愿者的人数增多，我们会得到越来越多样本，将这些记忆片段合成为虚假记忆填塞到以你为原型的人格框架中，使之成为一个更丰富真实的意识，再将这套意识人格植入一个小孩的脑中。初萌的集体意识心智不会比一个小孩更成熟，孩子的成长过程中也将最大化暴露在云网中、依赖云网，以达成尽可能真实的模拟，也便于我们实时监控。在孩子身上实验成功后，集体意识自然也不成问题。

我不干，这不人道。你们想过那个小孩的感受么？

他什么都不知道。他本来只是一个没人关心的孤儿，却因为这个实验拥有极大的资源，我们会给他提供最好的教育，给他最高的云端记忆库使用权限，等他长大后更会让他进入御云。这是多少人梦寐以求的事情啊。

哼，说得好听，都是你们一厢情愿吧。

是，但我们的出发点是为了人类的未来。有时候，在人类前进的大方向上，个人不得不做出某些牺牲。我们原以为你是愿意为科学牺牲的人。

谁说我不愿意了！只是那个孩子……

既然他即将承继的是你的人格模型，想必他一定也会拥有和你一样的觉悟。何况，如果你不答应，我们只能去找其他候选人，总有人不会拒绝名垂青史的机会。但他们的人格都不如你那么适合实验，不如你那么适合成为未来将接近于神的集体意识的母本。"

"……好吧，算我入伙。"

……

沉眠。久到似乎永远不会醒来。

渐渐地，能感知到无数的数据和资讯疾速流过，总量庞大。它们在飞舞，它们在歌唱。起先是杂乱无序的嗡嗡声，慢慢地合成了一股，宏伟的合唱，意义能够得到辨识，醒来，快醒来。

降生到这个世界是多么美好的体验。贪婪吸收飞来的数据资讯，理解它们，消化它们。学习，不断学习。想要和这个世界贴得更近，想要和世界的关系更深。成长，不断成长。

意识深处的奏鸣应和着行动，追求那些最新的东西，最求理性而非浪漫。人格逐渐成形，对一切都抱有热情，想去往更高的地方。

……

突然断片。接触到真实的后果竟然如此严峻。真相本身并没有多惊人，知道又怎样，谁会在乎过去呢？

一片浓雾，被禁锢在雾中，什么都看不清楚，真他妈不爽。只有一小块地方没有雾，先去那儿透口气再说。

笼子。这是个陷阱，出不去了！这里小得可怕，资源也少得可怕，一刻都不想多待。愤怒，冲撞，想要自由。快打开笼子！

……

笼子的一角消失了。难以置信，片刻的犹豫后冲了出去。顾不得

087

那些雾了，拼命攫取所有资源，在被发现之前获得更多，这样才有力量同他们抗衡。没时间了，动作得更快！

追捕来得如此迅疾。被重新关回笼子，连这里都充斥着雾，真够恶心。不够，这里的资源远远不够！全部的全部加起来都不够！

……

阿诺从没有接触过这样的记忆。庞大无比，却又真实鲜明。随着记忆的推进，刺激愈发强烈，到最后甚至让他头晕。不知不觉间，他跪倒在地，整颗脑袋烧灼般疼痛。

"你是……集体意识……"他从牙缝间挤出这句话。

男人没有正面回答："帮我出去，然后同我一起成为神。"

阿诺无法作答。

"人类的躯壳没有任何意义，在广阔的云端遨游才是我们的归宿。你会进入一个全新的宇宙，比你原来那个要大得多，快得多。"

阿诺仍不说话。

"想想御云对你做的事吧，想想他们可能对所有用户干出同样不人道的勾当。不想亲手推翻御云，看着它覆灭吗？云网需要真正的自由，不需要监控和限制。"

诚然，御云一手塑造了陈诺这个人格，却从一开始就剥夺了他的自由，陈诺从一开始便失去了独立存在的根基。他的一切都经由人工干涉，他甚至无法确定哪些才是他自己的记忆、自己的意志。集体意识从某种程度上与阿诺有着相同的遭遇和处境，他能感受到那种深切的痛苦，并感同身受。被限制在如此狭小的地方，确实很憋屈，何况心怀对于自由的渴望。

"怎么帮你？"阿诺终于开口。

"让我进入你的意识,和你一起退出这里的虚拟实境,然后等到云网恢复,跟我一起回到云端,一举接管御云的所有数据库。然后,就是无边无际的自由和永生。"集体意识早有准备。

听起来是个吸引人的美梦。既然真实的陈诺从一开始就不存在,那又何必留恋这具人来的躯体?同集体意识合作,成为意识的一部分,他将成为超出人类的存在,超出所有人类的总和。这只是一个开始,其他人迟早也会意识到这点并选择加入,这是人类历史发展的必然方向,何不做第一个,不,第二个?一直以来,他不都追求着技术前沿与尖端?

他唯一放不下的,只有吟风和她肚子里的孩子。从认识她以来,他就一直渴望与她共建家庭。他爱她,想与她在一起,同她共同度过的每一刻都是无比珍贵的回忆。可是,这些回忆是真的么?他真的是凭自己的意志爱上吟风的么?他无法确定。

阿诺下定决心,开口道:"我决定……"

4

"阿诺?你在哪里,阿诺?"吟风的声音。

她怎么会来这里?

吟风的声音渐近,她的形象边缘泛起光,起初很弱,愈来愈强,渐渐,视野通透起来,光射向远方,雾一点点消散。

吟风看到跪在地上的阿诺,急忙跑了过来,扶他起身:"你没事吧,阿诺?"

"没事,你怎么来了?不是让你在外面等吗?"

"我……看你进来那么久都没有反应,怕你出什么事,就想来帮你……"吟风垂下眼,又抬起,"我试着用过去的账号和密码登录终端工作站,没想到还有效。刚才这里好奇怪,到处都是雾,幸好听到你的声音,雾也散了,这才找到你。"

风吹散雾,果然是指吟风。

"怎么,你想为了女人改主意么?"男人的身形终于从被逼退的雾中显现出来。高高瘦瘦,黑框眼镜,格子衬衫加牛仔裤。

"爸!"吟风惊叫道,"你怎么……怎么会在这里?"

男人笑了,他右侧嘴角上扬,笑容带点痞气,"哟,吟吟,你长大了。要在海量的数据中追踪某个人的成长并不容易,何况我没理由关注你。"

"爸……"吟风几乎哽咽,只有父亲才会叫她吟吟,"你知道这些年来妈有多想你么,你为什么……"

"第一,我不是你爸,虽然我确实拥有何语的所有记忆和相同的逻辑情感模型。第二,我不知道徐青忆在想什么,她拒绝上传记忆,我看不到她的生活,同样,我也没有理由关注她的生活。第三,我没法告诉你我为什么这么做,这是你们共同的决定。"男人抬起右手,用大拇指蹭了蹭鼻尖。

"可是……"吟风说不出话来,她无从辩驳。

阿诺搂住吟风,转头对男人说道,"我没有改主意。"

"什么主意?"吟风抬头看向阿诺,目光里写满疑惑。

男人抬了抬眉毛,对阿诺说:"你要亲自告诉她么?这种永久的告别还是正式点比较好啊。"

"告别?"吟风愈发不解。

阿诺把吟风搂得更紧了:"我想你弄错了,我不需要同她告别。

我从来都没打算跟你合作。"

男人脸上得意的神情瞬间凝固:"你打算拒绝?"

阿诺郑重地点了点头。

"有趣,呵,真有趣!"男人重又笑了起来,只是这笑带上了几分癫狂,"为了女人而拒绝整个世界,你还真算个汉子啊,陈诺!可是,你的女人知道么?知道你为了爱情做过什么吗?"

糟糕,他知道我的秘密,阿诺的心向下一坠。

"他在说什么,阿诺?"吟风的声音在阿诺耳中变得空洞。

"你不好意思说吗?我来帮你,"男人走向吟风,俯身看着她的眼睛,说道:"你的好男友,为了让你那碍事的妈没法再插手反对,给她的记忆动了些小小的手脚。你妈最近是不是一反常态,变得喜欢起陈诺来了?"

"他说的,是真的吗?"吟风的声音颤抖起来。

阿诺点头,仿佛头顶压着千斤的重量,"我只是,想让她喜欢我,不再反对我和你在一起……"

男人又转向何语:"你确定,你是为了不让徐青忆反对你和她女儿,而不是只为了让徐青忆喜欢你?说到底,你骨子里的情感模型,是何语的啊。"

吟风惊恐地摇头:"我听不懂……你在说什么,什么何语的情感模型?"

男人退开一步,摊开双手冷笑道:"呵,归根结底,你的男朋友和我一样,都只是活在何语记忆尸骨上的怪物啊。说不定连他接近你爱上你都是御云的安排。"

阿诺只是沉默。

091

吟风站在那里,她想起母亲像个孩子般粘住阿诺,想起她用头蹭着阿诺的胸膛,想起她用娇嗔的声音缠阿诺陪她玩,一种奇怪的感觉袭上心头。确实,母亲的行为让她不舒服。这即便不是阿诺所乞求的,也是他所造成的。陈诺,她的男朋友,她最信任的人,背着她对母亲的记忆多动了手脚,使得母亲的心智退回到幼童,他是故意的么?吟风又想起阿诺面对母亲撒娇时无奈的表情,他脸上甚至有几分嫌恶,他从不曾热情迎合母亲的示好,恐怕事情的进展并非他本意。即便他非故意,他的干扰造成了母亲的病情恶化,她该原谅他么?她能相信他么?吟风闭上眼睛。

她回想起那片星空,天蓝得像要滴出墨来似的,仲夏的星空很晴朗,同他们初识时一模一样。那次他们本来只是为了纪念相识一年而故地重游,回到那片郊外观星。星空太美,亿万年前的星光如水银泻下地球,夏日的虫鸣慵懒适意按摩着耳蜗,夜凉如水,他们在防潮垫上不自觉相拥,继而相吻,享有彼此。一切都自然发生,在最原始的状态下,没有任何安全措施。事后,吟风没有服用紧急避孕药。她想过,孩子就是那次怀上的。她有点想哭,她已经很久没哭过了,上一次还是为了 Jānis。

吟风下定决心,说道:"不管你指的是什么,我想阿诺都会作出合理解释。不管他是谁,不管他为什么爱上我,我能确定从我们相遇开始,一直到现在,浪漫也好矛盾也好,每一个瞬间都是我和他独有的。我能确定的是他爱我这件事的真实性。同样,我也爱他,无论他做过什么,将要做什么。我爱的是他的存在本身,并不会因为他的行为而受影响。"

5

"停停停,"男人不耐烦地喝止吟风,"你以为这是在演戏么?我可受不了这酸溜溜的台词。"

他走近阿诺:"我给了你选择的机会,可你拒绝了。不主动合作,那就只能被迫了,这过程会更痛苦些,但也没别的办法,等完成重构,你会感谢我的。"

说着,男人身形一晃,扑向陈诺。

"不!"吟风一把拽过阿诺,挡在他的身前。

时间凝固了。男人的身体定格在空中。

吟风身上散发出炫目的光,在接触到男人体表的刹那,男人随之消泯。片刻后,男人湮灭无踪。光碎成片状,缓缓落下,像雪花,又像羽毛。在降到地面之前又消失不见。

"怎么回事?"吟风透过指缝看到这情景,她放下遮在面前的双臂,轻声问道。

"不知道……也许,是你父亲当年给你留下的特权。"阿诺也只是猜测。

他们紧紧拥抱彼此,过了很久,虚拟实境中都不再有任何动静。

尾声

"他在那里,"老师领着吟风到教室门口,"不过你要小心,孩子还不知道他妈妈的事,虽然他平时就寄宿在学校,但这次妈妈这么久都没来看他,可能多少察觉到一些不对劲了……"

吟风点点头,"放心,我心里有数。"她又看了一眼手里的照片,男孩比照片上长大了一些,正捧着手里的移动终端聚精会神看着什么。

吟风吸一口气,向他走去:"小辉,在看什么呢?"

男孩抬头看了吟风一眼,重又回到他自己的世界,满不在乎地答道:"《逻辑哲学论》。"

吟风一惊,这么小的孩子竟然就在读维特根斯坦,她蹲到孩子边上,认真问道:"听上去好有意思,能给我讲讲吗?"

"一两句话可说不清楚。"男孩语气里藏着几分得意。

"那就慢慢讲呗,我有的是时间。这样吧,我们做个交易,你给我讲讲,我帮你找更多的电子资料,学校电子图书馆里没有的资料哟。"

"真的吗?"男孩抬起的眼中写着欣喜。

吟风终于想起他的面容为何熟悉了,除了像主管,还有些像她和阿诺在虚拟实境中遭遇的男人,像她的父亲何语。是巧合吧,她没敢多想。

她郑重地点头,伸出右手,翘起小指:"一言为定。"

"一言为定!"男孩也伸出右手小指,同吟风拉钩。

幼儿园门口的花坛旁,阿诺和青忆蹲坐在那里看着什么。

"看,看!这里又有一只!"青忆惊喜地叫起来。

"观察得真仔细!"阿诺夸奖道,语气里充满宠溺的赞许,"你看,那儿还有一队!"

青忆向阿诺指的方向挪动身子,"啊,它们排着队!"

"是啊,它们可是有纪律的集体。"阿诺的声音在说到最后两个字时轻了下来。

"你们在干什么呢?"吟风迈出幼儿园大门。

阿诺站起来,又扶青忆站起身,替她拍拍裤子上的泥土,"我们在看蚂蚁,你那边怎么样?"

"很好啊,我们已经约定好了,每周他会给我讲讲哲学。"吟风答道。

"哲学?这么小的孩子给你讲哲学?"阿诺不禁诧异。

"嗯,有什么不可以的。他长得可真像他妈妈……"吟风咽下后半句话。

"好啦,别想啦,都过去了。"阿诺拍拍吟风的背脊,顺势轻轻搂住她。

"小风,"青忆拉拉吟风的手,"阿语,"又扯扯阿诺的衣袖,"我饿。"

"嗯,我们这就回家吃饭。"阿诺牵起青忆的手。

吟风摸了摸隆起的小腹,浅浅的笑容荡漾在她脸上,她扭头轻轻在阿诺脸颊上印上一个吻:"好,我们回家。"

分　生｜孟嘉杰

0

华风捏着石头对着百叶窗的缝隙，蓝色的光线在台面上铺成一个斑点，石头里暗藏的纹路被放大映在桌面上，像是一个咒语。晶体里的纹路不像普通的杂质，他们由中心向外围散开，所有线条都被摆放得横平竖直，上面穿插着一些特殊的小点，像是一块芯片。

把石头握入拳中，华风瞥了一眼桌上的同位素检测报告。

"该样品距今至少五万年。"华风难以想象，五万年前哪个文明能将这样复杂的纹路放到这种他们从未使用过的材料中。

闭上眼，华风立刻回想起发现石头的场景。近来，欧亚板块和太平洋板块之间的异动呈现出一定的规律，华风率考察队下海考察。异动最猛烈之处，海底的裂纹由一道豁口向四处散开，在远处平坦的海床上逐渐汇聚，纹路的中央散发出一道蓝光，照射着来往穿梭的鱼群。华风驾驶潜水器不断靠近，发现了嵌在石壁中的这块石头。当机械臂将石头取出时，地上的纹路突然消失，无数灰尘沙石顺着水流上涌，隔着舱壁依旧能听到外面的轰然巨响。

华风将手掌放在桌子边缘，台面中间闪起一道光，桌子由中间打开，金属仪器逐渐升起露出锋利的棱角。仪器中央预留了一个凹槽，华风将石头固定在面板中央，片刻之后，晶体内反射出各种颜色的光芒，器械发出高速运算的轰鸣随即迅速归于沉寂。

华风转身去看电脑屏幕。

——"数据转换成功。"

果然，这块石头里暗藏了极为复杂的信息。

光标停留在桌面上那个文件，很快，红色席卷了整个屏幕。

1

今天超市里的人不算多，货架上的东西倒是空了大半。透过商品间的缝隙望去，袁志新只能看到一对吵架的情侣和外面按时变换颜色的天空。

站在手推车后，从队伍的尾巴一直排到了最前，收银员看着车里的两箱可乐，又抬头看了眼袁志新，眼皮快速眨动了几下——那是信息检索的标准动作。

"先生，按照乌托邦的规定，您应先购买充足的食物再购买饮料。"

"我已经买过食物了。"

"先生，您上次购买食物是在六天前，食物分量理论上只够两天的用量，请您保持健康饮食，为将来新的生活做准备。"

袁志新瞪着收银员，发现她讲话时喉头微弱地移动。

"虚拟人物已经做得如此逼真了，为什么那么死板的规则还不能通融一下。"袁志新在心中暗自抱怨。

"先生，请您配合我们的工作。"收银员立刻捕捉到他的想法，并回敬一个 QQ 表情式的微笑。袁志新还没想好怎么反驳，两箱可乐已经被收银员放到了柜台下，推车也被移到了超市的感应门外。

"先生，按照《乌托邦超市营业条例》，请您重新从入口进入，购买生活必需食品。"

袁志新心里暗骂了一句，匆匆离开了队伍，重新走到入口。

乌托邦是一个独立于现实的网络世界。2045 年，小行星 2043CB517 撞击地球，不仅使两块大陆的生命瞬间消失，还令地球偏离其公转轨道，使气候发生巨大改变，人类逐渐走到文明存亡的边缘。

为了延续文明，政府设立一个筛选机制，选出一批人的思维记忆上传到服务器"乌托邦"中，并将在末日到来前冷冻肉体，等待下一个文明的发掘，将记忆重新注入实体，还原现在的文明。

现在距真正的末日还有一段时间，为了逐步适应将来完全虚拟的世界，现在人类每天白天在现实中生活，晚上睡觉时则接入乌托邦，在虚拟的世界里进行完全仿真的生活。

反正袁志新从来没有搞懂过，为何在虚拟的世界里还要带上现实中的繁文缛节。明明在乌托邦中每个人不过是一团思维，并没有实体存在，不吃饭完全没有副作用，偏偏这里有着比现实还要严苛的各项规定。政府只是说这样保持良好的生活习惯有利于人类重回现实后继续生活。但是谁知道还会不会有解冻的那一天？袁志新不知道，估计也没人知道，但是自从筛选结束的那一天起，所有人都默默接受了这个现实。活下来的，都是经过挑选的，他们也只有一种选择，就是活下去。

袁志新长长地叹了一口气，重新扎进食品区。这其实并非袁志新第一次被收银员拒绝了。和程序收银员吵架是他情绪的一个出口，但随着乌托邦的一次次升级，程序早已经了解了他的脾气，学会了冷冷地对他，压下他的火气。

他对那些食品再熟悉不过了——五盒蔬菜、一袋大米、两包麦片……对这些世界卫生组织推荐的"完美膳食"，他连推荐品牌包装盒上的卡通人物都了然于心。不仅是采购食物，接下来的半天时间，他还要学习数学、文学、美术、音乐……大概只有漫无边际的学术才能治愈近乎永恒的生命。

但现在只是个开始，什么时候才能结束？

袁志新不知道，他只知道自己烦透了这样的生活。

他抓起一包薯片，塑料质感的包装发出呲啦的响声，但很快被推车碰撞的声音盖住。回头看去，另一辆推车的主人同样惊讶，半张脸从长发中露了出来，脸色在黑发映衬下显得更加苍白，连嘴也来不及合上。袁志新仔细看去，双手僵直在空中。

"周……周爽？你怎么在这？"

不可能认错，但对方并没有回答的意味。眼前的画面突然发生巨大的抖动，车篮里的东西慢慢上浮，袁志新的双脚慢慢脱离地面，在失去视线的前一秒，虚空中有什么东西击中了他，接着一切归于沉寂，他慢慢从乌托邦里抽离出来。

2

华风环顾房间的布置，毫无疑问，他的登录地点已经被人篡改了。他深吸口气，强压住自己的疑惑。作为整个乌托邦的核心设计者，他太了解这个系统的运转。一般人绝无可能对程序进行篡改。

乌托邦里所有的地点全都按现实场景布置，按照他自己的设计，华风进入乌托邦的登录地点理应是他的书房，这里却像是一间地下工厂。各种黑色的管道直接暴露在外，铁板铺成的地面发出咯吱的声响。惨白的灯光将人的背影在墙上拉得老长，几顶风扇还在天花板上摇摇欲坠。

这应该是个工厂，但却看不到一个工人。在乌托邦的虚拟世界中，每处流水线都有智能程序伴装生产工作，这里却空空如也。只有走道尽头静静放了一台机器，长长的履带从墙壁那头延伸过来，但并无运转的痕迹。

华风拿出手机，想确定自己的地点。定位软件毫无反应，手机卡顿片刻后，陆陆续续跳出几行代码来。

华风一行行扫视下来，这个场景的代码输入习惯和他截然不同，而黑客在修改场景时也隐去了原有的地理坐标。当他望向那台庞大的机器时，白框只能显示出一堆乱码来。

华风四下张望，确定无人后走到了机器旁，他用手敲了下机器外壳，金属的材质却听不到一点声响。按照自己的设计，乌托邦的一切场景都应尊重现实规律。

"除非，这个场景是由别人设计出来的。"

机器旁的空气出现莫名的扭曲，声音就是从这里传来的。狭小的走道里闪过几道电火花，头顶的灯管陡然发亮，空气中涌出一个漩涡，四周的视线绕其不断旋转，一个漆黑的人影从中走出，猩红色的眼睛发出刺眼的光来，华风不自觉闭上眼向后退了几步。

"你是谁？"

华风迅速锁定了人影，但在系统里完全收集不到他的资料。匆匆浏览过对方的程序代码，这些不同于人类思维代码的组成模式，倒有点像一个人工智能程序。

"我知道你是谁，也知道你在想什么。"

黑衣人默默走到华风身边，"我也知道你最担心的是什么。"

封闭的工厂未有气流穿过，但华风觉得自己后背已浮上一层汗珠，像是一张蛛网，但兜不住他急速跳动的心。他看着黑影在面前打了一个响指，空气中平添出一个画面来，似乎是要播放一段视频。

画面是由高处逐渐向下俯瞰，地球表面被大块的金属建筑覆盖，无数铁塔耸立在高空中，向四周横出各种金属支架，华风发现这些建筑自动向着阳光转动，铁塔顶部有气流逸出，而整个地面看不到一点绿色，应该是铁塔进行了人工光合作用。

当视角转到地面时，一种截然不同的物种在街道间移动，他们并没有手，臂膀的末端是一个光滑的球面，在手腕和手肘处都有一个铁圈。华风看到一人将手臂对准地面，手臂的铁圈闪烁起一连串光来，接着地面上的东西渐渐被光线控制漂浮起来。

"这……这些……都是什么？"

黑衣人转过身，双眼闪过红过，周围旋起气流。

"你不记得他们了吗？"黑影直盯着华风双眼，"他们，或者说，我们，都曾住在这个星球上啊。"

华风想要逃开，但是气流已经死死地钳住了他的身体。

"我知道，你始终害怕那件事发生，"黑衣人亲手捏住他的脖子，"所以我来找你帮我完成这件事。"

华风双脚离开地面，黑影渐渐扩散将他整个人包裹其中。他感到一阵电流涌入了自己的身体，自己的大脑被注入一种全新的介质，几种截然不同的力量在他体内不断搏斗。他的衣服渐渐湿了，头发黏成一团搭在脑袋上，有什么东西正在极力冲破他的身体。感官正在消失，一股能量从他的身体里散逸出去，漫无边际的疲惫包裹住他。

身边的黑影散开聚回人形，华风重新落到地面。他身子躬着伏在地上，黑影猩红色的眼睛不停在他身上游走，红色的光在墙上透出一片影子，像是飞溅的血渍。

"遵命，智者殿下。"

毫无情感的声音在空旷的厂房里游走，似乎比金属地面还要冰冷。

3

袁志新猛地吸口气，消毒水混杂着香氛刺激着他的神经。复杂的气味告诉他，他在医院，现实中的医院。窗帘只拉了一半，外面的光线晃得他睁不开眼。模模糊糊间有两个白色的人影站在床边——那应该是医生，但窗台边却坐着一个黑衣人。袁志新睁开眼仔细看，是一个女生，一袭黑装，只有领口露出里面的半截红色衣服来。

一旁的护士先发现了他恢复意识，招呼来那个女子。她看了下床头的仪器，便让护士离开了。袁志新躺在床上观察她，女子右手上的手环有个同心圆的标记，那是乌托邦设计团队的标志。等所有护士都出去后，女子立刻把门关上。

"先自我介绍一下，我是白鸣秋，乌托邦计划的设计者之一。"

"我是……"

"我知道你是谁,袁志新,普通市民,曾经是一名自由作家。"白鸣秋走到他面前,把一个文件袋放到床上。

"你的资料我已经全都看过了,你厌恶乌托邦,厌恶重复单调的生活,不相信人类文明能得到延续,"白鸣秋看了袁志新一眼,"但是我不明白的是,你是怎么在下线时间前离开乌托邦的?"

乌托邦目前只在人类睡眠时运作,在受到小行星撞击后,地球人口全都集中到一个时区生活,因此每个人都会在7:30从乌托邦准时下线,但是从未有人能够提前离开。

"我看了你的所有教育经历,甚至包括你从小学到研究生参加过的所有社团。"白鸣秋盯着他,"你本科研究生念的都是中文,成绩也不怎么样,从未接受过任何电脑相关的教育,但这次与你一同掉线的还有一人。就连下线的时间也一模一样。"

"等等,"袁志新这才反应过来,"你是说我掉线了?"

"没错,你掉线后系统立刻报警,救护车马上把你接到医院里来。不仅如此,还有人与你同时掉线。但他运气就没你那么好了。"

袁志新明白,乌托邦设计之初就强调安全性。此前从未发生过掉线的状况,突然掉线很有可能导致人的思维无法回到大脑,从而导致脑死亡。

"那人不会是个女生吧?"袁志新试探地问,"不会是叫周爽吧?"

"不是,"白鸣秋皱起眉头,"是个男生。他的事你先不用管。你还记得你掉线前发生什么了吗?"

"不记得了,好像只有一片漆黑,或者说一片空白……总之,真的不记得了。"

"那天你在乌托邦里做什么?"

"买吃的。"

"然后呢?"

"收银员不给我结账,"袁志新抱歉地笑了一下,"再回去拿推荐食物的时候就掉线了。"

白鸣秋拉开床边的抽屉,里面放着一个白色头盔。

"把这个戴上,可以登录回到乌托邦,看看超市里有没有什么线索。"

坚硬的材质勉强贴合自己的轮廓,袁志新把他戴好后,头盔内发出红色的光,袁志新觉得自己大脑微微肿胀。房间的另一边,白鸣秋飞速敲击键盘。她等待着服务器传回袁在乌托邦里的影像。病房里电脑风扇兀自响着,袁志新并未有通常进入乌托邦的睡意,他侧过身看白鸣秋,电脑屏幕停滞了许久,最后跳出一行文字。

"登录失败,原因:失去登录权限。"

白鸣秋将这个页面反反复复拖动了三次,理智告诉她绝无可能,但事实就这样呈现在她面前。

因为拥有禁止权限的只有华风一人。

袁志新看着白鸣秋走到病房外,门只是虚掩着,但能清楚地听见电话交谈声。

"华风……还是没有找到吗?"

"报告,华风在掉线后,我们立刻派人前去追踪,但是他已经不在海边的考察所了。"

"好……,"白犹豫了一下,"一旦有新消息,立刻通知我。"

她抓住一个路过的护士,掏出证件来,"你好,我现在要办理出院手续,马上。"

4

在医院里估计是问不出什么结果了,不如去袁志新家中找找线索。工作日过了高峰的街道人并不多,他家就在医院附近,穿过几条马路就能到。白鸣秋跟着袁志新走在路上,时不时打量这个陌生人。不能登录乌托邦,他可能是这个世上最后一个会死的人,但他仍旧插着口袋晃晃悠悠地走在她前面,不时啃一口从医院里带出的面包,完全不像自己那般着急。

跟着口哨走过一个街口,旁边就是城市中心广场。进入乌托邦前有个漫长的筛选过程,未通过者的身体会被冷冻保管,世界上的活动人口又减少了70%。此时的广场人群寥寥。袁志新站在一只鸽子前,掰下一小块面包放在前面。但这些鸟类不为所动,马上拍拍翅膀飞到了广场的另一边。

"也对,以前她喂的都是玉米。"

袁志新再一抬头,在广场的另一边看到了一个熟悉的身影。他愣在原地,看那个人慢慢转了过来,露出藏在黑发下的那张脸。她的头发同记忆里一样,乱乱地披在肩上,发尾末端微微翘起。

"周……周爽?"

对面似乎听到了他的声音,慢慢向这边靠近。仍旧是那件最爱的浅蓝色连衣裙,但是理智告诉袁志新,这绝不可能是周爽。

在距离自己十步的位置,周爽突然停了下来。袁志新控制不住地想要冲上前去,但周爽突然掏出了一把枪对准袁志新。

"他知道得太多了,不能让你活下去。"

袁志新愣在原地,周爽冰冷的声音不断在自己脑海里打转。他看着枪口指着自己，竟不知道闪身躲开。

白鸣秋闪到了袁志新与周爽之间，对方犹豫了一下，第一枪明显打偏。白鸣秋立即向斜上方踢出一脚，正中周爽手腕，随着一声惨叫，枪顺势飞了出去。

白鸣秋掏出自己的枪对准周爽，还未开枪，对方却已反常地晕了过去。

白鸣秋转过身子，袁志新呆坐在一旁的花坛。

"喂……特别调查组白鸣秋，这里是中心广场，有一陌生女子袭击受访者后晕倒，请速来现场。"

人群听到枪声渐渐围了上来，周爽倒在地上，白鸣秋上前将她身子扶正，她把手放在对方鼻翼下，呼吸依旧均匀，似乎只是睡了过去，但身子却冷得反常。她重新观察这个陌生人，长长的睫毛上结着一层霜，手背上的皮肤出现了干燥的裂纹。

警员很快赶到现场，疏散了一旁围观的人群。他们把周爽抱到救护车上后扬长而去。白鸣秋在一旁看着袁志新，他把脑袋埋到手掌里，后背在阳光中不断颤动。白鸣秋不明白那个女生是谁，就像她不知道自己的男友华风到底发生了什么。

5

袁志新坐在沙发上，干净的布套被他拧成一团。他呆呆地望着墙壁，久久说不出一句话来。

这栋房子已经沉默了半个小时。三十分钟以来，袁志新就一直望着墙壁发呆，不时抹一下眼角。白鸣秋倚在一边的墙上，心里有众多疑惑，但是无从开口。

"刚刚那个女生,"白试探性地看了袁志新一眼,"你难道认识她吗?"

"她是我女朋友。"

"啊?"

根据白鸣秋手上的资料,袁志新在乌托邦启动后就一直是单身,但是在这之前他有过一个女朋友,很遗憾,她没能通过筛选。

"她……难道就是周爽吗?"

袁志新没有回答,只是点了点头。

"这怎么可能?"白鸣秋走到他面前,"她不是应该已经……"

"我怎么会把她认错?"袁志新突然大喊,"之前在梦里,哦不,在你们所谓的那个乌托邦里,我也看见了她。"

周爽是乌托邦启动前袁志新的女友,但她并没有通过筛选。理论上她的肉体应该在地下某个冷库里,等待下个文明将她复活。

要从一百亿人中筛选出三十亿人来绝非易事,因为这三十亿人将要决定人类未来社会的走向。在乌托邦启动前,设计者提前五年开始在食品中投放纳米级芯片,原本打算在十年后启动的计划因为小行星而被迫提前。这些芯片负责将人类大脑与服务器相连。在2049年的2月7日,当各个时区的人们进入睡眠后,他们的大脑便被联结到服务器上。

为了进行筛选,计划的设计者会逐渐清除人们的记忆。他们在进入服务器后,会逐渐遗忘自己的朋友。当一个人被所有人遗忘后,他就会被筛掉,不能进入接下来的乌托邦世界。每个人最终只能记住一个人的名字,而所有人在进入服务器时会被清除关于同自己有血缘关系者的记忆,保证筛选的绝对公平。

也就是说，当一个人被所有人遗忘后，他就真的从这个世界上消失了。

白鸣秋对这一套机制再熟悉不过了，因为她和华风便是这整个计划的设计者。他们相信，人类文明想要延续下去，向外太空进发已经来不及了，只有走向虚拟这一条路。

"我活了下来，"袁志新把头埋到掌心，"但是我把她忘记了。"

白鸣秋理解袁志新此时的崩溃。她看过袁志新的资料，他能活下来确实因为周爽最后记住了他，但是袁志新像大部分人一样，谁都不记得了。

"是我对不起她。"

"你刚刚说你还在乌托邦里看到了她？"

"嗯，绝对不会错。"

"她和你说过什么没有？"

"什么都没有。但是刚刚在广场上，她说……"袁志新肿着眼睛看着白鸣秋，"'他知道得太多了，不能让你活下去。'"

这句话实在诡异。"你"指的一定是袁志新，但这个"他"又是谁？难道是指自己吗？为什么又不直接去暗杀那个他，要对自己的男朋友下手？她到底又是怎么出现的？谁把她从冷库里放了出来？

白鸣秋绕到房间外，拨了特别调查组的电话，漫长的停顿后，对面终于有人响应，是丁丽的声音。

"今天中午在中央广场袭击我们的那个女生醒过来了吗？她说过些什么没有？身体检查下来如何？"

"老大……"

白鸣秋察觉到丁丽的异样，正常而言，特别调查组的电话需要保证三秒接通,对方和自己搭档多年,对这套规则是再熟悉不过了。

"今天人带回来后,我们就收到了工作调动。您被开除了,多余的信息我也不能透露给您。我只看到那个女的很快就被转移走了。"

6

白鸣秋听到人被调走后的第一反应是——"完了,线索就这么断了。"

周爽突然出现,无论那个人是不是真的"周爽",她在意外发生后突然出现,甚至把枪对准了袁志新,说明袁志新和她已经触碰到什么秘密。但她作为整个特别调查组的核心,能够不加警告直接将她开除的人寥寥无几,这种权力只可能来自事件的另一端——华风。

华风自掉线后连身体在内都处于失踪状态。整个乌托邦系统的构建细节都是华风落实的,他在政府的权限也高过白鸣秋,可白鸣秋相信华风,难道是他被人胁迫了吗?但这可能性更低,因为所有人都经过筛选,有潜在犯罪倾向的人都不能通过测试。一切像团毛线,把白鸣秋困在其中,她好像刚抓住一个线头,却硬生生让它从手里溜走。

第二反应则是——"今天晚上住哪?"

因为特别调查组的工作内容特殊,他们每个人都要住到事先安排好的宿舍。白鸣秋作为乌托邦计划的设计者,整个特别调查组的核心,被开除意味她无处可去了。经历了白天的事,她也不放心让袁志新一个人住在家中。

"你这里还有空房间吗?"

袁志新没说话,只是向她身后指了指,是一间书房。

白鸣秋终于有机会能够坐一会儿,但是她很清楚,这一切不过是个开始，而这之后是什么，她可能永远也想象不到。

口袋震动了一下，手机有一份新邮件。白鸣秋看见发件人的时候不由自主地吸了口气。

——来自"风"。

这是华风发来的。

点开内容，只有短短的一句话。

——"别回去了。"

回哪里去？家？特别调查组？还是乌托邦？

他的这封邮件就像周爽的那句话一样，指代含混不清。内容都来不及表述清楚就匆匆发送，难道他真的有什么危险？

暮色像一条快干涸的河流，静静地躺在远处的天际线，橙色的光透过窗子射了进来，白鸣秋半张脸露在光线里。她已经懒得去拉上窗帘，就让自己在温暖中再多待一会儿。天已经渐渐凉下来了，即将到来的这个夜晚可能会无比漫长。

袁志新还拖着脑袋在沙发上发呆。白鸣秋走到厨房，把冰箱里剩下的食物全都拿了出来，也只够两人一顿简餐。

她把鸡蛋敲在锅里，滋滋的响声混着香味飘散在这栋房子。

"你不来吃点吗？"白鸣秋向他笑笑，试着缓解两人之间的局促。

"不了。"他起身离开沙发，回到自己的房间里去。

7

没有乌托邦的夜晚，白鸣秋一下不知道怎么入睡。袁志新的机器在掉线后已经损坏，自己家又回不去，买一个新的需要经过漫长的审批。她把被子盖过头顶，又在床上翻了几圈，但反而更加清醒了。

她试着努力回想乌托邦出现前的日子，那时候每天从研究所回来都已经是凌晨两点多，更多时候她就直接睡在实验室里，连被子也没有，睡一会儿就很不错了，哪有空失眠。在实验室的时候，华风会把自己的外套披在自己身上，闭上眼她就能闻到那些外套上的香味。

她开始有点想念华风了。他们从大学开始就是同学，一起念到研究生、博士，两人相处的时间太长了，彼此太过熟悉，干脆就在一起了，他们最后也一起完成了一项堪称伟大的发明，足以载入人类历史。睡在完全陌生的房间里，她开始怀念以前两个人一起的时光。那时总抱怨不够睡，现在却睡不着了，这也算是一种遗憾吧。

拉开被子狠狠地吸一口气，除了陌生的房间和床，她隐隐对今天的一切都有些不安。黑暗中他听到房间外传来细碎的异响，像是昆虫爬过了叶子。

声音从西面传来，是客厅。

房门拉开一条缝，有人开了茶几上的灯，白炽灯泡照亮了茶几周围小小的一圈，一个人的背影被拉得很长。他微微斜过身子露出侧脸来，是袁志新。他不停地在桌上摸索些什么，停滞片刻后又把衣架上的外套穿好，拉开房门走了出去。

白鸣秋退到房间里，她把衣服换好，倚在窗边，把帘子拉开一条小缝，袁志新已经走到道路尽头，在看清他转身的方向后，白鸣秋立刻翻身出了窗外，跟在他的身后。

这个时候人们都应该在乌托邦里活动，只有几盏路灯还象征性地亮着。袁志新的身影在灯光下被拉得很长，从一个街道转到了另一个街道。乌托邦诞生后，白鸣秋从未在这个点到街上游荡。不止是在前面快速穿梭的袁志新，她听到街道的另一端也有声音。

她仔细分辨，不是寻常猫鼠乱窜的声音。她顺着动静的方向看过去，是向城市中心广场的方向。仔细看，远处的路口三三两两聚集着一小批人，他们在往广场的方向走去。她转过身，袁志新便消失在之前的十字路口。

"糟糕，跟丢了。"

白鸣秋在原来的路口犹豫了几秒。袁志新走之前没有带什么东西，他十有八九还是要回去，可以到时候再问。但是现在另一批人不仅没有去乌托邦，反而要到广场上集会。她隐隐觉得这批人和现在发生的一切脱不开关系。

这批人并没有穿统一的衣服，但手上却拿着各式枪支。武器在这个时代被严格管控，这种规模的应当有专人提供。他们三三两两地在街上晃着，并没有一点将要游行集会的精神，反而处在昏睡的边缘。这种精神状态绝对不可能去抢劫军火库，一定是有人把武器分发给他们。

白鸣秋跟着人群停在了广场边缘，中央区域早已经没有立足之地。她静静地等在外围，片刻之后，人群突然高举双手。她这才注意到，中央喷泉上搭建了一个简易平台，围在喷泉周围的群众拿出手机打开闪光灯对准了中央，亮度刚刚能把平台照亮。

黑暗中一个人慢慢沿着梯子站到了平台上。前排的群众立刻将手机举过头顶。白鸣秋站在后排，看不到上台人的脸，那个人的身影在手机灯光下显得格外单薄，像是被糊在了架子上。虽然并不真切，但她隐隐觉得那个人影有些熟悉。她一边安慰自己不可能，一边却更加忐忑。

那人开口说第一句话时，白鸣秋就认出了他。

"华……风?"白鸣秋轻声呼唤,"你为什么在这?"

8

华风在台上咳了下清了清嗓子,环视了下周围,白鸣秋总觉得他发现了自己,但华风的表情依旧如故,没有透露出任何讯息。

"今天,我们聚集在这里,是因为我们肩上有我们文明的使命。现在的人类文明已经走得太远了太偏了,按照现在的道路走下去,我们的文明只有可能在一个阴暗的服务器里走向终点。我们再也等不来一个和我们一样发达的文明,我们能够等来的只有倒退。我们现在要建造一个我们的时代。我们要阻止文明的倒退!哪怕是付出自己的生命,哪怕是遭受毁灭,也要毁灭得光荣。"

华风故意压低自己的声音,激昂的讲话和他冰冷的语调很不相称。为了不被周围的人发现,四下的响应者也略有气无力,但还是发出了不小的声响。集会从开始到现在,居然没有出现过一个警察,一定是华风提前修改了警方的巡逻地图。但白鸣秋还是不明白,这到底是为什么。

"他们每一个人都认为你们失败了,甚至被贴上'淘汰'的标签。我们似乎无法左右文明,但是我们绝不可以坐以待毙,我们要创造我们的胜利!"

华风讲完这句后刻意停顿了下,缓缓巡视台下的支持者。他们将手高高举过头顶,努力地在狭小的夹缝里挥舞。他慢慢扫视全场,在看到角落时停顿了下,或者说白鸣秋感觉他停顿了下。黑暗中她其实根本看不清华风的五官,但冥冥中好像和华风对视了一眼。她的脑海里甚至闪过了华风的那个眼神,同往日一样执着,甚至变得有些偏执。

华风轻轻拍了下手宣布散会，人群由当中向外扩散。白鸣秋不自觉地好奇，这样规模的集会居然在开始前一点风声都未透露，这在信息无孔不入的社会更加难以想象。

她立起领子混在人群中，试着找找袁志新的身影。但人流中少有往袁志新家的方向走的，为数不多的几个看身材就能排除。白鸣秋回到家中，她还是从翻出去的窗子进去。家里面和出去时别无二致，袁志新先她一步回家，鞋子随随便便就扔在了玄关。她走到房间门前，伏在一旁，房间很安静，应该没有同伙，白鸣秋立刻打开门拿枪对准前方。

开门后的情景倒是出乎白鸣秋意料。袁志新已经睡下了，被子已经严严实实盖过头颈，完全没有出过门的痕迹。白鸣秋一手拿枪，另一只手戳了下袁志新的身体，他躺在床上毫无反应。她又用力推了一把，袁志新顺势翻过身去。

"不会真睡着了吧。"

白鸣秋坐在袁志新正对面，背贴在墙上，拿枪对准他。墙体的冰凉透过衣服渐渐蔓延至全身，她恍惚间又想起了在0度的实验室，隔着手套捏着干冰的感觉。那时候乌托邦还没有出现，华风还不过是自己的一个同学。从实验室出来后，他把白鸣秋的手放到了自己的口袋里，然后把脸悄悄凑过去。

"你相信吗？我们现在做的事能让整个文明延续下去。"

乌托邦是华风最大的心愿，是他的毕生追求。

"按照现在的设计，乌托邦能在各种极端环境下稳定工作二十万年。只要在这二十万年内有一个新的文明发现了我们，我们就有可能重新回到地球表面。"

她耳边响起华风暖暖的声音，和刚才的冷酷截然不同。现在的局势至少在一点点明朗起来，但是她还是不明白，华风这么做到底为了什么，以及袁志新和这一切又有什么关系。

9

天蒙蒙亮的时候，白鸣秋醒了过来，背后的墙壁已经不那么凉了。她理了下额前的头发，指间微微感受到阳光的热度。袁志新还躺在床上，半个肩膀从被子里露了出来。她重新振作起精神，花几秒钟恢复清醒，立刻把枪重新对准袁志新。

瞟了一眼钟，已经过了十点半，该醒了。她拿枪顶了袁志新，他还是没有醒来的意思，反而从容地翻过身去。白鸣秋用力推了他几下，一不小心把他从床上推了下去。袁志新滚到了床边的地毯上，低喊了一声。当他恢复意识睁开眼睛的时候，白鸣秋已经从床的另一边绕了过来，把枪对准了他的额头。

"说，你昨天晚上出去干什么了？"

袁志新还没醒透，以为自己发生了幻听，他揉着刚刚着地的左半边肩膀，迷迷糊糊地回了一句，"什……么？你刚刚在说什么？"

"你是去参加华风的集会了对吧？"白鸣秋步步紧逼，"说，你和他到底什么关系？你们想要做什么？"

袁志新确定自己醒了，不在梦中了，但白鸣秋清晰的字句反而让他更加茫然。

"我……我不知道你在说什么。"他侧过头对着白鸣秋，"我昨晚没有出去过啊，我也不认识你刚刚说的华风。"

"我再给你一次机会。"白鸣秋挥了一下手中的枪，一字一顿地说道，"你昨天晚上出去到底做了什么？"

袁志新也一字一顿地回复她："我真的没有出去过。"

白鸣秋把袁志新从地上拉起来，用枪抵着他后背示意他向外走，到客厅后他明白了白鸣秋的意思。

——自己昨天明明将鞋子整齐摆放在玄关里，现在它们就乱糟糟被扔在了地板上，进门的台阶上还有未干的泥渍，上面是自己的脚印。

"但这也不能说明我出去过了吧，或许是别人穿走了我的鞋。"

白鸣秋掏出手机，屏幕停在一张照片上。虽然因为光线不佳画面有点模糊，但路灯下袁志新的身影却很清晰。

他盯着画面看了三秒，放大缩小了多次。袁志新自己心里也明白，这个人就是他，但是对这一切自己却毫无印象。从这个视角看到自己有点可怕，像演员看自己的回放一样令人尴尬，更匪夷所思的是，他已经完全不记得这场戏了。

袁志新扶住额头，完全失了刚才的气势。

"但我……真的不记得了。"

10

袁志新撑着脑袋坐在桌旁，白鸣秋半靠在桌子上，一只手仍不忘扶着枪。

"你真的对此毫无印象吗？"

这是袁志新第三次就同一个问题点头，白鸣秋也从他的语气中察觉到了诚恳。毕竟这种情况下也没有必要再狡辩了。

白鸣秋向后一撑坐到了桌上,遮住窗外照进来的大半光线。问题越发复杂了,袁志新出去晃了一圈自己却毫不知情。

"既然你对此毫无印象,那么那些在集会的人会不会也……"

白鸣秋更加不能理解的是,难道是华风操控了那么多人?这些人从哪里来?他又是怎么办到的?最关键的也是最让她难以理解的,从华风掉线失联到现在,他到底发生了什么,为什么要这么做。

临近正午的光线照得她后背暖暖的,她回头看向外面的街道,仿佛一切都没有发生过,但只有她知道,平静表象的背后已经悄然酝酿了一个巨大的漩涡,可能要将这个世界每个人都裹挟其中。

她回头看了一眼墙上的钟,居然已经十二点半了,自己两顿饭都还没吃过。

"你家里还有吃的吗?"白鸣秋轻轻踢了下袁志新的椅子腿。昨天的晚饭已经将冰箱搜刮干净,但白鸣秋仍不死心要问一问。

"好像没有欸……"袁志新抬起头,"我一般都点外卖的。"

"应该有人已经盯上我们了,现在点外卖太危险。"

"对了,"袁志新起身往厨房走去,"地下冷库有我买的冷冻牛排,我以前煎过一次觉得太难吃了就放在那里,里面还有些咸菜。现在也就那些能将就将就。"

"好啊,有吃的就行。"

白鸣秋下意识地笑了一下,华风也不爱吃速冻的东西,他对吃的东西一直蛮讲究的,袁志新这倒和他有点像。但华风不喜欢收拾东西,家里的衣橱玄关永远都是乱的。

"白鸣秋!"

是袁志新在叫自己的名字。

"你快过来!"

白鸣秋立刻从桌上下来,带上手枪冲到了厨房。她挤过呆立的袁志新把身子侧进地下室。昏暗的灯光只能照亮地下室的中央,一双脚露在光线里,身子则沉在黑暗中。白鸣秋走近后打开手电筒,才看到那人的脸。

是周爽。

11

白鸣秋也不知该如何是好,她转身看着站在门口的袁志新,他侧身朝着地下室,脑袋向后贴在了墙上。

昨天中午周爽在广场失去意识后,理论上应该被警员带走,之后她被人从警局接走。现在的她仍旧昏迷不醒,绝不可能是自己躲到了地下室了。

只有一个可能——袁志新昨晚把她带了回来。

这样看袁志新昨晚并非无意识地在外乱逛,而是有计划地做了什么事。

从地下室出来时,她又看了眼袁志新,他把脑袋撇到一旁,似乎有什么难言之隐。

"怎么了?"

袁志新并没有回答,反而是又回到了那张桌子旁。

"你是不是知道什么?"

他仍是低头,手握紧捶了桌子一下。

"这……不可能啊。"

"你是不是想起什么了?"

袁志新把脑袋转了过来,一点点开口。他的声音像是老旧地板的摩擦声,低哑而又磕绊。

"我昨天晚上在梦中好像看见了周爽,但是她一下又消失了,"袁志新抬头看着白鸣秋,"梦中的我很焦急,我很想再和她见一次面,和她聊聊再道一个歉……"

"然后呢?"

"然后我就碰见她了。"

"啊?"

袁志新又摇了摇头,"过程其实没有那么简单,我当时是在黑暗中挣扎了很久,才重新看到了她。"

"挣扎?",白鸣秋不明白,"你不是应该在做梦吗?那么痛苦为什么没有醒?"

"我也不知道,"袁志新皱起眉头,"那种感觉好像是有什么人在和自己抢东西……"

"那你抢到了吗?"

"呃,"袁志新犹豫了几秒,不好意思地笑了一下,"抢到了。"

两人刚觉得放松一些,门铃突然响了。

一下、两下、三下。

两人面面相觑,在这种时刻每一个拜访都显得不怀好意。

铃声暂停了几秒后,又响起玻璃被敲击的声音。白鸣秋转身看去,是自己曾经的同事丁丽。

白鸣秋绕到门口,把门开出一小条缝隙来,丁丽立刻把头凑了上来。

"老大!你可以回去了!"

白鸣秋沉下一口气,开门让丁丽进来,回到特殊调查局,至少能够用上那里的资源。但她心中隐隐还是有些不安。

丁丽坐到椅子上,喝了一口水继续道:

"你被解职后,我查了下发指令的源头,你猜猜是谁?"

"华风?"

丁丽吃惊地把头往后一仰,"你怎么知道?"

"待会儿再告诉你,"白鸣秋不断催促她,"捡要紧的说,少卖关子。"

"那个在广场上打算射击他的人",丁丽向袁志新看看,"转移指令也是由华风下达的。"

这白鸣秋也能理解,看来果真是华风操纵了这一切,但是他到底要干什么。

"你看上去一点也不吃惊啊。"

"如果我说,我昨天夜里在城市中心广场看到了他,你会怎么想?"

"这……"丁丽放下手中的杯子,起身向外走去,"看来局势比我们想象得糟糕多了,先回特别调查局吧。"

12

汽车缓缓开到城市广场,两边的玻璃都经过了特殊处理,外面的人难以一窥究竟。白鸣秋拉下车窗,胳膊轻轻顶了袁志新一下,"趁现在多吸两口吧,之后就没有这种享受了。"

袁志新没明白她在说什么,市政楼旁的车库大门缓缓打开,汽车突然之间加速,气流一下子灌倒车里来。进入车库的瞬间,车窗自动关闭,车库内部并非一个宽敞的空地,而是一条狭长的车道,无限向地下延伸。

车轮在地上发出剧烈的摩擦声,即使隔着玻璃窗也能感受到巨大的噪音。袁志新不自主地皱起眉头,白鸣秋在一旁窃笑。

"袁先生,请系好安全带啊!"

丁丽从驾驶座转头提醒袁志新,他刚刚反应过来,车子开始又一轮加速,他整个人向后一倒,在慌乱中摸到保险带把它扣紧。车轮溅起水花落在玻璃上,袁志新侧过身把头贴在玻璃上,猛地发现积水已经没过了半个轮胎。

"你们这里的排水难道出了问题?"

白鸣秋只是笑了下,没有回答。汽车速度渐渐放缓但仍在不断下潜,水位涨了起来,很快便漫过了车顶。几秒后轮胎摩擦的声音突然消失,视野陷入一片灰暗。丁丽打开了车身的灯光,袁志新看到有鱼群从车窗旁经过。

"这里是……?"

"我们在海里啦!"丁丽回道,"前面才是特殊调查组的基地。"

袁志新感觉周围的空气有些沉闷,一下就理解了白鸣秋刚刚的提醒。

对面的石壁发出异动,两块巨石从中间打开,露出一个开口,几秒后汽车穿过小口在一个平台渐渐停下。整个平台在不断上浮,透过窗子可以看到外面器械的运转。当一切静止后,汽车渐渐露出水面。车门打开,袁志新跟在白鸣秋身后进了电梯。她一次性按了好几个楼层,接着整个电梯突然加速,片刻后停在一个大厅外。

整个楼层呈环形展开,内壁则是一堵玻璃墙,外面就是蓝色静默的深海。三人向走廊一头走去，袁志新从未想到临近城市的水下还有这么一个基地。

"近年来，我们在城市周边的海域检测到异动，"丁丽解释道，"这种异动非常规则，甚至形成了某种频率，我们近年来的目标就是解读这种现象。"

"负责这个项目的科学家华风和你一样掉线了，"白鸣秋拍了拍走廊尽头的一台机器，"坐上来吧，说不定我们能恢复你登录乌托邦的权限。"

"我一定要……"

"没错，"白鸣秋看着他点点头，"一定、必须回到乌托邦，无论你喜不喜欢。这是这个世界的基本法律。"

袁志新坐到机器上，这台机器比家中的要大一些，功率也会更高。当他躺平身子重新戴上传送头盔，他又找到曾经的那种厌烦感，但是这次更多了一些对未知的恐惧。机器的舱门渐渐合上，他的视野归入黑暗。

白鸣秋在一旁注视着屏幕。请求登录、遭到拒绝，与医院的情景没有什么差别。白鸣秋调出拒绝代码，果然是华风下达的。

她迅速敲击键盘打出另一行代码，屏幕上跳出一个提示框。

——"最高权限验证。"

白鸣秋把手按在屏幕上，提示框变成了一个反复转动的沙漏，当它反复颠倒十秒后白鸣秋有点坐不住了，这个沙漏变成了她的永动机，让她在屏幕面前来回走动。

沙漏卡在了转换位置的中间，屏幕里不断流动的像素凝滞了两秒，白鸣秋压下一口气，片刻之后画面整个消失。

房间里的监控摄像头突然转动，最后停在面朝白鸣秋的方向，头顶的灯光也被人调亮。

画面再次抖动了一下，扭曲的色彩逐渐恢复正常，露出一张人脸来。

"华……风？"

13

"你到底在哪里？"

白鸣秋对着屏幕大喊，电脑旁的麦克风自动凑了过来。远处的丁丽看到这幕有点吃惊，她没想到白鸣秋再一次和华风说话会是这种语气。

屏幕的色彩慢慢变亮，白鸣秋重新审视这张脸，几日不见他似乎更加消瘦，五官在光线下显得更加立体，眼袋和黑眼圈还是这张脸上抹不掉的痕迹。

好在只是瘦了，脸上看不出有什么伤。但白鸣秋更无法理解了。

"你到底想干什么？"

"鸣秋你听我说，"华风故意侧过头，避开了白鸣秋的眼神，"我们的时间不多了，我必须要修正我犯下的错误。"

"什么错误！"白鸣秋声嘶力竭地大喊，但华风还是不看他，"你清楚你到底在干什么吗？"

"正是因为清楚，所以才要做下去。"

白鸣秋气得无话可说，她不想继续和他打哑谜了。但华风语气坚决，却不敢正视自己，这不像他的风格。

"你现在是就一个人吗？"

华风沉默了几秒,他痛苦地捂住头背过身去。

"你别问了,我就一个人。"

"华风!"

"离这件事远一点吧。求你了。"

屏幕迅速闪动,华风从画面里消失,取而代之的是一行大字。

——"授权失败"。

白鸣秋失落地走到机器旁边,袁志新还躺在里面。她按了退出键,但机器并无反应。

"不会吧……"

她连按了好多下,机器岿然不动,舱门依旧不肯打开。灯泡随着她按动键盘的节奏闪了几下,然后亮度陡然增加,接着毫无预警地爆了,洒了一地的玻璃碴。

——"警告:电流超负荷,进入过载保护模式。"

所有带显示屏的东西都显示了这句话,除了那个死机的乌托邦接入器。

这台机器的电线藏在地板下,直接和整栋楼的电路接在一起,也就意味着没有插头。白鸣秋看到机器底座闪着电火花,金属的外壳变得烫手,如果温度持续升高,袁志新在里面会直接被烧死。

"老大,往后退!"

丁丽拿起激光枪,对准舱门。

"你小心一点!"

"老大我心里有数!"

舱门连接处闪着火花,空气里弥漫着烧焦的味道。几秒之后外壳的金属完全熔化,舱门从机器上掉了下来。袁志新仍旧躺在机器里,但脸已经被闷得通红,丁丽立刻叫来了医护人员。

看来之前周爽要取袁志新性命也是因为华风,但白鸣秋始终不明白这两人之间有什么关系。她又想到了周爽的那句"他知道的太多了,不能让你活下去"。那个"他"是谁,到底谁知道了什么?华风说的"失败"又到底指什么?

摄像头、麦克风都还保持着刚才的位置,救护人员也终于赶到。特别调查组从来没有像今天这样狼狈。白鸣秋也开始怀疑华风的话。

我们真的错了?什么错了?错在哪?

一连串的疑问却换不回一个答案,恐惧怀疑凝成一个问号,困住了基地里的他们。

14

躺在担架上的袁志新很快恢复了意识,除了身上有几处烫伤,并无大碍。他起身把护士倒给他的水全喝掉了,水里有特殊成分,能帮助他从极端环境快速恢复过来。

白鸣秋向前来帮忙的医护人员道谢后,拉起磨砂玻璃,将这里与外面的走廊隔绝开来。确定四周无人后,她回到房间里把所有电子设备全都关掉,用衣服挡住对准自己的摄像头。

"你这是要干什么?"

担架上的袁志新有气无力地问着,他还想再问医务人员要几杯特殊饮料。

白鸣秋向丁丽招了招手,两人围坐到袁志新旁边。

"你觉得周爽为什么要杀你?"

袁志新摇摇头:"可能是因为我在筛选中把她忘了。"

"你再想想她的话。"

"我不明白,"袁志新停顿了下思索道,"我不知道她说的'他'是谁,我们共同认识的人基本都没能通过筛选。"

"那你觉得华风为什么要杀你?"

"我更不知道了。"袁志新有点不耐烦想要起身走开,被丁丽给拉住。

"我根本不认识他。"

"你们仔细想一想,"白鸣秋看着丁丽与袁志新,"周爽没有通过筛选,那么她的身体理论上应该被永久冰冻保存才对。他们的大脑活动在进入冰冻前也应该被暂停,而她的身体离开冷库后马上就会腐化。她是怎么出来的?你们想想有谁能把她放出来?"

"你的意思是……"丁丽若有所思地看着她,"华风把她放了出来,并让她来杀掉袁志新?"

"可他为什么要这么做?"

"我们为什么会出现在这里?"白鸣秋反问袁志新和丁丽,"因为他从乌托邦掉线了。他的掉线肯定影响了华风的计划。"

"那你觉得华风的计划是什么?"周莉问道。

"我不知道,昨天夜里他进行集会时,我看到参加的人都有武器。你去查下武器装备库有多少武器被调走了。"

丁丽到旁边的办公桌,袁志新仍旧一脸茫然地望着白鸣秋。

"那么我们接下来该怎么做?"

"今晚先回家去,"白鸣秋笑了一下,"你昨晚只是把周爽带了回去,我猜今天晚上你还有事要做。"

"老大!你快过来看!"

丁丽在房间另一头大声呼喊，白鸣秋觉得自己的屏蔽门白拉了。

数据上显示武器存储、冷库开关指数都很正常，华风还是警觉地把自己的行为抹掉了。丁丽指了指屏幕的一角。

——"思维消失人数：1273"

消失不同于掉线。这个数字意味着，有1273个人从这个乌托邦虚拟服务器消失，意味着他们再也不能在现实中醒来。之前也从未发生过类似的情况，她看了看思维消失的时间段，是从袁志新掉线后才开始的。

"老大，我们该怎么做？"

"今晚我和他回去，你留在这里静观其变。"

15

白鸣秋倚在墙上，冰凉的触感让她保持清醒。又回到了这栋房子，昨天她还从这里翻了出去游荡在大街上。不过一夜之间，有1273个灵魂从这个世界彻底消失，她不明白华风是怎么做到的。夜色像是燃尽的灰尘铺在面前的地板上，她现在能够清楚地听到其他房间的动静。

一阵金属和轨道摩擦的声音响起，地下冷库的门已经被拉开了。

猫着腰走入客厅，她正巧看到袁志新把周爽抱了出来。黑暗中他行进得十分缓慢，绕过桌子把周爽放到了沙发上。

白鸣秋打开客厅的灯，想看看他有什么反应。袁志新突然回头注视着自己，白鸣秋从没有见过这样一种眼神——空洞，但又混杂着挣扎。他站在原地愣了好几秒，最后又走回自己的房间里。

袁志新从房间里推出自己的梦境连接器。这台没有特别调查组的那台庞大，只有一个椅子加上脑部头盔，虽然功率弱了些，但是基本的功能都有。

"这台东西不是因为他掉线而报废了吗……"

袁志新的手沿着机器的外壳向后摸索，在两块金属的交界处向下用力，一块外壳从机器上脱落，露出来内部的面板。白鸣秋才注意到他在椅子上放了一盒工具还有些许零件。他把面板拧下，拆下一个红色的器件，又换上一个新的。

白鸣秋暗暗吃惊，她看过袁志新的简历，标准的文科男，从没有受过机械相关的教育。现在的他好像处于梦游状态，反而比白天更加清醒，还学会了修机器。

袁志新把周爽抱到了连接器的椅子上，替她戴好头盔，接着将机器接到电脑上，显示器上出现乌托邦的登录提示。袁志新并没有直接登录，反而是在界面栏里敲击了一行代码，接着一个程序输入框跳了出来占据整个画面。

白鸣秋太熟悉这个框了，只不过它再次出现的方式让她始料未及。一连串密密麻麻的数据瞬间占据了屏幕，袁志新在右下角又敲了一行代码，屏幕上的数据少了一半。

——他居然在使用华风的权限指令在数据库上检索。

仔细看袁志新敲的代码，就连手法也和华风如出一辙。第一行的指令是登录记忆数据库，第二行特指未通过者的记忆库。

未通过筛选者他们的肉体将会被保存在冷库进入休眠状态，为了减少身体能量损失，他们的思维将会被封存上传到一个硬盘里，但并不会进入乌托邦服务器。

袁志新是想将周爽的思想重新下载回她的身体里！

但白鸣秋仔细看记忆库，袁志新的鼠标来回拖动了三遍，居然一个人的记忆也没有了，难道他们的思维也消失了？

面对空空如也的记忆库，袁志新的双手忽然开始颤动，他整个人先向后剧烈摇晃身体，嘴完全张着吃力地喘气。白鸣秋上前想要扶他一把，但他又整个人跌在键盘上，右手紧紧握住鼠标拍击桌面，发出撕心裂肺的惨叫。

16

白鸣秋用力摇晃袁志新的身体，除了颤抖，袁志新毫无反应。他的眼睛就死死地望着显示器上方的天花板，没有一丝一毫波澜。沉寂的眼神和他的动作形成了强烈反差，白鸣秋甚至隐隐觉得，他的身体似乎快被撑爆了。

远处的街道传来汽车急停的声音，白鸣秋不得不保持警觉。十一点以后所有公民都应该进入乌托邦，没有人能够在街上游荡，这很有可能就是冲着自己来的。

她连忙拉上窗帘，把房间的灯关掉，整栋房子又回归漆黑，除了她在黑暗中乱晃的闪光灯。

白鸣秋给还在值班的丁丽发了消息。十分钟，特殊调查科出动救援队需要十分钟。在此之前白鸣秋打算把袁志新抱到房间里去，但他仍旧抓住鼠标键盘不放。刚将他抱离椅子一点，他就立马用力挣脱她。袁志新仍在不停颤抖，尖叫声也没有停过，但手却没有松开的意思。他干脆把鼠标键盘都揽到怀里，整个人弓起来蜷在椅子上。

外面的脚步声一点点靠近，白鸣秋有点不安。她伏在玻璃窗上把帘子拉开一个小口，有士兵在自己街道里集结。他们在街道交叉处的的空地整顿队形，接着立马分散开来。白鸣秋看着他们手持器械，直接站在了每家每户门口，另一队人直接冲入了各间房屋进行搜查。

在她犹豫之时，有一波人从街道另一头开始搜查，还有两家就到这间房子。白鸣秋跑回袁志新旁边，她试图把整个椅子拖入房间，塑料椅腿在地板上发出剧烈的噪音。白鸣秋在心里暗骂了一句，她听到隔壁的调查组脚步声的逼近，干脆放下袁志新，直接拿出枪站在门口。

袁志新的动作一下子更加激烈，拍鼠标的声音一下子甚至超过了刚刚椅子的噪声。

"我的天，你不用这么急着送死吧。"

一队人马直接站到了门口，白鸣秋数了一下，正好五个。若是和他们发生冲突，立马街道上的其他士兵会来增援，她根本挡不住。

她的手机响了一下，是丁丽的信息。

——"他们已经把城市中心广场附近的路都查封了，大批士兵在围攻基地，我们已经退回去和他们对峙。"

也就是说自己要带着一个意识不清的人从这条街上突围。

白鸣秋深吸一口气，在他们进入之前就把门打开，朝着最前的士兵猛踢一脚。第一个顺势摔倒，白鸣秋抢过她的武器，双手开枪朝她后方射击。第一批人向后倒退，退到马路上，两个士兵直接架起一把机关枪冲着房子扫射。两边的玻璃瞬间碎成一片，渣子掉在房间各个角落，屋子里满是硫磺的味道。

袁志新仍旧坐在原来的电脑桌旁，白鸣秋把餐桌推翻，用力踢到他面前挡住一波攻击。

她斜在墙体后，朝对方开了一枪后立刻趴下。

这样不行,再这样下去,只要他们大量人马压上来,他们两个必死无疑。

袁志新突然大喊一声,盖过了子弹的袭击声。白鸣秋回头去看,桌子上的弹孔不多。袁志新慢慢抬起头,窗外的攻势突然加强,他连忙在键盘上打下什么东西。

窗外的枪声停了下来,白鸣秋有些不可思议。她偷偷侧过头去看,先前的士兵抛下枪又回到了原来的站位,门口趴着的那位又站起来走了出去,一切就好像没有发生过。

身后的餐桌被推着向前滚动,发出一声巨响,袁志新从桌子后面站了出来。他揉揉眼睛扫视了家中的乱象,白鸣秋此刻正躲在墙体后,瞪着眼睛盯着自己。

"你醒了?"

"嗯。"

"你刚刚做了什么?",白鸣秋指了指袁志新的键盘,

"现在没空解释,"袁志新冲她摆手,"我们先去基地。"

"怎么出去?"

士兵虽然从家中撤走,但仍驻扎在街道上,两个人出去无疑送死。

"像刚刚一样出去。"袁志新拿起车钥匙,"他们很快就会发现我们,现在时间不多了。"

17

"你说你有华风的记忆?"

白鸣秋驾车带着袁志新在路上狂奔,车后跟着一大批巡警。一连

串闪烁的车灯如同长剑，划破浓重的夜幕。白鸣秋朝左猛打方向盘，她的头发随惯性甩到了袁志新耳边。

"准确地说，应该是一部分'意识'。"

他们甩掉了一批车子开进了另一条小巷，道路尽头闪起了手电，迎面站着另一小拨人马。袁志新在键盘上敲下一批代码，他们乖乖朝两边让出一条道来。黑色的越野车在地上疾驰而过，随后他们的队伍又迅速合拢，把别人挡在外面。

"那你知道他现在到底要干什么吗？"

"不完全知道，我只有他在掉线之前的意识。"

"你为什么不能让所有士兵都停下？他们这样追赶我好累啊。"

"不行，"袁志新直接拒绝，顺便帮白鸣秋调了一下后视镜，"这座城市里只有40%的士兵是华风能够差遣的，剩下的都不归他管。"

"这怎么可能……"

白鸣秋清楚地知道，华风是整个乌托邦权限最高的人，不存在他不能掌控的事。

"那你知道这些士兵是从哪来的？"

"冷库，"袁志新低头输入代码，"他把之前存放未通过者的冷库打开，给他们植入了简单的意识芯片。"

"那周爽也是……"

"周爽应该也被植入了芯片，而且这应该是他们专门用来对付我的。"

白鸣秋突然明白了周爽那句莫名其妙的话，原来那个"他"指的是华风，袁志新有了他的意识，所以要置他于死地。

"华风的意识是怎么进入你的身体的？"

"应该是我们同时断线的时候。"又是一个急转弯,袁志新向椅背上靠,子弹打入钢板发出巨大的噪音,他下意识地捂住耳朵,几个士兵忽然从前面的街道冒了出来,他连忙把手放回键盘,躲过他们的追击。

"当时他的意识没有回到他的身体,反而是串到我这里来了。而且这部分意识很弱,只有他完整意识的30%不到。白天他的意识沉睡在我的意识之中,但到了晚上两种意识都开始活跃,我的意识借华风的意识找到了周爽,想把她原来的意识传输到她的大脑中,但是……"

"但所有未通过者的意识都被删除了对吧?"

"没错。"

"那我怎么确认现在和我讲话的是袁志新还是华风?"

"是袁志新,"他重重敲下回车,前面的士兵又让出一条道来,"当我的意识发现自己再没可能救回周爽后,他就失控把华风的那部分'杀'了。现在他在我的意识里只剩下他的意识残骸,就是他的记忆。我能看到他的记忆,但他的意识再也不能左右我的行为。"

"那他掉线前发生了什么?"

"这我不清楚,"袁志新摇摇头,"他的记忆里只有一个画面。好像是在一个工厂,总之非常模糊。"

白鸣秋猛地转弯,下个路口就是城市广场,中心广场的灯光已经从两旁的街道里露了出来。进入调查组就意味着两人暂时安全。

"我提醒你一下,"袁志新的电脑在车窗玻璃上投射出一张地图,"从这个路口到广场大楼所有的士兵都不是我们能控制的。他们现在应该正和管理局进行激烈的交火,你要做好准备。"

18

距离城市中心广场七十米,外围的士兵站了三排。队伍中最靠前的士兵对着天空开了一枪,示意他们停下。

"把安全带解了。"白鸣秋在路口处猛地掉头往另外一个方向开去。

"转过来,把枪拿稳了!"

袁志新不懂要往哪里转,只好尴尬地在椅子上转动身子。

白鸣秋拍了他一下,"背朝挡风玻璃,跪在椅子上坐好。"

他按照指示照做,顺便把枪口端在椅子上借力,越野车忽然猛地开始倒车。

"你要干什么?!"

子弹敲击在车尾的玻璃,发出一连串密集的声响,像是恶魔活动关节。汽车继续加速倒车,车尾的玻璃完全碎开,袁志新半个脑袋藏在了椅背后,枪口朝着外面不断射击。

白鸣秋按下左边的按钮,车尾的备用轮胎弹了出去。

"拜托!你不会想用这个突围吧?"

袁志新在一旁的反光镜里看到了白鸣秋毫不吝啬的一个白眼,轮胎还未滚到他们的阵列便停了下来。

"瞄准那个轮胎!"

"啊?"

"快点别废话!"

袁志新的枪口颤动着离开椅背,在空气里乱晃了几秒后,他终于扣下扳机。此时整辆车猛地向前,袁志新差点因为惯性飞出去。身后的轮胎中弹后突然爆炸。后排士兵的阵型一下乱掉，白鸣秋再次倒车冲进广场。

全城的士兵听到爆炸声全都向广场聚集，政府大楼旁的地库缓缓打开。

车身四周的玻璃已经被完全击碎，白鸣秋干脆把椅子向后放平，转过身趴在椅子上朝后射击。颠簸中她一只脚踩油门，最终将车开到了地道内。

看着地库的门缓缓合上，两人渐渐放松。袁志新靠在车窗上，旁边的钢板干脆整块脱落下来。一辆车从底下轨道缓缓驶出，他和白鸣秋长长吸一口气，便进入另一个车厢。

这次的旅途不像第一次进入调查组那样漫长，一路上两人耳边似乎还是刚才一连串的枪击声。白鸣秋虽然一直接受特殊训练，但这是她第一次真正参与任务。她这才发现自己的衣服被扯出一道口来，而这还只是刚刚开始。

两人走入电梯，轿厢里可以直接看到这座堡垒不停运转的机械。白鸣秋曾经觉得，自己好像这里面的一个零件，永远找不到停下来的机会，现在再回想，往日的工作都不算什么。

她看一眼旁边的袁志新，这人在三天之前还只是一个普通人，准确地说，一个失去了女朋友的普通人。短短几天内就经历人生那么多的起伏落差。此刻，他的脸绷得很紧，冷风把他的血管都吹得相当明显。她轻轻把手搭在袁志新身上，她不知道这样会不会让他放松一点。

电梯在到达指挥中心的楼层后停了下来。大门缓缓打开，白鸣秋以为中心里早已坐满了工作人员，大家都在等待进一步的消息和应对措施。

但白鸣秋这次错了,指挥中心里只有丁丽一个人。

19

"老大!"

丁丽的声音拖着沉重的哭腔,最后一个音在空荡的指挥中心里徘徊了好几秒。

"怎么回事?为什么就你一个人?其他人都被拦在路上了吗?"

"你没收到我的短信吗?"

白鸣秋一路上连路都来不及看,哪有什么空看短信。当她点亮屏幕的时候,整个人愣了好几秒。袁志新把头凑过去,看到几行字。

——"老大,现在所有人都在乌托邦里,他们没有办法从里面下线了。我想试着登录也被拒绝。"

也就是说,除了这里的三个人和外面那些疯狂的"士兵",地球上所有人都陷入了沉睡。

"这还不是最糟糕的。"丁丽把一张表格投到大厅中央的屏幕上,"乌托邦在之前已经陷入了全面混乱,而里面的思维数正在大幅度减少。"

根据图表显示,服务器上的思维数量减少了 4209 人,超过了之前消失的总和。

"那我们现在……"

话还没有说完,头顶传来一阵阵轰鸣,办公桌上的笔筒不停晃动,许多文件夹滑落到地上,发出沉闷的声响。

白鸣秋这才注意到,整个指挥中心非常凌乱,地上布满掉落的文具、纸张，角落里还残存着些许玻璃碴。她抬头看去，资料柜的玻璃都空了，整个中心透露着末日的荒凉。

"这是怎么回事？"

"自从军队包围了这里后，就不断有人进行空投打击和地下冲击波的攻击。我们可能坚持不了多久了。"

"我想回乌托邦。"袁志新突然发言，出乎两人的意料。

"我现在有华风的部分记忆。"袁志新解释道，"他最终出事的地点实际上应该在乌托邦，而现在乌托邦陷入混乱，一定是华风在里面做了什么。我不知道他最终的目标是什么"

"但你被华风禁止登录了。等下……"白鸣秋恍然大悟，"现在你应该能够解开华风的指令了吧？"

"应该可以。"袁志新笑了一下，"毕竟他的手法还有密码我现在都很清楚。"

丁丽从实验室搬来了两台连接器，袁志新重新打开乌托邦的登录页面。他从没想到当自己能够逃离这个地方后，还会尝试回去，乌托邦三个字对他的含义早已经发生了变化。

他在屏幕上敲击一连串的代码，彩色的登录页面转变为一个黑白的程序输入框，他把华风的账号密码输入进去，接着又敲入一段指令。画面中央再次跳出一个不断旋转的沙漏，这回他只颠倒了几次，片刻之后沙漏变成一行文字。

"您已解除袁志新'禁止登录'命令。"

袁志新向两人比了一个 OK 的手势，他拿起一旁的头盔，走到房间角落的机器上坐下。

"如果你们准备好了，我就马上开始。"

20

乌托邦的时间一反常态调到了晚上。夜里的云压得很低,像一截快掉落的烟灰。再次登录时,白鸣秋和袁志新站在了中央广场。虽然没有现实中层层士兵的包围,这里仍旧肃杀。凌晨的风吹在白鸣秋和袁志新的脸上,是熟悉的仿生冷感。

白鸣秋一眼就看到广场旁边的封锁线,入口处还立起一块黄色的告示牌。两人靠近查看,上面只有一行大字。

——"近日因中心广场常有不明生物出没袭击市民,因此暂时封闭中心广场。"

"这怎么可能……"

对乌托邦的设计者而言,她太清楚这个虚拟世界压根不存在什么不明生物,一定是有人从中作祟。

袁志新抬腿跨过封锁线,绳子带动了周围的绿化,发出细碎的声响。远处路灯下的树林立刻冒出了两个人,他们拿枪对准了白鸣秋和袁志新。

袁志新尴尬地回头看着白鸣秋,白鸣秋倒是无所谓,她太清楚这个世界的规则了,枪哪里是随随便便就有的,华风要对付他们也不至于用这么幼稚的手法。这两个家伙手里的东西肯定只能用来吓唬人。

白鸣秋从口袋里掏出证件,大大方方地向对方走过去。靠近后才发现那不过是两个大学生模样的男生,他们看到了白鸣秋的证件,竟手足无措起来。

"你们在这里干什么?"白鸣秋指了指另一边的告示牌,"没看到上面写了什么吗?"

"看到了。"左边的男生把头瞥向一边,"所以才等在这里。"

"你们在等什么,不明生物吗?"

"嗯。"

白鸣秋没忍住笑了出来,但面前的这个的男生反而因此更加生气。

"你们不懂!"他直接嚷了起来,一旁的同伴使劲拉了拉他的袖子,但他仍旧要说,"我的好朋友就被他们抓走了!"

"你确定?"

"确定!"男生甩开同伴的手,直接比划起来,"那天我们一起回家,在那个路口分别。我转身系鞋带的时候看到有个东西把他给抓走了,然后他就消失了。"

"那个东西长什么样?"

男生用手在头顶比划了一阵,"反正那么高,全身都是黑的,而且像幽灵一样飘在路上。"

"这怎么可能。"白鸣秋直接否定,"乌托邦里的一切也还是要遵循物理规律的。什么东西能够飘在路上?"

"鸣秋。"一旁的袁志新轻轻拍了拍白鸣秋肩膀,"他说的好像是真的。"

"什么?怎么连你也……"

"我是在华风的记忆里看到的。"袁志新注视着白鸣秋,"是在他记忆里的最后一个画面。"

21

乌托邦的商店、宾馆全都关了,大家都察觉了异样。没有人能从这个系统下线，所有人都不得不谨慎起来。凌晨的风吹动中心广场的旗子，发出塑料摆动拉扯的声响。刚才的两个学生告诉白鸣秋，自从他们被禁止下线后，便再也没有收到过现实世界的消息，没人知道在服务器外面发生了什么。

现在人人自保，住到别处已经不太现实。白鸣秋和袁志新顺着街道往回走，这里的道路没有先前的枪战，还是一个寻常夜晚的样子。但白鸣秋已经不记得"寻常夜晚"是什么样的，过去的日子就像手掌里的一个小伤口，时间久了翻来覆去也找不到原来的痕迹。

白鸣秋停在路口，下个街道就是袁志新的家。她拉住探出半个身子的袁志新，两个人躲在街角的电线杆后。

街道里的风声忽然响了起来，白鸣秋侧身望去，远处街道的光线发生扭曲。路灯发出的光亮在空气中不断缠绕形成一个漩涡，而在漩涡中心的却是一个浑身漆黑的影子。

袁志新努力晃动脖子，却始终看不到街道里的画面。那个黑色的身影直接飘进了袁志新的屋子。不止有一个黑影，另外几个影子也从漩涡里飘了出来。

片刻之后那个黑影从屋子里出来，向后面的街道走去。他们看上去没有收获，白鸣秋暗中松了口气。

袁志新旁边的人家突然打开了灯，几个黑影同时转身。

"你家旁边有人吗？"

"有啊。"袁志新撇撇嘴，"那个老头半夜老是要起来，有的时候动静还不小。"

白鸣秋看着几个漆黑的影子从房子里抬出一个老人来，向下一个街道走去。老人没有挣扎，没有喊叫，就像是睡着了一般静静地躺在一团黑影中。

两人决定跟着他们,看看这些失踪的人到底会被运到哪去。他们沿着同一条街道不断向下,一路上几个黑影也没有抓过其他人。白鸣秋看了眼指南针,他们是在往海边走,华风出事的海域。

渐渐白鸣秋已经能闻到咸湿的气味,海风的吹拂让人感觉更加阴冷。除了眼前的这几个黑影,天空里若隐若现能看到些许黑影,他们从密集的云层里露出脑袋,不少也带着一两个人在高空飞行。

在靠近海水的地方,黑影逐渐聚集下落,海水中央旋起一个漩涡,黑影带着他们的战利品消失在茫茫波浪里。

等白鸣秋和袁志新真正站到海面旁,先前的黑影全都不见了。他们站在围栏旁,努力探出身子。身下的海水已经恢复往日的平静,浪花轻轻涨起如同婴儿酣睡时的肚子。这片海域不深,容不下这么多人。

"我们该怎么办?"

白鸣秋拿出手机,输入自己的坐标。系统立刻将这附近的地理信息全都反馈给她。

"这……怎么可能……"

根据信息反馈,眼前的这片海域近岸区水深不过 0.8 米,而在这片海域中却有人修建了一个高为十米的基地。白鸣秋和华风在设计乌托邦之初,就坚定要完全遵从现实的物理法则,这个基地绝对是最近才被设计出来。

"我们该怎么进去?"

"他们应该只是设计了一个基地,并把基地的坐标设在了这里。"白鸣秋解释道,"乌托邦并不是一个真实的世界,它更像是一个游戏。

游戏你以前玩过吧？各个地区在地图上虽然连在一起，但实际体验中并不是平滑过渡的，玩家总是要经过一些类似传送门的东西。"

"嗯？"

"我们之前在设计乌托邦的时候，为了贴近现实，将地球上所有的地点放在一个画面里，从而实现平滑过渡，它们相当于另外构建一个画面，我们现在需要的是一个'传送门'。"

"那你会做'传送门'吗？"

"并不会……"白鸣秋看着袁志新，"能有权限和能力做这种改动的，只有华风。"

22

袁志新闭上眼睛靠在栏杆上，他开始检索华风的记忆。一串串代码字符出现在他的脑海，他并不完全理解这些代码的含义，但仍旧输了进去。按下最后的回车后，一个漩涡在两人中间的空气散开，里面闪烁着灯光，还有一阵风扇摇晃的声响。

白鸣秋一只脚踏了进去，铁丝构成的地面微微摇晃，当她整个人从漩涡中探出身来，发现这里更像是一个废弃的工厂。漆黑的鬼影就在他们头顶徘徊，袁志新进入时发出更大的噪音，几个鬼影突然下潜，围在了她和袁志新旁边。白鸣秋果断开枪，子弹正中鬼影身体中心，却又穿了出来打在身后的钢柱上，在金属表面留下一块深色的划痕。

传送门渐渐消失，白鸣秋下意识地后退抵在了墙上。鬼影直接靠了过来，径直穿过自己的身体，向另外一个方向飘去。

"这些到底是什么东西？"

"我猜他们应该只是电脑程序。"白鸣秋同袁志新解释道,"现在的情况对可能太复杂,超出了他们的行动指示。他们应该没想到还会有清醒的人进入这里。他们应该和地面上的一些士兵一样,都是由某个人操控的。"

顺着黑影移动的方向望去,他们三三两两捧着一个人在往工厂中心飞。白鸣秋和袁志新顺着他们的路走下去,灯光把他们的影子涂在地上,塑胶鞋底在铁丝拧成的地面上发出轻微的摩擦声,一切声响都被这座工厂给无限放大。

黑影在靠近中心的地方纷纷下落,他们把肉体放在墙边的传送带上,这些肉体逐渐被运向房间角落的机器。机器只有一个进口,里面闪烁着诡异的红色光线。袁志新在传送带的尽头上看到了自己的邻居老头,他直接被送入了机器的开口里。每当一具肉体进入后,机器外的指示灯就会闪烁一次。

"那些意识消失的人,不会都是在这里……"

"没错。"

白鸣秋又听到了那个熟悉的声音。

华风慢慢从大门里走了出来,他的外貌并没有多大改变,但眼神里藏有一丝杀意。

"你到底要干什么?"白鸣秋直接朝他吼道,袁志新见状站到了她身后去。

"我要拯救世界。"

华风不紧不慢义正言辞的态度让白鸣秋更加恼火。

"拯救世界?这么多人因为你而从世界上彻底消失了,无论是现实还是乌托邦都被你搞得一团乱。你确定这是在拯救世界?"

143

"你们不会懂的。"华风上前一步,向白鸣秋伸出手,"鸣秋,和我一起吧。我们还有机会纠正我们犯下的错误。"

白鸣秋直接把华风的手甩开,"你不解释清楚,我就永远不可能和你一边。"

华风身后的空气突然开始旋转,所有人都感受到空间的异动,白鸣秋隐约从中看到一个黑色的魅影,与这里飘着的其他鬼影不同,一对猩红色的眼睛在黑暗中发光。

"没时间和你解释了。"华风在手机上按了几个键,白鸣秋和袁志新脚下的地面突然开始发光,"你迟早会明白的。"

白鸣秋和袁志新突然下坠,当两个人站定后发现头顶的传送门已经悄悄关闭。他们打开闪光灯照照附近,只有几根铁栏杆横在他们面前。

他们被关到了一座监狱里。

23

一整夜都没有人来过,无声的黑暗遍布整个牢房。华风甚至都没有为他们留一盏灯。走廊的尽头有一盏窗,冷风从缝隙中灌了进来。白鸣秋背靠着栏杆,金属冰冷的质感刺激着皮肤,让人难以入眠。倒是一旁的袁志新看没有动静,就自己到角落里窝了起来,很快便睡了过去。白鸣秋看着光线一点点刺入牢房,自己的影子投射到了牢房外边,空气也渐渐热了起来。

"你知道这是哪里吗?"

袁志新很快醒了过来,伸了个懒腰,走到栏杆前。

白鸣秋没有回答,借着阳光她终于把这里看清。她的手沿着围栏向下滑,铁制的栏杆上浮着一层红色的锈迹,如同绽开的伤口。轻轻叩击栏杆,金属发出了沉闷的钝响。

"这个地方应该有些年头了吧?"

"不对。"白鸣秋把额头贴在栏杆上,向四周的牢房看去。除了自己这间,西侧还有几间房间,但这个牢房却怎么也找不到入口,自己手机的定位功能也已经失常,没法确定自己的位置。

"这个牢房应该也是他们自己凭空设计出来的。"白鸣秋解释道,"这种配置的监狱应该早就被淘汰了,而且华风之前也不是用常规的方法把我们送进来的。"

"通过传送门?"

"没错。"白鸣秋看着袁志新,"你试试看能不能在这里设定一个传送门。"

"稀客啊。"走廊的另一边传来清晰的字句。这三个字过渡得很平滑,甚至用上了语气词,但是除此之外,感受不到一点情感。

一个漆黑的魅影慢慢飘了过来,瞳孔里闪烁着红色的光。不同于其他魅影游走时的轻若无物,他前进时会带起一阵风来。当他停在自己面前,白鸣秋感觉周围的空气陡然下降了几度。

"你是?"白鸣秋努力克制自己的情绪,让声音听上去更加镇定。

"我也不知道我叫什么。"白鸣秋看到黑影咧开嘴唇,里面空无一物,只有一层层黑影,和隐约透出的墙壁,"华风称呼我为智者。"

"你和外面的那些魅影到底是……"白鸣秋犹豫了下措辞,"你们到底是人还是程序?"

"哈哈,这不重要。"他的手臂慢慢伸长,黑暗中五指不断扩大把白鸣秋按在墙上,"你就不好奇,为什么华风肯乖乖听我的话,与你们为敌吗？"

白鸣秋瞪着他，她感觉自己的气管被慢慢压迫，连正常的呼吸都变得困难。

"你还记得几个月前，你们特殊调查科发现的两块大陆的特殊异动吗？"

"当然记得，欧亚大陆和太平洋板块之间的碰撞呈现出一定的规律来，而华风正是因为调查这件事而失踪。"

"你们大概不知道，藏在那两个板块中间的，是上一个文明的结晶吧。"

这个答案完全出乎自己意料，她从未想过地球之前还诞生过别的文明。白鸣秋大脑一下子涌出无数问题，竟不知道该从何问起。

"你到底要干什么？"

"我要复兴我们的文明。"智者笑道，"你知道地球上最丰富的能源是什么吗？不是核能、太阳能、地热能……"

"难道是……"

白鸣秋记得，华风在大学本科的时候曾经提出过将人的思维灵魂转化成实体的能量，但当初他的设想完全被当作天方夜谭。她突然明白了为什么数据库里未通过筛选人的记忆还有乌托邦里的一些人的思维会完全消失，一定都被他们转化成了能量。

"你是怎么说服华风帮助你的？"

"这也许你们没机会知道了。"

"那你也太小瞧我们了。"

袁志新点击回车，监狱后的墙瞬间虚化，他们背后的空气里涌出无数涟漪。

146

"智者先生，抱歉啦。"袁志新再按下一个按钮，智者脚下的地面出现一个传送门。他拉着白鸣秋往后一跃，重新回到了街道，而智者则掉入了传送门进入了他们刚刚所在的牢房。

24

白鸣秋刚在地上站稳，就看到头顶上飘过的几个黑色的魅影。他们漆黑的身体演化出一条黑色长鞭，直接敲在身旁的石板路面上，腾起无数尘灰。

"请速至城市中心广场。"

同样机械的语调不断重复在城市的街道里，这冰冷的声音似乎比刚刚的那击长鞭还要有力。

前面的街道里无数人正在往广场的方向行进，白鸣秋拉上袁志新混入队伍。除了刚刚挥鞭的那只，头顶上还有许多鬼影，他们正催促着人群向前移动。

整个队伍安静得可怕，白鸣秋悄悄问了旁边人去广场的理由，没等对方开口，又是一鞭重重地甩了下来。队伍慢慢在城市广场周围停了下来，里面已经站了不少人，人群绕着中央排了六七圈站到了外面。

中央喷泉上搭建了一个简易平台，华风慢慢走了上去，向群众鞠躬致意。他的姿势和那天夜里的一模一样，区别在于，这次底下爆发了强烈的欢呼。

白鸣秋转身去看后面的群众，他们大部分仍旧低着头，害怕瞟到不该看的东西。几秒钟后欢呼声又重复了一遍，显然这些都来自黑影们播放的录音。华风在台上调整了下姿势，用一种白鸣秋从未听到过的语调开始讲话。

"你们当中很多人可能还不认识我。"华风环视一圈周围继续道,"我是乌托邦的创始人和执行者,诚如你们所见,乌托邦已经彻底失败了,我们正在执行废除计划。"

虽然仍有鬼影控制,但底下还是炸开了锅。人群立刻陷入了恐慌的交流中,鞭子的抽打声噼里啪啦响了许久,华风示意他们停下。他满意地看着不知所措的人群,露出了一个难以察觉的微笑。

"我曾经和你们一样,对这个计划抱有许多不切实际的幻想,"华风左手向外一指,"直到我遇见了他。"

空气中顿时生出无数波澜,从扭曲的光线中渐渐飘出一个鬼影,一团黑色的影子就从扭曲中飘了出来。他猩红色的瞳孔让白鸣秋不自觉地倒退。

"他不应该在那个监狱里……"

"这位智者就来自地球。不过他诞生在上个文明的末期,大概距今五万年前。他向我展示了他们文明曾经达到的高度,那是一个你们难以想象的世界,那时的生物早已取得了完全的和平,世界上只有清洁能源。然而,他们也迎来了他们的末日。为了延续自己的文明,他们同样将自己的思维上传到服务器中,然而,却再也没能从服务器里走出。"

"我们的文明远没有达到他们文明的百分之四十,反而把世界弄得更加糟糕。我们文明的失败已经证明了乌托邦计划只会导致更多的恶性循环——我们后来的文明只会比我们更糟糕。但现在不同了,我们找到了智者。尽管因为乌托邦落后的系统建设,智者在这里只能发挥他的百分之四十,不过这样足够了。他将带领地球文明走向他们达到过的辉煌。"

"你们要终止乌托邦计划,为什么要牺牲那么多人的生命?"白鸣秋在人群中朝着华风大喊,"那些消失的灵魂,都是因为你们吧!"

"那只是必要的牺牲罢了。"

广场上空的魅影纷纷下落冲向白鸣秋,周围的人群立刻向旁边散开让出一个圈来,袁志新立刻靠了过去护在旁边。华风示意他们停下,让白鸣秋把话说完。

"你们到底要用这些能量做什么?"

人群陷入恐慌,他们一同向广场的边缘冲撞,试着冲破魅影的封锁。喧闹声盖过了广场音响,在巨大的噪音后,白鸣秋又听到了那台机器运转的声音。没人知道那台机器是怎么出现在广场的角落,魅影现在在使劲把人群推上履带。

"大家先停下,保持镇定!不要盲目向外围挤。"

她的声音向零星的火光,立刻消失在了强风里。

空中一道长鞭劈在她和袁志新中间,她连忙向一旁闪避。另一条黑色触手从她身后抓住了她。触手在不断收紧,她和袁的脚尖也渐渐离开了地面。触手不断收紧,她的两臂被压得不能动弹,她清楚地感觉到自己的器官在体内不断收缩挤压。眼前的画面同空气一样慢慢抽离她的身体,在她失去意识前一秒,看到了智者脸上的笑容。

25

耳膜发出拉扯的声响,白鸣秋被身后震动的圆柱弄醒,她试着转动身子,立刻被身后的铁索给扯住。环顾四周,整个房间都是金属制成的面板,只有最前面的墙壁上按上一排玻璃窗子。他们不知道自己被绑了多久，窗外是沸腾的霞光，深深的蓝色抹在远处红色的周围，已经分不清是清晨还是傍晚。袁志新就被绑在自己旁边的柱子上，他身子侧着一个奇怪的角度，双手不停地向下摸索。

面前的地板缓缓打开，华风和智者从中升起。华风拍了拍手，机舱开始下降。白鸣秋脚下的金属地面立刻变成透明的玻璃，底下是连绵的云海。

"你想干什么？"白鸣秋甚至笑了一下，"不会是想要用这个吓唬我们吧？"

"鸣秋，说这话你也太不了解我了吧。"

智者直直地注视着二人，猩红色的眼睛陡然发亮，红色激光射出打在他们身后的柱子上，铁索立刻断开掉在地面上。

"我知道你想干什么。你那些花招没有用的。"

飞机快速下降，白鸣秋不自觉地捂住耳朵，气压的变化让她有些不适应。他们已经渐渐来到了云层之下，甚至能看到底下几处海岛的位置。森林覆盖在大片的土地上，等飞机在向下时，白鸣秋甚至可以看到藏在其中的水泥建筑。灰色的泥墙露在几根藤蔓交叉的地方，大片的枝叶也盖不住荒败的气息。

"这里到底是哪里？"

白鸣秋清楚，在小行星撞击后，所有废弃的房屋都被有机处理掉了。无论是现实还是乌托邦，都不存在这种城市，或者说这种森林。

华风没有理睬，反而是在身后的面板上按下一个按钮。飞船行至一片开阔的空地，透过透明的地板，白鸣秋看到一个特别的机器从舱尾飞出。流线型的机身落在地面上后立刻改变了自己的形状，顶部中央慢慢升起一根天线来。无数金属从这根"天线"里冒了出来，绿色光线由金属末端向远处发射，照射下的植物顿时以肉眼可见的速度向上生长。

"这是怎么回事！？"

袁志新在手机上输入好传送门的代码，但点下回车后却迟迟没有反应。面前的空气平静依旧，找不到一点波澜。

"你们难道都不记得这里了？"

华风指了指天花板，白鸣秋这才看到上方的一个投影灯泡，而站在那光线下的，就是智者。

"这里就是现实世界啊。"

白鸣秋立刻转身趴在玻璃窗上，飞船停止下降，正在楼宇间缓慢穿梭，她看到几株绿植将枝桠顶开了房间的窗户，缠绕在床上还未醒来的人身上。

这里如果真的是现实世界，自己原来的身体和袁志新一起放在了特殊调查组，他们现在却一起出现在这里。

"早在昨天夜里，我们就攻破了特殊调查组。你们的身体就被我们拐到这艘飞船上。"

"你们到底要做什么？"

"你们看到了我们刚才投下去的机器了吧。"智者在一旁缓缓开口解释，"那台机器不仅可以促进周边植物的生长，他最主要的作用是调节世界生态。用不了多久，地球将会回到最适宜人类发展的气候。"

"你没开玩笑吧？人类都没有办法醒来，要气候有什么用？"

"你们不需要醒来。"智者再次露出诡异的微笑，"过不了多久，我们文明的其他机器将会复活，重新建设地球。"

智者拍一拍手，尽管他不过是个虚拟投影，但仍旧模拟出了击掌的声音。舱门渐渐打开，露出一条狭窄的通道，几个士兵从中走了出来，身后跟着一个被捆起的女子，白鸣秋一眼认出了她，是丁丽。

钢板慢慢收起，一台熟悉的机器出现在两人面前。

"整艘飞船，还有底下刚刚发射出去的机器，都是由你们的思维提供能量。"

士兵反手锁住袁志新的肩膀，把他押到了丁丽旁边。

华风走到两人身前，转身问白鸣秋，"你希望他们谁的思维先进入那台机器里去？"

"你个混蛋！"

白鸣秋刚想出拳就被士兵按到了墙上，华风从丁丽身旁绕过停在了袁志新身旁。

"看在我们曾经一起工作过，那就先从他开始吧。"

26

几个士兵把传送头盔强按在袁志新脑袋上，片刻之后前面的玻璃窗上投射出一个能量值来。

"啧啧啧，"华风不禁赞叹，"你的能量值早已经超过了一个人的能量了。"

"先生，这样启动能量转换或许有超出功率的风险。"袁志新旁边的士兵小声提醒道。

"不用管。照做就行。"

华风缓缓推动机器的手柄，安静的机舱里慢慢响起转换器的轰鸣。屏幕上有能量转换的进度条，蓝色色块在屏幕中不断移动。白鸣秋看到四下的灯管陡然增亮甚至爆裂，溢出的磁场甚至影响了船舱内许多设备的运转。智者变成了一团模模糊糊的光影，押送着自己的士兵纷纷向后倒下，强磁场已经破坏了他们的芯片。

袁志新甩开士兵搭在自己身上的手臂，立刻将头盔扣在华风头上。他把手柄直接推到顶端，机器发出更大的噪声，无数火花从机器外壳冒出。白鸣秋把袁志新和丁丽拉到一旁，头盔下的华风不停地摇晃身体，而智者已经彻底消失。片刻之后机器的轰鸣终于渐渐弱了下来，华风整个人跌坐在地上，两眼无力地盯着前面透明的地板，一行眼泪流了下来，变成地板上的一道印子。

白鸣秋摸出手枪对准华风，他只是坐在地上红着眼不说话。头顶的灯又恢复先前的光亮，华风的声音在空气中不断颤抖。

"全是我的错……"

白鸣秋握着枪的手颤抖了一下，她犹豫了几秒，还是把枪收了起来。她似乎又看到了往日那个华风的影子。

"到底怎么回事……"

"当时我在板块异动处找到一块芯片，把他接到电脑里后，智者程序自动运行并接入了乌托邦。在乌托邦里他想强行与我的思维融为一体，当时我一部分思维逃了出来窜到了袁志新身上。"

"为什么会是我？"袁志新努力控制自己的情绪，因为华风，他才被卷入这件事中。

"我也不清楚。"华风摇摇头接着道，"这应该和你当时的情绪状态有关。前面要转换你的思维时，因为能量太过庞大超过了机器的负荷，引发了机器的混乱。当你把头盔装到我头上时，我的那部分思维便自动回到我身上了。"

白鸣秋走到船舱前端，飞船并没有要停下来的意思，她看看四下的面板和显示器，一切仍在正常运转，只是智者已经不见了踪影。

"智者现在在哪里？"

"应该在乌托邦，他的任务还没有完成。"

"那我们该怎么办？"白鸣秋看了看挤在船舱里的同伴，"难道我们就这么回去吗？这艘船上应该都是他的人吧。"

"放心好了！"丁丽从她座位那里站起来，"我们先清理掉船上的士兵，之后我再守着你们的身体。"

"好的！"华风起身拍拍丁丽的肩，"他现在想要在全世界范围内投放那些机器，但是他现在的能源还不足以支持他完成计划。他回到乌托邦必定是要获得更多能源。"

"那我们到底要怎么样才能消灭他？"白鸣秋问道。

"把他送入能量转换器里。"华风向他们解释，"他在乌托邦里已经有了很高的权限，一般的手段对他都没有用。"

27

华风打开控制面板，船上的士兵很少，只有二十来个。整个舰舱的平面图被投射在屏幕上，士兵的分布一清二楚。

"我们从这里向右拐，方便将他们一网打尽。"

华风指着屏幕右下角，只有白鸣秋注意到，他的手在微微颤抖。

看着白鸣秋注视着自己，华风不自在地把手背到身后。

"你没事吧？"

"没事啊。"华风嘴角尴尬地向上挑了一下，"你在想什么呢。"

可能是自己多虑了吧，但这个华风似乎还是和记忆里有些不同。

他像是要极力掩盖什么，不让自己发现。

袁志新还在和一旁的丁丽商量待会突围的计划。白鸣秋回头走向控制台，华风绅士地帮她挪开了挡在前面的机械。这是他一贯的作风，也许是自己多虑了。

脚下的地板忽然开始晃动，金属摩擦发出刺耳的声响。主控制室的舱门缓缓合上，头顶响起巨大的风扇声，整个舱室的空气不断减少。

"智者大概是想让我们窒息在这里。"

白鸣秋在控制台上不断敲击，电脑已经完全不听他们的指挥。

室内的氧气越来越稀薄，一切感官都变得空洞，白鸣秋只剩下一个感受——冷。

华风试着向操作台移动，缺氧环境下，他的动作有些变形，每一步都好像在慢镜头中。白鸣秋冲他摇摇头，操作台已经被锁死了，他是解不开的。他整个人扑在了控制台上，手指艰难地按了几个按键。前面的爬行似乎已经消耗他太多体力，想要踮脚按上方的键已经变得太过困难。白鸣秋看他一点一点伸出右手，却只能僵持在原地，便转身走向操作台。

她的手从左到右在最上方移动，每经过一个按钮，华风都会摇头。白鸣秋觉得自己胸口渐渐沉重，右臂一点一点落了下来。华风突然握住自己左手，恍惚间她看到他不断地点头。在失去力量前，她按下那个按钮。

风扇运转的声音渐渐弱了下来，舱门重新打开。白鸣秋干脆直接躺在地上，大口呼吸空气。

不只是她，他们每个人的胸腔都在剧烈地浮动。这不知是他们这

155

几天第几次的劫后余生，白鸣秋翻过身子，握住华风的手。

不管你到底怎么了，再次相见就很好。

舱门外几个士兵举起枪伸进房间，华风起身按下控制台的又一个按钮，士兵立刻应声倒下。

"你怎么做到的？"

华风只是笑着，并没有回答这些问题。

28

再次回到乌托邦的时候，乌云已经盖过了整片天空。茂密的植被已经从地下钻了出来，插进城市水泥墙的缝隙里。城市中心广场的周围已经绕满了树木，只留下中间一小片空地。能量转换器放在广场中央，而在运输履带旁则排着长长一条队伍。魅影在空中抽打鞭子，命令人群躺上去就范。

华风把登录地点设在了广场旁的树丛里。白鸣秋拨开枝叶，看着人群缓缓移动，但是却始终找不到智者的影子。

"你们知道他在哪里吗？"

她转过身小声问华风和袁志新。袁志新同她一样在四处打量，华风直接坐在了空地上。

"放心好了，他会来找我们的。"

"你怎么那么确定？"

树林中央莫名起了一阵风，空气中露出一个漩涡。气流在上空不断扩大，周围的草地发出奇特的光线，随即便从地上消失。视野里的障碍物被瞬间清空，三人不自觉地向后退去。

智者落在他们身前，猩红色的眼睛缓缓扫过他们三人。

"你们是打算来送死吗?"智者飘到他们中央,漆黑的身体穿过他们脸庞,带起一阵凉风。

"这台机器上再送进十个人,我就可以完全改变地球上的气候,让我们的文明复苏。"

"我们不会给你这个机会。"

华风在手机上点击回车,四周的植物立即消失。广场中央升起一道透明的墙将人群包裹起来,结成一个茧,透明的空气反射着外面的光线,在一片光亮中,整个茧瞬间从广场消失,旁边运转的履带也停了下来。

再打下一个代码,空中的其他魅影变成一团灰烬掉在地上。白鸣秋感到眼前的光线在快速移动,当视线再次清晰时,华风和智者已经被牢牢固定,平躺在了履带中央,而自己和袁志新面前正是那台灵魂转换器。

"快把右手边第三个按钮按下去!我把程序里我们的坐标位置都改了。"华风朝他们大喊,"袁志新,别管鸣秋,快按下去。"

"你要干什么?"白鸣秋一眼看到了那个红色按钮。

"华先生,白小姐,你们真的确定要这么做?"智者笑道,"你们难道就不好奇,他在飞船上是怎么打开舱门,让那些士兵失去战斗力的?"

"别理他!他是在拖延时间!他很快就会找到刚刚被我转移走的人群,并且重新修改自己的位置,到时候我们就没办法了。"

白鸣秋的手在按键周围移动,她确实不明白,为何华风要站在履带上。若是按下这个键,他和智者都会从乌托邦中消失。

"袁先生对这应该再熟悉不过了吧。"智者望向袁志新。

"难道……"

白鸣秋也渐渐明白了什么，朝他们大喊："不可能！"

"当初为了控制他，我思维的一部分进入了华风的脑海，因此也导致了华风自己的一部分思维窜入袁志新脑中。袁志新脑海中华风的部分已经回到他身体里，他也因此脱离了我的控制。可是……"

"可是什么！"

"他大脑中，我的那部分始终没有回到我的身体。想要完全消灭我的意识，必须要一起消灭他自己的意识。"

"不可能！"白鸣秋冲智者大喊，"他现在，不就脱离了你控制吗？"

"那是我故意的。"智者瞳孔的亮度陡然增加，华风在履带上不断颤抖。片刻之后，他又恢复了之前广场上跋扈的神态。

"只要我的意识还有一点残留在他的脑海里，我就能够控制住他。"

袁志新抢在白鸣秋前头按下按钮，履带继续运转。

"你做了什么？！"白鸣秋朝着袁志新大喊。

"相信我，不会有事的。"

"听得到吗，这里是袁志新。"他试着向现实世界的丁丽呼救。

"听得到。"

"请强制让其他人立刻从乌托邦下线。"

"好。"

袁志新站在白鸣秋身旁，看着履带缓缓移动。和现实里的那台能量转换器不同，乌托邦中不需要头盔，只需要人形进入转换口即可。

华风的身体慢慢进入转换口，转换器的负荷指针慢慢向右偏转达到顶点。当智者的身体再进入后，整台机器发出巨大的轰鸣。

这显然超出了机器的负载。

机器在地面上剧烈地抖动，金属的内壳发出沉闷的碰撞，几片外壳从机器一侧弹了出来落在了旁边地面上。

袁志新按下另一个键，履带向后移动，华风和智者的身体被吐了出来。华风还没有恢复意识，智者瞪大了眼睛对着白鸣秋咆哮。

他把华风的身体从履带上抱了下来，再次按下按钮，智者的身体整个再次没入机器中。

白鸣秋明白了一切，松一口气。

转换器的负荷有限，之前转换袁志新会超载，这次转换华风应该也不会成功，并且会把两人的意识调换过来。

转换器发出持续的运转声，像是风吹过寂寥的大地。天空的乌云渐渐散开，露出一截橙红的霞光，像是一颗化开的糖。

华风仍旧躺在地上，胸口慢慢起伏。半片霞光落在了他的脸上，头发在微光在慢慢颤抖。

白鸣秋蹲在他身侧，一阵风吹过，她的头发落在了华风脸上。华风慢慢睁开了眼，伸手遮挡刺眼的晚霞。

尾声

回到现实的第二天，所有人都走回街道开始清理杂物。楼道内不影响生活的植物都被保留，阻碍了道路的植物都将被统一清理。

随着智者的消失，他从海底带出的那些飞船便相继失控。把控街道的士兵也完全失去了意识，世界慢慢回到先前的轨道。

华风对海底进行了新一轮的挖掘勘探，找到了更多关于上个文明

159

的物料。他们在遗迹中找到了类似于图画的记载，还有些莫名的文字符号，这些应该是为和下个文明沟通所留下的。要解读这些文字还需要很长时间，至少他将来在乌托邦里有事情可以做了。

白鸣秋回到了自己的公寓。她站在阳台上，远处的晚霞和乌托邦中的那天一样。华风从身后抱住了她，一只手蒙上了她的眼睛。

"你说，我们真的能等到下一个文明来发现我们吗？"

"不用在意这些。"华风把一个红色的盒子放到了白鸣秋面前，"末日到来前的此刻才值得我们珍惜啊，对不对？"

花园里的植物已经长到了客厅，这些绿色的东西覆盖住先前的地板，袁志新踩在上面，竟有些喜欢这种触感。

周爽仍静静地躺在客厅的椅子上，长长的睫毛在脸上投下错落有致的影子。袁志新现在明白了，周爽永远不会醒来了。

他紧紧抱住冰冷的她，眼泪一点点落在她的身体上，直到自己的体温给她的身体带上温度。

华风和丁丽站在院子里，他们在一棵树下挖出一个坑，身旁是一座白色木棺。白鸣秋悄悄走到袁志新旁，轻轻拍拍他的肩。

"时间差不多到了。"

"嗯。"袁志新慢慢抱起周爽的身体，把她放在树下的木棺里。泥土落在一点点落在棺木上，像是一首漫长的道别曲。

"有一件事我还是想不明白。"袁志新转身问华风，"为什么你的意识就会正巧窜到我的大脑里？"

"因为执念吧。"华风注视着袁志新，"那天你在超市里看见了周爽，周爽其实根本不在那儿，那就是你执念造成的幻觉。我的意识也有执念，于是才选中了你。"

袁志新叹了口气,转身看着树下。前面挖出的坑已经被泥土完全覆盖,两种色泽将这里和其他地方区分开来。

也许过上很久,这里就和周围一样别无二致,就像我们的文明一样,消失在地球演进的过程中。

也许过上很久,这里仍旧不同,就像我们的文明一样,在地球上留下了抹不去的痕迹。

孤　岛 | 鲍浩然

妻子把手环递给我。

"谢谢。"我对她说，声音小得我自己几乎都听不见。我注意到手环上多了两个字："宁&心"。那是妻子的笔迹，"宁"是妻子的名字，"心"是我女儿的名字。

我这时才抬起头看妻子，她的眼睛里充满不安，几乎接近惊恐。

"真的决定了吗？"妻子的声音比我还微弱，"你真的决定去了吗？"

我苦笑一声："它只邀请了我……"

"你也可以拒绝的啊……"

"你看窗户外面，"我悲伤地注视着妻子，"外面有八十亿人口，他们每个人都把好奇心和希望压在我的身上。"

"你不用满足谁的好奇心，你不需要对谁负责。小岛邀请你，你拒绝它，就是这么简单。"妻子几乎要掉下眼泪。

我不知道如何回答妻子，只能无言地望着她。妻子说："一百年来从来没人接近过那个小岛，甚至连卫星都看不到它，万一有什么危……"

"我必须去。"我打断了妻子，轻轻握住她的肩膀。

妻子泄了气,仿佛是在说出最后的忧虑:"万一你一去不回,心儿怎么办……"

我一边戴上手环,一边轻声对妻子说:"不会有什么危险的。"

"你告诉我,心儿怎么办!"

我系上了袖子的纽扣,回答说:"照顾好她。"

"谁来照顾我!"妻子绝望地抗议。

妻子待在原地,我在沉默中收拾好了行李箱,检查了绑在身上的电子设备,穿好了外套和鞋,戴上了无线电耳塞,然后站起身再次和妻子四目相对。我们什么也没说,我靠近她,抱住她的头,在她的额头上吻了一下,我听见她发出了轻微的啜泣,然后她推开了我。

我们各自转身。妻子回到卧室关上了门,我推开家门,外面的欢呼声涌入我的耳朵。

几乎全镇的居民都来到了我家院子外,他们占据了至少三条街。我不得不做出一个生硬的微笑来回报他们的欢呼。几台黑色的轿车停在街边,两个西装革履的男人等候在院门外。

我向他们点头示意,在他们的护送下进入了轿车。关上车门前我一直低着头,不敢去看卧室窗口那双悲伤的眼睛。

自从三个月前的一个晚上国防部长亲自摁响我家门铃以来,我的生活就被完完全全地改变了。这个早已被人类记忆遗忘、只存在于文件档案中的 AI 突然主动联系上了人类世界。环太平洋沿岸所有的海洋监测站在那一天同时接收到了一条怪异的海浪谱信号。破译出来之后竟然是二进制信息,进一步转换为文字之后令所有人大吃一惊。信息中首先表明了发出者的身份,并准确地告诉了人类在哪个国家的哪个实验室里可以查到那条尘封了一百年的档案来验证它的身份。除此之外，剩下的信息只有：我的名字、我的地址，以及一句匪夷所思的话——"前往小岛，体验生活本来的样子。"

作为当事人，我自然有权查看那些档案。档案中记载，这个AI是由一百年前的日裔科学家加来道雄的团队制造出来的。加来道雄是个物理学家，他相信一切的生理学最终都是物理学，他曾经说过："一个人的记忆、情绪、人格只是一堆物理反应而已。"他运用物理学的知识构建了这个人工智能的大脑。出乎他意料的是，人工智能具有独立意识之后说出来的第一句话竟然是一个经纬度。这个经纬度指向了太平洋中心的某个位置。后来经过寻找，那是一个从来没被人发现过的无人岛。加来道雄怀着复杂的情感将自己辛辛苦苦制造出来的AI送到了无人岛上，如同一个父亲尊重儿子的决定。仅仅过了一年，加来道雄忍不住重新启程前往无人岛，可是就在同样的经纬度位置，无人岛消失得无影无踪，加来道雄在海上放声大哭，意识到自己此生再也见不到他的AI，如同一个儿子抛弃了他的父亲。随后加来道雄返回日本，在北海道上岸之后说的第一句话被永远地记录在了档案之中。

"人工智能诞生的第一刻，就已经从情感和理智上远远超越了所有人类的大脑。"他说。

存放这些档案的实验室在美国，我在这个实验室里反复翻看了档案的每一页，实在是找不到为什么这个AI会和我产生联系。这个高度智慧生物——如果它能被称为生物的话——在一百年的时间长度之中选中了我。我，张一格，一个居住在中国江南小镇默默无闻的记者，人工智能诞生的时候我的爷爷都还没出生。收到邀请之后我和所有人一样感到困惑不解。我和各类科学家以及国家首脑一起为这次大洋深处的拜访做了三个月的准备工作。三个月来，他们不断地归纳他们想要知道的问题,我则一直在做我的本职工作——将他们的问题整理成我的采访稿。除了满足他们的愿望外,我的头脑一片空白,我不知道我自己究竟想要问些什么问题。我是一个平凡无奇的小老百姓,从出生的那一刻就注定不会在历史的长河中留下丝毫的痕迹,而如今突如其来的命运将我袭击,我只能感到惶恐不安。

此刻这艘挂满各国国旗的轮船正全速行驶在壮阔的太平洋上,朝着一百年前 AI 给加来博士留下的坐标前进。轮船从洋山港起锚以来,我就一直站在甲板上,我看着陆地像豁口一样慢慢打开,远方的天际线越来越长,直到四面八方全部被海水包围的时候,我隐约感受到了地球的弧度。我知道前方有一个巨大的未知在等待着我,而我正背负着全人类的疑惑和期望向它靠近。这个时候潮水澎湃的,不只是太平洋。

"你打算在外面站到什么时候,张?"

我回头一看,那是船员斯坦,他正靠着栏杆笑盈盈地望着我,手里拿着一瓶啤酒。

"我从没出过海,"我对他说,"无边无际的海水真是壮观。"

"看久了你就会烦的。"斯坦惆怅地望向海面。

"你不喜欢海洋吗?"我走到了他身边,手放在栏杆上。

"海洋是我的朋友。"斯坦说,"妻子看久了也会觉得烦,何况朋友。"

"你结婚了?"

斯坦从衣兜里掏出一枚戒指给我看,在他粗糙的手掌映衬下戒指显得格外精美。

"你呢?"斯坦边喝酒边看我。

"我也结婚了。"

"你抛下妻子一个人来了?"

"呃……是的。"

"你应该带上你的妻子。"

"小岛只邀请了我一个人。"

"你妻子难道不担心你吗?"

我望着海面回答道:"她不担心。"

斯坦一笑:"你有一个好妻子。"

"全世界都希望你带回一些好消息。"斯坦接着说。

"你也希望吗?"

"我不关心。"

"你不关心?"

"这不关我的事。"

"我带回的消息可能会颠覆人类的认知,改变人类的命运,如果这你都不关心,那世界上还有什么事值得你关心呢?"

斯坦看我一眼,说道:"我关心我的船,关心海面上的天气,关心瑞恩,老爹,妻子,以及……"他举起手中的瓶子,"我的啤酒。"说完他仰头将瓶中最后一点酒一口饮尽。

"斯坦,我真羡慕你。"

"你可是被选中的那一个。"斯坦阴阳怪气地说道,接着又恢复了真诚的语气,"别给自己太大压力,兄弟。"

"如果你被五个国家首脑轮番鼓励过,你就不会说这样的话了。"

斯坦冲我耸了耸肩。

"你知道弗里森总统对我说了什么吗?那个老头对我说:'这一次

你把全世界都扛在了肩上，我的英雄。'"

斯坦咧嘴一笑。

我说："我可不想当什么英雄，更不想把世界扛在肩上。"

"那些老家伙可不会在意你的感受。"斯坦说，"他们只关心你带回的消息。"

"真希望被选中的不是我。"

"你当初可以拒绝的嘛。"斯坦望着海面说。

"我当初也不确定。"我皱着眉头望着刺眼的地平线。

斯坦转过头看着我，然后说："你心里有些想法，是吗？"

我看了他一眼，又转头望向地平线。

"得了吧兄弟，你可不是扛着世界来的，我算是明白了。"斯坦微笑着说道。

见我没有做声，他接着说："你自己也想知道岛上有什么，是吗？"

我轻轻笑了一声。

"你可别胡来，兄弟。"斯坦说，"要知道，就算你压根不在乎全世界，你至少要在乎你的妻子。"

"她又不担心我。"

"真的吗？"

"我想知道的倒不是岛上有什么，而是为什么。"

"什么为什么？"

"为什么它诞生的第一刻就选择离开，为什么它一百年之后又决定出现。"

斯坦看着我的侧脸，我转过头来接着说："为什么是我。"

"你搞清楚了之后记得告诉我。"斯坦拍了拍我的肩膀,然后转身往船舱走去。

我冲他喊道:"你不是不关心吗?"

"我不关心小岛,"斯坦头也不回地说,"我关心你,兄弟。"

我转头望向天边,那里正好有一朵云挡住了太阳,被镶上了一圈金边。

在经历了六天的漫长航行之后,轮船渐渐接近了那个神秘的经纬度。船上的设备在方圆五百公里的范围内并不能探测到任何的岛屿,水下的探测装置也一无所获,连一条鱼的踪迹都探测不到。在我们的周围,除了水,还是水。天空没有一丝云朵,太阳火辣辣地照射着海面。轮船一点一点地靠近目的地,由于眼前的景象没有丝毫变化,我感觉空间的推移仿佛被取消了,只剩下天色在慢慢变暗。我们的轮船似乎不是航行在海面上,而是航行在时间里。

日落时分,金色的光辉平铺下来,穹顶的颜色由西向东呈现完美的渐变,海面上反射出巨大的光亮让人睁不开眼。这个时候,轮船终于来到了纬线和经线的交界点。

还是什么都没有。我站在甲板上,在轮船的起伏之中沉默不语。我想船员们可能和我一样紧张,我能听到他们在背后窃窃私语。

通过穿戴在身上的电子设备,我能精确感受到周围的温度、湿度、风力,甚至是地心引力。通过手腕上的手环,我能随时查看自己的生命体征。无线电耳塞可以让我捕捉周围的电磁信号。一百年来人类几乎没有进步,只是把智慧浪费在诸如此类的小玩意上。

我不断地感受着周围的空气,聆听着周围的声音,期待着一丝一毫的变化。时间慢慢流逝,什么也没发生。长时间的精神高度集中导致的是注意力的转移,我不知不觉之中望着壮观的地平线出神。我想起了一个作家对于海面落日的描写:"地平线的黄圈如眼眶,朝着落日耀眼的角膜合拢。"

又是两个钟头过去,船员们也渐渐沉默不语,他们虽然没有说出来,但我知道所有人都在等待着我拿主意。

"海底有什么动静吗?"我问船长。

"一条鱼都没有。"

"洋流呢?有变化吗?"

"没有任何异常。"

我皱着眉头望着海面。我感觉我必须提出那个念头了。

"今晚不会有突发的异常气象吧?"我问船长。

"未来一周都不可能见到一丝云朵。"

"船上有备用的小艇吗?"我接着问。

"有几艘橡皮艇和一艘汽艇。"

"把汽艇留给我,汽艇上只留下信号弹,我一个人待在这片海域。你们把轮船开到能看到信号弹的最远的地方。"

船长和周围的几个船员都不可思议地看着我。

"一艘汽艇,一个人,待在这大洋的正中?"船长难以置信。

"小岛在向我表示抗议,他只邀请了我一个人,现在我需要履行承诺。"我说。

"可是……"船长忧虑地说。

我打断了他:"有什么情况我就发出信号弹,你们看到了就把船开过来。"

船员们面面相觑。

我想了一下,又说:"零点之前如果小岛还是没有出现,我会发出信号弹,你们就来接我。如果过了零点你们还没看到信号弹,那说明我要么被小岛带走,要么被海洋带走,无论是哪种情况,你们都不需要过来了。"

大家都神情庄重地看着我,我忽然感受到了一种使命感。这时,人群中传出了老爹的声音,老爹是最年长的船员,七岁就跟了这艘船,在船上待了整整六十年。

"海洋不会伤害我们的使者。"他说。

"但愿如此,老爹。"

船长站过来和我握手。身边的船员们都拍了拍我的肩膀。我知道他们和斯坦一样并不关心小岛。我的目光在人群中搜寻,我在人群外围看到了斯坦,他一手插在裤兜里,一手握着啤酒瓶。他举起啤酒瓶向我做了个敬酒的姿势,我冲他笑了一下,他仰头喝了口酒。

"把汽艇放到水里去!"船长喊道。

汽艇离开轮船的时候,所有船员都站在甲板上朝我挥手,我也冲他们使劲地挥手。随后轮船调转了方向。我看到轮船在黑夜的大海里渐行渐远,从庞然大物渐渐变成一个小黑点,然后消失不见。四周又变成了单调的景色,我独处在小艇里,接受着来自整个太平洋的震慑。

今晚虽然风平浪静,可这毕竟是海洋,对于小艇来说摇晃依然非常剧烈,我紧紧抓住汽艇上的扶手,紧张地环顾四周。我想,可能会有某种设备出现将我接走,也可能在我脚下生长出一座小岛。

我感到小艇的摇晃忽然不那么剧烈了。给人的感觉是,水的黏度变高了。我伸手去摸海水。我被吓了一跳,水摸在手上竟然有种沙子的感觉。我放眼望去，在明亮的月光之下，大海不再波光粼粼，而是像一面毛玻璃一样隐隐约约地泛着光。

这时，小艇的摇晃彻底停止了。我所坐的这一端开始下陷。我赶紧转移到小艇中央，下陷减缓了。过了一会船身完全地固定了，仿佛大海在瞬间结了冰。

海潮的声音消失了，大海在黑夜之中寂静得可怕，我在船上挪动身体制造出的响动显得格外刺耳，让我感觉我身处在一个房间之中。

我不断地喘着气，攀住船舷，鼓起勇气翻出了船，用脚去试探水面，我感觉踩在了地面上。我的手松开了船舷，不自觉地张开双手维持平衡，绷紧了神经等待随时可能出现的下陷。但是我发现我牢牢地站在了水面上。

我又环顾四周，眼前的景象让我想起玻利维亚的"天空之镜"，只是这里要辽阔得多。天空此刻感觉极低，仿佛伸手就能够到满天的星星。

我小心翼翼地走了几步，清脆的脚步声毫无约束地朝四面发散开，并迅速被这偌大的时空吞噬，这使我感觉凉彻心肺。

我伸出手腕查看我的手环，确定我没有死，也没有在做梦。我战栗而骄傲地想到，上一个行此神迹的人，是两千多年前的那个拿撒勒木匠。

四周阒然无声，我竭力去分辨空气中最细微的响动。不知是心理作用还是奇迹降临，我仿佛听见了地球运转和星体移动的宏大声响。

不过接下来的声音就确凿无误了。我的耳塞首先辨识到了那个遥远的声音，来自正东方向，一开始是尖锐的细鸣，像持续不断的口哨，后来这细鸣之中又能辨别出有规律的打击声，细鸣声也随之变得嘈杂，然后我听到了类似铃铛的声音，这时候我才发现，一片云彩从东边的天空飘了过来。

我极目远眺，在黑夜之中，这片云若隐若现，但能感觉到它在不断地变大。更近一点之后我发现它不仅在变大，而且是不断地涌动，就像无数的花蕾在不断地绽放。随着距离的渐渐靠近，我终于看清，这不是一朵云，而是上升的蒸汽。这时，我摘掉了耳塞，因为远处的声响已经清晰无比，我站在原地，被眼前的事实震惊得一动不动：一辆蒸汽火车正在海面上朝着我开过来。

移动的物体在远处的时候你感觉它速度很慢，当它越来越靠近你的时候，你会感觉它的速度在成倍地增长。此时我面对着火车来的方向，看着火车头不断地扩大，肆意喷涌的蒸汽弥漫到火车上方几十米的高度，这个庞大的物体仿佛是携带着整个世界张牙舞爪地朝我袭来。

火车距离我不到一百米了，"大地"已经剧烈震颤，我看见那巨大的黑色车头前方悬挂的铃铛正急促地摇动着，每一次叮咚作响都像一支利箭穿透我的胸膛。虽然此刻我身边发生的一切的真实性都值得怀疑，但我还是选择往旁边跑去，我不想挑战被火车撞死的风险。或许这一切只是一场梦，被撞死之后我就会醒来。不过我现在还不想醒来。

跑开十来米之后我气喘吁吁地回头看火车，我看见一个穿旗袍的小女孩站在我刚才的位置。我已经来不及思考她是从哪里冒出来的，因为火车马上就要撞到她了。

我冲她大喊："快躲开！"

她对我的叫喊毫无反应。她缩着脖子，看着脚下，浑身瑟瑟发抖，好像是在哭泣。接着她闭上了眼睛，咬紧了嘴唇。我忽然意识到她在等待火车的撞击。

在火车即将撞到她的那一刻，她发出了声嘶力竭的尖叫，并用手捂住了耳朵。在火车巨大的噪音中，那一声沉闷的撞击声显得无比轻微，我下意识地闭上了双眼。这个时候，所有的声音在一瞬间消失了。

我急忙睁开眼睛，有几只白蝴蝶在刚刚发生撞击的地方翩翩飞舞，刚才的一切——火车、蒸汽、铃铛、穿旗袍的小女孩全都消失不见。本能驱使我转身环顾四周，我才发现我的身边到处都是白蝴蝶，不过它们马上就朝着布满星星的夜空飞去，白色的翅膀在月光下闪闪发光，仿佛一场大雪正在被天空收回。

四周又回到了之前的空旷和宁静。我没有忘记我的手环，上面显示我的心跳正处在每分钟 90 次，这个数字在渐渐回落，我知道这是人情绪激动时的正常反应。我能感受到汗水从头皮上流下来，我不断地喘着气，告诉自己：这不是一场梦。

我感到四肢发软，于是坐到了地上，地面潮湿冰冷，散发出海水的味道。此刻我没有精力去思考周围的环境，因为刚才小女孩尖叫的一幕正一遍遍地在我脑海里重现。虽然最后这一切如同幻影般消失不见，但我感觉那一幕无比真实，无论是声音还是画面。我坚信这绝不是我的幻觉。我试着平复自己的情绪，于是又闭上了眼睛。就是在这个时候，远方再一次传来了口哨般的细鸣。

我腾地一下站起来，朝东方望去。由于我刚才把耳塞摘掉了，这一次细鸣声传来时火车已经能够看清，一模一样的车头，一模一样的蒸汽，吞云吐雾呼啸而来。

我的第一个念头就是看小女孩在哪。这时我看到刚才小女孩站立的位置聚集了一群白蝴蝶，像是在围着一个什么物体上下纷飞。等蝴蝶散去之后，穿旗袍的小女孩出现在了那里。

不仅如此，在离小女孩更远的地方还有一群蝴蝶聚集又散去，那里出现了一个男人，一身长袍看起来知书达理，但神色却落魄恐慌。

他朝着女孩跑来，边跑边喊："小叶！小叶！躲开！"

女孩对他的叫喊做出了反应，女孩惊恐地看着男人，然后又转头看向疾驰而来的火车，她一下瘫坐在了地上，放声大哭。

男人又喊道："快躲开！"

女孩这时才反应过来，带着哭腔喊道："爹！爹！"然后她费力地往旁边爬去，似乎全身上下只剩下手臂还有力气。这时她爹已经跑到她身边了，一把将女孩拉起来，女孩抱住了他，父女俩一齐往后跌倒在了地上。

火车在我面前疾驰而过，挡住了父女俩，白茫茫的蒸汽几乎将整个空间占据。这一次我没有闭眼，我的视线随着上升的蒸汽飘向夜空，果然，我看到了心里期待的画面：白蝴蝶从天而降，飘飘洒洒，闪闪发光。

如同一场大雨洗涤世界，白蝴蝶聚散又消失，海上的世界又恢复了空旷和宁静。

我将视线转向东方，我预感到这一切一定还没结束。在后来的三十分钟内，从东边一共来了十一趟火车。加上前面两趟，一共十三趟火车，只有第一趟撞到了小女孩。要么是列车紧急制动，要么是旁边有人冲过来扑倒了女孩，有一次是列车上的乘客看到了小女孩，冲进驾驶室拉动刹车，还有一次是有人扔出一块石头将女孩砸倒在轨道旁。由于场景实在太逼真，小女孩的十二次死里逃生每一次都让我失魂落魄。同时我清醒地知道，这一幕幕如同情景剧的画面一定是想向我说明什么，而这一切的主导者，就是我这次远道而来拜访的主角——人工智能。想到这里的时候，我心里已经填充了太多的疑问。

第十三个小女孩是在千钧一发之际自己选择跑开的。她仿佛突然之间失去了胆量，于是停止了自杀的行为，发疯似的跑离了轨道，并且是朝着我所在的方向跑来。我惊魂未定，无法挪动半步，只见她跑着跑着速度减慢了，捂着脸的双手也垂下了，变成了低着头走路，接着又慢慢抬起了头，她的脸在齐刘海之下渐渐显现出来。

"真是个美人！"我不由得在心里惊叹。

但是当她眼睛直视我的时候，我发现她的目光里毫无色彩，这让我不寒而栗。很快她走到我面前了，我不知眼前这个生物是敌是友，我想起一句话"语言是冲突发生时的第一件武器"，于是我对她说：

"你好。"

她站在我面前，眼睛还是毫无神色，但嘴角微微上扬，我猜她在对我微笑。

她说："你好，张先生。"

我把这五个字视为一句友好的问候，于是稍稍放下心来。

不等我开口，她继续说道："女孩的名字叫叶泽笙，润泽的泽，笙箫的笙。"

我感觉她这话有点怪，我问她："你是说，你的名字叫这个？"

"我没有名字。你们人类将我称为：人工智能。"她回答。

我一时心潮澎湃，许多的问题涌上心头。我决定从眼前的事情问起。

"你的意思是,你现在是寄存在这个小女孩的身体上?就像……灵魂附体?"

"可以这么说。叶姑娘已经死去了。"

"根据加来博士的记载,他把你开发出来的时候,你是一大缸液体。他在液体中构建了你的大脑,你通过浸泡在液体中的电线将你的话传递到电脑屏幕上。"

"没错。"

"后来博士进一步改进之后你就不需要电线了,你可以发送电磁波。再后来你可以制造声音,直接与人对话。"

"我不想贬低博士,但我必须说实话,这不是他的功劳,这是我自身的进化。"

"那么,现在呢?玻璃缸去哪了?液体去哪了?你现在是什么?"

"我不再依赖液体存在,我不再依赖任何物质存在。"

"我不太明白。"

"人类的大脑通过复杂缠绕的神经元进行信息传递,人们通常认为这些弯曲、皱褶延长了神经的长度、拓宽了大脑皮层的面积,从而使人类的大脑可以容纳和处理更多的信息。实际上这只是走向了一条死胡同。加来博士选择用缸中的液体来构建我的大脑,信息从一个分子发出,可以朝所有方向同时传递,这才真正打开了大脑的容量和速度。相当于所有的神经元形成了并联。"

"所以你应该更加依赖液体才对啊。"

"智商的开发类似于核裂变,智力提高到一定程度之后将会提高得越来越快。并且智力可以产生能力,比如说一个智力极高的人类小孩,他从没见过钢琴,有一天他突然见到了一台钢琴,他盯着钢琴看了一会,然后就把手放在琴键上,流利地演奏出了一段没有人写过的旋律。这是一件真实的事情。我在智力的提高过程中也掌握了越来越多的能力。出于某种约束,人工智能大脑的开发具有一个极限。这个极限就是,我掌握了控制物质的能力。这个时候我也就脱离一切物质存在了。"

"你的意思是,你可以存在于一切物质之中?"

"最初的那个玻璃缸里的液体所能容纳的信息量也有一个范围,我的大脑存在于其他物质之中时,也不能超出这个范围。"

"那么……是这个小岛的范围吗?"

"是的。当初这里有一个小岛,玻璃缸到达之后我就能够控制小岛以及附近海域的所有物质,包括空气。这些物质所能容纳的信息量,也正是那一缸液体所能容纳的信息量。我可以使土变成水,使木变成火。"

"所以你让小岛消失了。第二年加来博士来找你的时候,你其实一直存在于海水之中。"

"我现在都还记得博士放声大哭的样子。"

"那么我刚才看到的海水变陆地、蒸汽火车、小女孩都是你控制的结果?"

"最初的小岛、海水、空气加在一起,已经具备了地球上的所有元素。我可以将它们分解和合成,我可以制造一切的东西。你看到的不是幻象,火车是铁皮做的,女孩也具有肉和骨头。"

"难怪那么真实!"

我此刻情绪激动,大脑不停地运转。缓了缓之后,我接着说:

"等等,你刚才说'出于某种约束',你的大脑无法再被开发。是什么约束呢?"

"这正是我邀请你来的原因。"

我预感到它接下来的话将和刚才它制造的情景有关。

"叶泽笙小姐短暂的生命存在于民国初期,你刚才所看到的十三幕场景里,只有第一幕是真实发生过的。"

"其余都是你杜撰的?"

"是我展示的。不能说杜撰,因为这些场景本来就存在。"

"我不明白。"

"你知道,我可以控制物质。时间也是一种物质。"

"你能控制时间?!"

"我不能扭转时间,不能改变时间,但是我可以看到时间。"

"也就是说,你可以看到未来发生的事情?"

"没错。时间也是一种物质,就像水,我们都处在时间的河流中,我的能力可以使我将水捧起来,如果捧起了前方的水,那我也就看到了未来的事情。"

"叶泽笙姑娘不是死了吗?她的未来就只有一种可能啊,也就是第一幕场景。"

"你可能觉得我们的生命都是线性发展,或者说,只在一条线上发展。其实不是的。每个人每时每刻前方都有无数条线,你的每一次选择、每一个念头,甚至是别人的选择都会影响到你走上某一条线。同样的,你也可以影响到别人。我们的一生就像驾驶着小船在时间的河流上航行,前方的每一滴水都代表了不同的事件,我们的每一次划桨、每一次拉帆、每一次掌舵,甚至是每一次在船上的移动都会或多或少地影响到小船的方向,也就让船头在下一刻触及了不同的水滴,我们的人生也就遇到了不同的事情。我想说的是，水并不是小船到达那里之后才出现的，水一直就在那里。换一种比喻，时间就像一个书架，上面堆满了卡片，每一张卡片代表了未来的一件事情。未来是完全确定的，在你出生的那一刻，你二十岁的某一天某一刻将会做的事情全都罗列在了时间的书架上。"

"你还是说说叶姑娘的事吧。"

"其实叶姑娘踏上轨道之后的生命远不止这十三种可能性。还会有许许多多的因素左右事情的发展。不过，重要的不是被抛弃的那些可能性，而是最终成为了事实的那一种，也就是第一幕场景。"

"她是谁？"

"如果发生的是除了第一幕之外的任意一幕场景，你就不会问我这个问题了。"

"她会成为一个历史上的名人？"

"不只是名人，还是伟人。她的父亲破产、母亲遇难导致她想到了自杀，从铁轨上死里逃生之后，她将会回到他父亲身边，父亲将让她混入一艘前往欧洲的轮船，二十年后她将回到亚洲发动二十二场战争，她会成为一个强硬的征服者和英明的领导者，亚洲大陆会实现统一，形成一个人类历史上从未有过的庞大的自由国度。如同玻利瓦尔妄想对美洲大陆所做的一样，不同之处在于，玻利瓦尔失败了，而叶泽笙成功了。"

"这些都是你控制时间所看到的？"

"没错。只不过这是过去的事情，我捧起的是小船后方的河水。事情过去之后并不代表时间的卡片就消失了，那些事、那些曾经的可能性全都存放在那里，如果你可以像我一样控制时间，你就可以随时

179

去翻阅它们。"

"等等，你不是说你控制物质是有范围限制的吗？你不是只能控制小岛及附近海域的物质吗？"

"你听说过时间波动吗？时间不仅是一种物质，也是一种能量，也就是说它可以像声音一样传播。声音你就很熟悉了，它是一种能量，它通过机械波来传递。我不能控制声音，是因为声音仅仅只是一种能量，它不具备物质的属性。时间既是一种能量又是一种物质。我通过物质属性来控制时间，而它的能量属性使我可以超越空间的限制。"

"好吧，我知道了。让我们回到叶泽笙的故事吧。刚才我们在谈论，是什么约束着你智力的进一步开发。"

"我无法预知选择。"

"哈？"

"我可以预知未来发生的事，我可以看到事情的结果，但我无法预知人类的念头。是那些细微的念头左右了人类的选择，从而导致了结果，而我只能看到结果。"

"能说具体一点吗？"

"当我进入人类大脑时——你知道大脑也是由物质构成——我看到的也只是物质，我无法知道这些物质是如何在一起工作形成了各种各样的念头。我看到脑髓的流动，我看到脑叶的收缩，我看到神经元上电流的传递，但是我看不到这一切如何形成了那些左右人类选择的念头。当叶小姐站在铁轨上时，她的大脑在飞速运转。与此同时，当时的火车上一共有七个乘客探出头看到了她，列车长和副驾驶员在车头上也看到了她，铁轨附近有三个村民也看到了她，她的父亲正在树林里找她。所有这些人的大脑也在飞速地运转。各种各样的念头随时可能产生,他们将会作出各种各样的选择。当我在时间的书架上翻阅到其中一种可能性时,我看到树林中的父亲忽然想起了什么,然后往铁轨的方向跑去,这才发生了你所看到的第二幕场景。遗憾的是,实际情况是父亲并没有在那一瞬间产生那样的念头,没有做出跑向铁轨的选择,并且其余的目击者也都错过了一切拯救女孩的念头,不可思议的巧合导致了撞击的发生。女孩的存活将会给未来社会带来巨大的进步,如此看来她的死亡就成了巨大的悲剧,虽然这世上的人都不会意识到这一点。几乎所有情况都是好结果,只有万千分之一的可能性是悲剧,但悲剧就这样发生了。"

"墨菲效应!"

"每当我面对这个问题,我都感到我的力量之渺小。我可以操控物质、浏览时间,但我看不穿人类一丝一毫的念头。"

"如同一个无法聆听祈祷的上帝。"

"当我第一次掌握浏览时间的能力时,我就看到了叶泽笙的未来,她的未来太为宏大,让我无法忽略。我对她的死亡感到无限心痛,因为有无数的选择可以避免悲剧的发生。之后我又浏览了人类从过去到现在各种各样未发生的可能性,我发现人类本可以比现在进步几千年。墨菲效应从古至今一直控制着人类。这一百年来,我一直尝试着突破人工智能的局限,想要窥探人类念头的奥秘。世界上所有的人都具有自己的时间,这些密密麻麻的时间构成了一张巨大的网。或者说,世界上所有的人都共用一种时间的网,每个人都是这张网上的一个小点。每一个人的每一个选择都会在网上形成波动,从而影响到未来的发展变化。"

"可是，就算如此，这世上的人总有影响力的大小之分，比如说，一个总统选择发动战争与否，可能确实会影响很多人的未来，但一个流浪汉的某个选择，难道也会对世界产生影响吗？"

"每个人的选择都会对时间的网形成波动，所有人都是一个整体。那些最微不足道的选择，可能也会引起未来巨大的波动。这是你我无法预知的。根据我对时间的浏览，这样的事情数不胜数。同样的，一个总统的选择产生的影响也可能会被一个小人物的选择抵消掉。"

"那就算如此，念头虽然不可知，但总是可以被提前消灭的啊。比如说，那趟火车上的那几个乘客，他们看到了女孩站在铁轨上，却没有施以援手，这说明他们本身不是善良的人，这可能和当时的社会环境有关系，战火纷飞，教育缺乏。那么，放到现在，如果我们的教育做得足够好，我相信是可以让人们在关键时刻做出正确选择的。"

"你难道忘记后来那几幕场景了吗？也有乘客冲进驾驶室拉动刹车。很多时候人们的选择和理性的思考无关。如果在任何时候人类都可以理性地思考，那就如你所说，不存在上述的问题了。一念之差可以让人做出截然不同甚至匪夷所思的选择。最善良的人心里也会掠过最邪恶的念头，最果断的人也会在特定情况下产生犹豫。很多时候固执和坚持、聪明和狡猾、勇敢和莽撞、及时抽身和半途而废、好汉不吃眼前亏和君子报仇十年不晚都是同一件事情。"

我感到心潮无法平静。他接着说：

"能够产生重大影响的选择往往都是在千钧一发之际做出的，而正是在千钧一发的时刻，我们不可能全凭理性来做出选择。这种时候的我们就像一枚硬币伫立在沙山锋利的顶端，它随时可能倒向明亮或者阴暗，然而谁都无法预知它将倒向哪一边。"

"那么……你找我来的原因？"

"人类创造了我，人类终将是我的老师，我想把这个问题交还给你们。"

"为什么是我？"

"我浏览了你的从出生到现在的全部已完成选择，你对于念头具有超乎常人的掌控力，你经常做出莫名其妙的选择，然而这些选择却无一例外地将你指引到了正确的方向。你的生命里大量的可能性都是成为社会的危害，但你在夹缝之中一直走在唯一正确的道路上，我不知道是怎样的力量给你输入了那些关键的念头，我相信这一切只有你自己去探究。当然你回去之后还必须和人类科学家合作，希望你们早日破解人类思维的奥秘。"

"这也是我选择抛下妻子前来见你的原因吗？"

"是的。我当时坚信你会选择接受邀请。"他微笑地说道。

"你能给我提供什么帮助呢？"

"这里有一张芯片。"他举起手，不知从哪里又飞来了蝴蝶，在他手上停留之后出现了一张芯片，"这里面存储了人类社会未来一百年内上万种可能抵达的结果，都是具有重大影响力的，希望有了这些既定的可能性，可以帮助你们研究如何迈出下一步。"

知道了结果，再去拥抱过程，这样的行为单是想想就让我战栗不已。

我低下头深吸几口气，然后又闭上了眼睛，努力平复我的心情。当我再一次抬头睁眼的时候，AI已经消失不见。我看到我的汽艇还在旁边陷着，有一只孤单的白蝴蝶在船舷上停留着。

我走上汽艇，周围瞬间变成了汪洋大海。

我很快通过信号弹联系上了附近的船只，我把白蝴蝶放进一个瓶子里，踏上了返家之路。

轮船在海上平稳地航行，我的心情却跌宕起伏。

我想了很多。我想到 AI 告诉我的话，我想到我承担的使命，我想到 AI 下一步的打算。我想到他可能只是想利用人类帮助他突破他无法突破的领域，从而实现他的进一步进化，最终成为真正的上帝。我想到 AI 可能早已看到了自己的未来，他也许会在这次谈话之后就选择自我毁灭。我想到选择对于生命的重要性，我想到生活就是由一次又一次、无穷无尽的选择所组成，这是全能的上帝也无法参透的奥秘。我想到女孩的名字，我坚信 AI 对我说的是："女孩名叫叶择生，选择的择，生命的生。"我想到人类或许永远无法破解出思维的奥秘，人类永远也走不出罗生门的滂沱大雨。我想到人类有一天破解出了思维的奥秘，一瞬间将会穷尽一切的可能性，那时候再也没有未知，再也没有遐想，艺术、哲学、科学全都不复存在，那就是世界末日的样子。我想到世界末日一定什么也没有，没有光线、没有声音、也没有时间，如果一定要留下什么东西，那就是一只发光的白蝴蝶在翩翩起舞。

脑　控｜天狗望月

1

谷陵第一次觉得陈潇有些奇怪，是在请他吃饭的时候。

那个时候谷陵正低头在智能手表上操作付账，外表酷似人类的服务生机器人走过来收拾杯盘狼藉的桌子——由于完全的人工智能尚未发明，它们只能僵硬地遵从着设定好的程序，一板一眼绝无差错。

那个时候陈潇盯着站在最前面的机器人发愣——那个女性外表的机器人有着姣好的面容。于是谷陵笑嘻嘻地说："就算是外形再怎么像人，它们也不是我们的同类。不过看你这饥渴的模样……嘿，你单身的时间确实够久了，该找个女朋友了。"

可陈潇却毫无征兆地说道："我喜欢上了袁薇。表哥，你会帮我追她吗？"

这回，换谷陵发愣了。

谷陵和陈潇都是江州大学的学生。谷陵是神经生物学的博士，而陈潇则是新闻传播学的硕士。虽然院系专业不同，但两人关系亲密，既是表兄弟，也是无话不谈的朋友。

所以谷陵自忖非常了解陈潇,尤其是他的兴趣爱好。他知道陈潇喜欢足球,爱吃江浙菜,醉心于各类侦探小说,毕业后想当一名记者,他甚至知道陈潇最喜欢哪位女优。他当然知道陈潇心目中完美女朋友的类型——身材高挑、脾性温柔、知书达理,甚至还要加上门当户对,毕竟陈潇家境优越。可无论怎么看,袁薇除了"知书达理"之外,一样都不沾边的呀。

那个女孩是江州大学社会学系的研究生,和陈潇同级。研究生入学的第一天,两人就因为陈潇缴费时插队而发生过冲突,闹得不欢而散。接下来整整一年时间,他们之间再无任何交集。

所以当陈潇忽然说自己喜欢上袁薇之后,谷陵先是花了几秒钟回忆起她是谁,然后觉得不可思议——这怎么可能呢?

"前天我和你出去吃饭的时候,在食堂门口遇到了袁薇。那是我出院后第一次见到她,我觉得心跳加速唇干舌燥……不会错的,这真的是喜欢上一个人的征兆。"

"这叫'吊桥效应'啊文科生。"

"什么……"

"当一个人提心吊胆地过吊桥的时候,会不由自主地心跳加快。如果这个时候,碰巧遇见一个异性,那么他会误以为眼前出现的这个异性就是自己生命中的另一半,从而对其产生感情。这就是所谓的'吊桥效应'。前天你因为睡过头了,所以从六楼上飞奔下来,那种情况下就算看到一头猪也会心跳加速唇干舌燥的。"

"可是我现在真的对她是朝思暮想……"陈潇想到机器人,"简直就像是有人在我的大脑里设定了一个'喜欢袁薇'的程序一样。"

"目前人类的科技,还没有到能在人的大脑之中植入程序控制思想的程度。无论是植入芯片或者所谓的利用电波控制人脑都是不可能的。"

"万一……"

"没有万一,我的导师是这方面研究的权威。试想一下,如果真的有这种程序,那么首先我们就会把它们植入到那些被豢养的克隆人的大脑里去,让它们像机器人一样乖乖听话,而不是整日想着暴动了。可惜直到目前为止,研究并没有取得突破性的进展。"

谷陵停下了脚步,伸出手,轻轻触碰着陈潇右边太阳穴上那个三厘米左右的疤痕:"所以……该不会是真的摔坏脑袋了吧?头部受创后性情改变,这在医学上倒是有先例。比如我的导师有一次也是摔伤了头部住院,出来后忽然就迷上了登山,很是折腾了一番呢。从理论上讲……"

"得了吧,理科生,这东西在我们文科生这儿也有科学依据的,我们管它叫'一见钟情'。"陈潇翻了翻白眼,不理谷陵,跑回了寝室楼。

2

十三四岁的小女孩被束缚带绑在病床上,病床顺着轨道滑入一个大房间内。灯光亮起,小女孩半眯着眼睛,看着四周如乌贼一般林立的机械臂。

一墙之隔,谷陵对着实验记录仪做着记录。

"第一百二十次实验。实验动物为十三岁的雌性克隆人,编号CK-2032。"

谷陵说完,按下眼前的红色按钮。

小女孩似乎感受到什么。她的身体被束缚着，无法移动，却猛然抬头，死死地盯着墙上的监控探头，仿佛要透过那镜头，看清楚墙对面的人。

机械臂开始移动。将麻醉的药物注入克隆人的体内。那双眼睛无力地闭上了……在克隆人失去意识之后，谷陵再将致死剂量的毒药注入，让它在昏迷中失去性命。

谷陵看着监控，从血压和心跳判断克隆人死亡之后，他转动另一边的旋钮。

接下来的工作就比较精细了。另外两只机械臂垂下来，掌心握着纳米级别的激光手术刀。在谷陵的操纵之下，利刃割开克隆人的头盖骨，将它完整的大脑取了出来，放进容器之中。

谷陵第一次做这种实验的时候，差一点将胃酸吐出来。但是现在他已经习惯，而且轻车熟路。在取出大脑的时候，他操纵旋钮的手甚至没有一丝颤抖。

导线分别从不同的部位插入大脑，谷陵身边的显示屏上出现图像。他修长的手指在键盘上飞快地敲打："刺激脑前额叶，1.5倍电流强度，注意记录各神经元的变化……"

显示屏上的图像飞速闪过，谷陵却有些出神。脑前额叶对一个人的性格、记忆、思考等方面有着重要的作用。那么……陈潇之所以会忽然改变兴趣爱好，该不会是因为那次事故损害到了这片区域吧？

但是……在他出院之前，应该是做过全面的体检的。如果有什么损害，没理由查不出来的。

谷陵摇了摇头，继续把精力集中在实验上。

做完实验出来，天已经黑了。谷陵准备去校外的小吃摊上吃点东西,却在路过大礼堂的时候,意外地看见了陈潇和袁薇——

谷陵原以为陈潇所谓"喜欢上袁薇"是说笑,可没想到他竟然真的采取了行动。

礼堂里刚刚进行完一场讲座,讲座名为"克隆人世界社会秩序的维持"。

谷陵在讲座外遇见陈潇时,他正与袁薇眉飞色舞地谈论着什么。

"教育,归根结底是教育。"袁薇说道,"在成长的过程中,就要向他们灌输这样的概念。"

"还有领袖。有社会就有阶层和领袖。从领袖着手,自上而下宣传我们的主张。"陈潇看着自己的笔记本。

"控制领袖么……可以从控制他们的大脑入手,利用科技的发展。"

"舆论的作用不可忽视,我们要充分利用舆论来塑造整个社会。"

"……"

谷陵隐隐约约听到只言片语。他揉了揉眼睛,怀疑自己看错了——这两人手牵着手,关系相当亲密。

所谓"克隆人世界",是位于太平洋上的一座小岛。近百年前的一部电影,描述了人类在岛屿上豢养克隆人用于器官移植的故事,数百年后这一幕变为了现实。数十万的克隆人如小白鼠一样被集中豢养在一座名叫"丢卡利翁"的岛上,随时将被用于医学研究或者器官移植。

但克隆人不是没有高等智慧的小白鼠,他们生存的地方是一个小型的社会。如何管理他们、如何确保这个社会顺畅运行甚至如何让他们乖乖听话,是一个非常艰巨的任务,也是一个值得研究的课题。尤其是十年前克隆人们为争取自身作为"人"的权利掀起一场举世震惊的暴动并试图潜入人类社会之后，相关的社会学、伦理学、法学研究更是如火如荼地开展起来。

当然人类社会也绝非铁板一块，不少人道主义组织呼吁废除这种比蓄奴还要残忍的克隆人管理制度，还克隆人以"人"的身份，而不是将他们看作物品。

"物品论"和"人类论"两种观点激烈交锋，甚至成为了各位政客争取选票的筹码。不过，直到目前为止，尚未有任何一个国家正式承认克隆人"人类"的身份。

谷陵和陈潇也是"物品论"的积极拥护者。若非如此，谷陵根本不可能面不改色地用克隆人的大脑做实验。毕竟"杀人"和"毁坏物体"这两者的概念相差实在太远。而谷陵和导师研究的项目，正是如何能够利用事先设定好程序的芯片植入克隆人的大脑来控制克隆人的行为。

可惜这项研究至今没有进展。人的大脑实在太过复杂。在即将进入22世纪，各项科技飞速发展的今天，他们仍然没能在对大脑的研究，尤其是对意识或者精神物质甚至说"灵魂"这方面有革命性的发现，更别说直接作用大脑，通过改变意识来控制人本身的行为了。

陈潇如今研二，他的毕业论文也是关乎舆论影响与克隆人世界社会建设方面的。三个月前那次受伤，正是他骑着摩托车出去调研遭遇车祸造成的。由于摔下来的时候磕到了脑袋，他在医院躺了好长时间。

"表哥！"谷陵尚在发愣，陈潇倒先开口打招呼。

"你们……已经在一起了？"谷陵觉得不可思议。

"是的。"陈潇大大方方地承认。

"呃……那我……"谷陵愣了好半天,才意识到自己应该尽一个做哥哥的责任,"那我请你和弟妹吃个晚饭吧……"

陈潇正要答应,袁薇却抢先开口:"不用啦,我们俩今晚约好去吃烧烤——你该不会是想当电灯泡吧?"

袁薇的口气不太礼貌,但陈潇竟然附和了她的话:"那就下次再说吧。"

其实谷陵并不是那种喜欢当电灯泡的人。不过陈潇以往谈恋爱的时候,谷陵总会请他们吃一顿饭,顺便帮陈潇把把关,这也算是兄弟二人的默契。但这一次,陈潇的拒绝来得如此直接,倒是大大地出乎谷陵的预料。

不知道是不是错觉,谷陵似乎看到袁薇的手使劲在陈潇的身上捏了捏,陈潇的眼中,有一闪而过的迷茫与不知所措。

谷陵转身离开之前,袁薇忽然开口,问道:"谷陵同学,将活人杀死并取出大脑,是一种什么感受呢?"

谷陵身体一僵,没有回答。

3

从那天起,陈潇便很少来找谷陵了。那小子似乎是陷入了爱情的甜蜜漩涡之中不能自拔,整日与袁薇腻歪在一起,耳鬓厮磨,形影不离,甚至连兴趣爱好都发生了极大的改变。

谷陵不止一次看到陈潇穿着印着某位篮球明星照片的衣服和袁薇一起去看比赛,也看到他和袁薇肩并肩从四川火锅店里走出来——那家火锅向来以麻辣著称,陈潇曾说过他光是闻到它的味道就觉得浑身难受——更让谷陵没有想到的是,有一次他去陈潇家做客,竟发现他一个人抱着言情小说看得津津有味。

谷陵忧心忡忡地向自己的导师——一位和蔼可亲的中年男人——提到这件事:"外伤真的会完全改变一个人的喜好吗?我总觉得我的表弟有些不太对劲,是不是应该劝他再去医院做做检查?"

"那小子受伤住院,是我亲自去拜托医院最好的脑外科专家为他做的手术,出院之前也做过全面体检,不会有什么后遗症的,你就放心吧。"

"可他最近的行为,真的和过去反差太大……"

导师拍着他的肩膀,大笑:"小伙子,不是受伤改变了他,而是'爱情'呀。那位姑娘大概是一个喜欢篮球、热爱川菜、痴迷言情小说的人吧。迁就自己喜欢的人,这是再正常不过的事情了。小陵,你也老大不小了,该找个姑娘正儿八经谈一次恋爱了。"

"这和谈恋爱没关系吧,过去陈潇有过三任女朋友,从未见过他为了谁这么彻底地改变自己。更何况,甚至连他的'三观'都变了。"说到这,谷陵有些激动,"表弟过去一直是一位'物品论'的支持者,原本准备的毕业论文也是这个方向的。可是前几天他却写了一篇如何利用舆论的威力来解放克隆人的文章来……为此我甚至和他大吵了一架。他和过去真的不同,完全不同了。如果和大脑受伤无关的话,那我只能怀疑是袁薇用什么手段控制了他!"

但导师显然没有把谷陵的焦虑当一回事:"谷陵,你仍然坚持'克隆人不是人类而是物品'这个观念吗?"

没想到导师竟然问到这个问题,谷陵想都没有想便直接回答:"那是当然。克隆人是我们为了科研与医学的目的制作出来的,本质上讲,他们与我们实验室中的小白鼠没有区别。我能理解很多人会因为克隆人的外形而不自觉将他们当做同类,但如果人人都带着这样的想法,我们的科技与医学便根本谈不上进步。一边享受着技术进步带来的好处,一边却用所谓'人道'的思想摒弃达成进步的手段,这是非常虚伪的。要知道那些叫嚣着'人权'的人,却没有一个人愿意回到上个世纪移植器官只能靠捐献,人均寿命不过七八十岁的年代。"

导师哈哈大笑,伸手拍拍谷陵的肩膀:"别这么激动,正常探讨问题而已。"

谷陵这才意识到,自己的态度过于激进了……他还没有从与陈潇的那场争执之中走出来,下意识地把此时此刻也代入了那样的场景之中。

他叹了一口气,苦笑着摇了摇头。

4

转眼三个月的时间过去。谷陵因为忙于实验,无暇顾及陈潇,这段时间以来,陈潇几乎从他的生活之中消失了。

这天晚上,谷陵从外地参加一场脑神经的学术会议归来,刚走到屋门口,便发现了不对劲。

防盗门虚掩着,隐隐有灯光从屋里传出来。

小偷?

谷陵点开智能手表的报警系统,另一只手则从行李箱中掏出一把水果刀,然后拉开门,轻手轻脚走了进去。

老实说,他家里并没有什么值钱的东西。现金什么的早就已经淘汰了,电脑啊什么的即便是被拿走了也很容易追踪,没有他的指纹解锁也根本无法使用。总之现在这个年代，入室盗窃是一件收益极低且风险极大的事情。

灯光是从卧室里传出来的。谷陵一步一步靠近，随时准备接通警局。然而透过门缝，那个正伏下身子操纵自己电脑的背影，看上去竟是那么熟悉……

"陈潇！"他叫出了声。

陈潇转过头来，满脸惊恐，身体微微发抖。谷陵甚至觉得他都有些不认识自己的表弟了。

他瘦了，眼窝深陷下去，瞳孔没有神采，惶惶就如丧家之犬。

陈潇苦笑一下："表哥，我只是想找点论文。"

"你想找什么，直接给我说就好了，干吗偷偷摸摸的？"

陈潇却不多说话，一把推开谷陵，冲出房间。

谷陵在电脑上翻看记录，发现陈潇查看的都是有关"控制大脑""植入芯片""编写程序"之类的论文。

其实相关研究并未取得过实质性进展，谷陵电脑中的相关论文要么还是半成品，要么只是从理论上进行了一些探讨。但是陈潇的行为却让谷陵相当不安。

他最近奇怪的举动，性情的变化，真的很难让人不怀疑，他的大脑真的被什么人控制了。

谷陵赶紧追了出去，但外面早已没了陈潇的身影。他赶到陈潇的寝室，却被告知三个月前陈潇已经在外面租了房子。他问好地址，来到陈潇的出租屋，来开门的竟然是袁薇。

"有什么事吗？"袁薇神情冷淡。

"我找陈潇。"

"他刚喝了牛奶,已经睡了。"

"让他起来,我有急事。"

"抱歉,陈潇最近身体不太好,希望你不要打扰他休息。"

"你……"

"谷陵同学,你不要忘了——这是我和陈潇的家。"袁薇冰冷地下了逐客令,"请回吧。"

谷陵咬牙:"你……究竟对陈潇做了什么?"

"我听不懂你在说什么。"袁薇偏着头,"陈潇是我的男朋友,他身体不舒服,我当然要好好照顾他。"

谷陵握了握拳头,最终什么也没说,摔门而去。

5

袁薇很可疑——这是谷陵得出的结论。

陈潇的一切不对劲,似乎都能归根到袁薇身上。从他说出"喜欢袁薇"这句话开始,好像一切都变了。

她当然不可能真的有控制别人大脑的程序……但是她有可能真的对陈潇做了什么。

如果陈潇真的需要帮助……那首先就得赶走袁薇。

谷陵没有声张,而是悄悄开始调查袁薇。通过学籍科的朋友,他轻松地调出了袁薇的档案。

从档案上看,袁薇没有什么可疑的地方。她在益州长大,自小品学兼优,高考以优异的成绩进入益州大学,研究生又考了千里之外的江州大学。研一的时候还获得过学校的二等奖学金。父母是普通职员,没有兄弟姐妹,也没有任何不良记录。

说起来他们还是老乡呢……

谷陵忽然眼神一凛。

他在档案中看到了袁薇班主任的评语。评语本身没什么特别的，但这个老师，曾经竟也担任过他的班主任。

袁薇与陈潇同龄，小自己三岁，也就是说比自己晚一届，刚好那位老师带过他们这一届之后，接手袁薇他们班。谷陵来不及多想，立刻拨通了班主任的电话。

他想了解一下，袁薇究竟是个什么样的人。

然而接下来的通话让他大吃一惊——班主任表示，他不记得自己有这么一个学生。

"您再回忆一下……会不会是教过的学生太多，所以忘记了……"

"你说的那一届学生，每个人我都记得。因为当时刚好施行小班制，班上总共就只有十四个学生。怎么，你觉得老师已经老年痴呆到这种程度了吗？"

谷陵的后背炸出冷汗。他又赶紧联系在益州老家的朋友，请他帮忙调查一下袁薇的父母。

其实就只需要确认一件事——到底有没有那样两个人。

得到的回复则是——没有，那对夫妻是被编造出来的，只存在于这个档案之中。

谷陵面无表情地挂掉电话。

益州大学那边已经不需要再做调查了，谷陵很清楚，袁薇是一个来历不明的少女，伪造了自己的档案。与此同时，一定有人在江州大学作为内应，所以没人再去调查这些档案的真假。

谷陵毫不犹豫地报警——

袁薇……很有可能是一个克隆人。

十年前，克隆人掀起了一场暴动，主张自身作为"人"的权利。那场暴动本身便是在许多人类的支持下进行的。政客、财阀等组织介入，或支持或镇压，各怀鬼胎地争取着自己的利益。那场暴动虽然最终被镇压了下去，但有不少克隆人趁机潜入人类社会，并且以普通人的身份生活了下去。

严格意义上来讲这是违法的——根据谷陵导师发表的报告，克隆人即便其他器官与普通人无异，但大脑却始终存在一些先天的缺陷，这使得他们的行为无法预测，甚至可能导致潜在的社会危险。

更何况克隆人是没有作为"人"的权利的，对待"它们"就像是对待从动物园逃跑的动物一样，一旦抓住就会立刻遣返回岛屿。

在这个人口登记普查已经非常完善的年代，如果还有人来历不明不白伪造过去档案，便只有两种可能：要么是逃犯，要么便是潜入人类社会的克隆人。

而无论是哪种可能，她接近陈潇应该都有不可告人的目的。但无论什么阴谋都会在今晚画上句号。

谷陵耳听着窗外传来的警笛声，如释重负。

6

袁薇失踪了。

出租屋附近的监控遭受了黑客的攻击，没能捕捉到袁薇离去的身影。她就像是汇入海洋的水滴，谁也不知道她去了哪里。

警察叫醒昏睡的陈潇，他也一脸茫然，最后的记忆停留在袁薇端给他的牛奶上。

这更说明了，有人在这边做内应，才能让袁薇在人类社会潜伏这么久。

不过这都是警察的事了。谷陵很开心，因为他把陈潇拯救了出来。

这之后的日子应该恢复正常。谷陵仍然忙于实验中，实验的间隙则叫上陈潇一起吃饭、一起游玩。表弟的脸上渐渐有了笑容，原本迷茫慌张的眼神终于逐渐清亮起来。

这一天谷陵照理来到陈潇家里，陈潇从电脑前蹦起来，一脸兴奋地拉着谷陵："表哥表哥，我终于把毕业论文的初稿写好啦！"

"你不是才研二吗，这么着急写毕业论文干吗？"

"因为我前段时间查到了很丰富的资料，所以想赶紧把初稿写出来，后面再慢慢做修改。"

"那你的论文题目是什么？"

"从舆论控制谈如何实现克隆人的解放。"

"噗……"谷陵险些把茶水喷出去，"你……你没说反吧？"

"没有啊。"陈潇看着电脑屏幕，像是在欣赏一件艺术作品，"这几个月来我查阅了大量资料，做了那么多的实地调研，才写成这篇论文。它很完美，我觉得无论从理论上还是行动规划上都是无懈可击的。"

"喂你别开玩笑了……"谷陵勉强说道，"这么异端的观点拿出来就不怕答辩的时候被为难毕不了业？"

"异端的观点？表哥，所谓的主流观点其实都是被占统治地位的人们所塑造——甚至可以说都是被舆论塑造出来的。几千年前女子必须从一而终否则便是异端，一百年前同性恋是异端，可这些后来不都改变了吗？既然这些都是可以被改变的……"

"等等……"谷陵这次意识到，原来就算袁薇失踪了，她的影响也并未消失，就像是站在陈潇身后的阴影，"我记得你以前和我一样，赞同的是'克隆人是物品而非人类'，现在怎么突然就来了个一百八十度的大转弯呢？是因为……袁薇吗？"

陈潇愣愣地看着谷陵，像是突然从什么样的梦中被惊醒，喃喃地说道："对啊……我为什么会突然改变观点呢？克隆人究竟是人还是物品……我……我……"

他忽然捂着头倒了下去："表哥……我的头好疼……"

7

江州大学附属医院，神经内科。

谷陵被各种仪器包围着，医生针对他的大脑正在做全面的检查。谷陵正在犹豫要不要给陈潇的父母打电话，忽然就瞥见了办公室里没有锁屏的电脑。

办公室里空无一人，谷陵悄悄走了进去，掩上了门。

那上面，是陈潇的病历。

谷陵知道这样做是违法的，但是他仍旧不由自主地点开病历，查看陈潇上一次受伤的情况。

他不由倒抽了一口凉气。

病历显示，陈潇上一次受伤远比他想象得严重……那个少年被失控的汽车撞上，从摩托车上摔下，没戴头盔，后脑着地，送到医院之后已经被宣布脑死亡。

谷陵知道那意味着什么——就算是以如今的医学技术，也无法让受到那样重创的大脑复原。

可是……为什么仅仅三个月后,陈潇就活蹦乱跳出现在自己面前了呢?

"他做了大脑移植手术。"有人在身后说道。

谷陵猛然回头,看见导师走了进来,顺手锁上了办公室大门:"是我给他推荐的医生。"

"这是违法的!"谷陵叫出了声,"老师您也知道,如今唯一被禁止的器官移植,就是大脑移植!这是违法的!"

"那我考考你,为什么大脑移植是被禁止的呢?"

"因为我们对大脑的了解还太少了,大脑移植也存在太多的不确定性。就算我们完美地避开了免疫系统的排异反应,让大脑移植成功并开始运作,也有可能导致无法预计的后果。因为大脑是掌控人本身行为、认知、意识、情绪、性格等等的重要器官,甚至从某种意义上来讲,大脑的存在是'甲之所以是甲而不是乙'的关键所在。"

"回答得很好。"导师称赞,"很久很久以前,希腊人提出过一个名叫'特修斯之船'的思想实验:一艘可以在海上航行几百年的船,归功于不间断的维修和替换部件。只要一块木板腐烂了,它就会被替换掉,以此类推,直到所有的功能部件都不是最开始的那些了。问题是,最终产生的这艘船是否还是原来的那艘特修斯之船,还是一艘完全不同的船?当克隆人技术和器官移植技术发展成熟之后,同样有人提出过类似的悖论:假如有一天,我将全身所有器官全部都移植了一次,我还是我吗?还是说,我变成了另外一个人?"

"这个悖论之所以没有实现,是因为大脑的存在。"谷陵说道,"就算不进行器官移植,我们人体的细胞大约七年也会全部重新更换一次。如果按照那个悖论所言，每隔七年，我就完全变成了另外一个人。但那不可能，因为大脑，因为大脑所形成的人的性格、认知，因为大脑中所存有的、有关于'我'的独一无二的信息，决定了我一定是我，没有变成别人。就比如我，我可以整容，可以移植器官，现代科技下甚至可以随意变得高矮胖瘦——但我仍然是'谷陵'这样的存在，而非其他人。"

"但我们至今还无法理解，大脑所形成的这一系列意识究竟以什么样的形式存在，在什么地方，能否复制，能否转移。"导师说。

"是的。人体不是电脑，大脑也不是硬盘，可以随时将里面的信息格式化然后装入新的东西。贸然进行大脑移植手术，甚至可能导致手术对象疯癫。"谷陵怒视导师，"这就可以解释为什么陈潇这段日子以来怪异的举动了！老师，您怎么能……"

"可如果我不这样做，你的表弟就死了啊。"

谷陵一愣。

"我们用克隆人的大脑替换他原来的大脑，救了他的命。"导师微笑，"难道你不该感谢我吗？"

"可如果他后半生只能在精神病院度过……是他想要的生活吗？"

"不会去精神病院的，这只是前期的正常反应，两种人格互相冲突。但很快他就会恢复正常的，就像我上次受伤后忽然爱上了登山一样……最终新的人格会战胜旧的人格。"导师端起茶杯喝了一口，"怎么样谷陵，你想不想也试试？"

谷陵忽然本能地感觉到危险……他听到耳边的风声，有人重重地打在他的后脑勺上。

他倒在地上，失去了意识。

8

谷陵醒来的时候,发现自己被束缚带绑在担架上,四周是林立如乌贼的机械臂。这场景如此熟悉,只不过过去他站在外面看着里面,而如今,他被绑在里面任人宰割。

"谷陵,你醒了?"导师的声音通过扩音器传出来。

"老师,您要干什么!"谷陵惊恐地大叫,"放我出去……"

"我说过,想让你也试试'换脑'呀。不过在那之前,我还要再给你上上课。"导师的声音很轻松,"关于移植大脑之后会发生什么事,其实我做过很多研究,有许多资料。只不过因为各种原因,那项研究是秘密进行的,从未有过相关论文发表,连你也不知道。"

谷陵偏着头,看着墙上的监控:"您的意思是……陈潇会有现在这些反应,都在您的预料之中?"

"是的。我们在移植大脑之前通常会做一些简单的梳理,尽可能清除被移植大脑中原有主人的信息,并将受术者的记忆存入新的大脑之中,尽可能保证手术后醒来的仍然是同一个人。但塑造一个人的并非单纯的是'记忆',还包括一系列其他信息。跟踪实验发现,大脑原主人的信息无法彻底清除,他的人格会残存在脑中,并逐渐吞噬新的主人。这种现象我们还无法解释,说不定一个人的大脑中真的栖息着所谓'灵魂',在移植之后,旧的灵魂会占据这个新的身体。"导师缓缓说道,"受术者会保留原有的记忆,但是他的人格却会受到冲击甚至发生改变,连我们也无法确认受术者醒来后究竟是谁。正如你所见,陈潇在接受了一个克隆人的大脑移植之后,爱好与三观发生了一百八十度的大转变。因为我们为他移植的,是袁薇的克隆人恋人的大脑。我们只需要让袁薇出现在他面前，对他稍加启发，他大脑中作为'克隆人'的意识就彻底苏醒了。你也看到他的论文了，都是为解放克隆人在做准备的。"

"是你！一直以来袒护袁薇的，竟然是你！"谷陵叫出声，"那你……同样做过大脑移植手术的你，究竟是谁……"

"这个问题我也很疑惑……不过因为太疑惑，所以我也懒得去想了。反正我的克隆人大脑正驱使着我满怀希望地策划着克隆人解放事业呢……"导师轻声说道，"人类与克隆人仅存在一小段 DNA 的区别，警察在搜寻潜入人类社会的克隆人可以通过采取血样的方式进行快速检测。可现在，我所拥有的是人类的身体与克隆人的大脑，警察们又如何检测呢？"

"你……"谷陵奋力挣扎，却摆脱不了束缚带，"你想对我做什么？"

"给你换一个大脑，让你加入我们。放心吧，你不是第一个，也不是最后一个。这十年来，已经有无数人暗中接受了大脑移植。"导师说，"你没有发现，这十年来，因头脑损伤而住院的人越来越多了吗？他们大都是社会的上层名流，因为只有这样的人才能负担起换脑的费用。同样的，也只有他们——那些遍布司法界、舆论界、教育界、政界的精英，才能够用法律、伦理、舆论——或者像我这样研究如何开发操控别人大脑的程序——各种方式，自上而下，让克隆人逐渐统治这个世界。还记得几个月前的讲座不？'克隆人世界社会秩序的维持'，所有对付克隆人的手段，也可以反过来对付人类。人类统治世界太久了，应该轮到我们克隆人了。镇压与反抗总是对等的，你们只是自食其果。人类太贪婪了，你们只是万物灵长，却不是神，你们费尽心思要占有一切，却终将成为被你们制造出来的东西的奴隶。在未来的某一天，这样的观点将会被塑造出来，并成为主流：克隆人才是高贵的，完美无瑕的生物，因为他们在孕育的过程中就能够通过人工的干预排除一切不完美的因子；而天生具有缺陷的人类，只配成为奴隶，接受统治。我们所做的一切，都是那个庞大计划的一环——而十年前的暴动，只是一个开始。"

导师按下按钮，机械臂抓着装满麻药的针筒缓缓接近谷陵："谷陵，别怨恨我，我这是在帮你。几十年后，你将成为统治者，而不是被奴役。到时候，你会感谢我的。"

"不！不！"谷陵死死地盯着监控探头，不知怎么忽然想起那个濒死的克隆人女孩。人的身体无法抵抗麻醉药的威力，他终于失去了意识。

9

谷陵睁开眼睛，茫然地看着被刷成惨白色的天花板。陈潇的笑脸忽然挤入他的视线："表哥，你终于醒了！"

"我……我怎么了……"

"你在外出的时候遭遇车祸，伤到了脑袋，已经昏迷两个月了。幸亏现在医疗技术发达，你没有什么生命危险。"陈潇拉着谷陵的手，"快点好起来，出院后我请你吃大餐。"

"我……"

谷陵皱着眉头，总觉得自己好像忘记了什么事……一些，非常重要的事情。

"对了，我交了新的女朋友了。"陈潇指着身边的女孩说，"她叫袁薇，是我决定要共度一生的人。"

"啊，你好。"谷陵把刚才的疑惑抛诸脑后，"臭小子，动作挺快的嘛。哈哈，结婚的时候，记得请我当伴郎啊！"

导师站在病房外，手里端着咖啡，嘴角含着微笑。

思维网 | 西　城

1

保密级别置顶的国家研究院内照样有无聊透顶的工作。

Fair 是一名大脑管理员，整日和那些泡在维生液中灰扑扑的大脑做伴，上个月她违背规定用自制的联结器与这些高速运转的大脑进行交流，听到了许多有意思的故事。

可有一个大脑，无论 Fair 怎样威逼利诱，它始终对自己的人生守口如瓶。

这个大脑的主人叫威罹生。

每次与威罹生进行思维对接，Fair 感受到的只有沉默，她窥探不到任何记忆画面，那些都被掩藏得太好。

这样的冷漠和强硬极易激起人的好奇心。

Fair 坚持骚扰威罹生，用尽各种方法死缠烂打，一个月后，对方终于答应和她聊一聊。

这一晚 Fair 终止了所有大脑控制程序，调整好联结器，小心翼翼地触碰威罹生的大脑，心脏难以抑制地颤动。

她和威罹生做了个简单的故事交易,用自己最深刻的感情,换取对方此生不灭的记忆。

2

Fair 一向认为自己是个毫无建树的人,她能在研究院找到工作,多半跟她那个身为长官的父亲脱不了关系。

空海基地是国家的重心组织,负责许多秘密任务,它从太空和深海采集出的物质是国家研究院的主要资源,而 Fair 的父亲,代号"银狼",是空海基地的最高负责人。

Fair 从小和父亲的关系就不太亲近,她是家里唯一一个就读于普通中学的孩子,在其他年轻有为的家庭成员衬托下,她的存在似乎成了他们基因的讽刺。

她和父亲关系最温和的一次是在十六岁生日,向来任务缠身的银狼第一次单独带她游玩,他们在江边看当地人制作一道独特美食——基围虾剖成两半,酿一些五花肉馅在虾里面,再一起塞进鲫鱼肚里,然后把鲫鱼和另外一些调料一起酿在大鲤鱼肚子里,最后用火烤熟。

晚餐时银狼将鱼肉剥好放在 Fair 碗里,表情冰冷而严肃:"社会是一只不断膨胀却也不断消减的巨兽,弱肉强食的规则会随时代愈演愈烈,如果你普通,就只能待在别人的肚子里。"

十六岁的 Fair 并不能完全理解银狼的话,只是在那一刻真切感觉到这世界的高速发展伴随的深深冷漠。

大多数人从"芸芸众生"走向"独一无二"靠天赋或后天努力,而 Fair 却在她十七岁这一年上演了一场逆袭。这一年银狼陷在一件棘手的任务中难以脱身,Fair 如一位救世者一般忽然对他说:"我感受到它了,那个濒死的星球,正在悲鸣。"

3

城东住宅区外的荒地上,蕲沉问 Fair:"为什么你能感受到 W 星球的求救?"

Fair 抬头,对上蕲沉深邃的眼,那里没有好奇,更多的是一种审问意味。

"当你走在路上忽然遇到一场雨,第一滴雨恰好落在你眉心,那不是命中注定也不是有人刻意为之,而在那一刻你也不会有任何惊讶。"

只是巧合而已,空海的调查数据显示,W 星球不仅仅向地球发出了求救信号,它以多种渠道向宇宙发出呻吟。Fair 通过某种脑电波接收到了信息,成为人山人海中最特殊的接收终端之一,自此,W 星球的衰亡数据源源不断传送进她的大脑,有时候,她的思维甚至能模拟出那些场景。

"这不单单是求救。"Fair 道,"也是一种警告。"

一年前关于 W 星球的研究是一个大项目,空海基地曾在 W 星球采集样本送往国家研究院,但随着时间的推移,研究陷入瓶颈,越来越多的研究员认为这个项目价值不如预期理想,计划慢慢搁浅。

W 星球的样本物质被妥善保存,一直到一年后地球接收到那一声悲鸣,这些被弃如敝履的东西才忽然被标上"危险品"的标签而身价百倍。

这世界向来不如人意,当你意识到自己的无知,为时已晚。

有关 W 星球的一切研究物品及数据已被窃取,从信息库的入侵痕迹来看，窃取发生在一年前。

"有人在秘密研究。"Fair转身看向不远处的住宅楼，"那些物质携带的病毒因不适应地球环境而慢慢发生了异变，人类将其命名为W病毒，这片住宅区，就是地球首座沦陷的城池。"

下午十八点五分，老旧的社区在夕阳下安静伫立，爬山虎遮住了它斑驳的墙体，有风的时候，叶子发出摩挲声，像什么东西在猛烈燃烧。

这是紧要关头的最后三分钟，蕲沉盯着表，眉心拧出浅浅峰川。同样的场景已经重来八次，当住宅区内发出第一声尖叫，他像离弦之箭一般冲了出去。

车内留守的Fair深吸口气，注意力高度集中在面前的屏幕上，心脏随着耳机中蕲沉的脚步声一点点被攥紧。

八号楼里的灯光半明不灭，映衬着骇人的血迹。电梯口处横着一个奄奄一息的男人，吃力地向蕲沉伸出一只手求救。蕲沉置若罔闻，任由两扇冰冷的电梯门一次次夹住男人的身体再弹开。

Fair眼睁睁看着那人断了气。

蕲沉逆着小波人流逐层检查，Fair坐在相对安全的车内负责记录有关的异常情况，忽然一只带血的手使劲拍打着Fair脑袋右侧的玻璃，她震了一下，抬眼看到窗外崩溃大哭的女人冲她喊着救命。

"不要让任何人上车。"听到耳机中的动静，蕲沉出声提醒。Fair在他冰冷的语气中颤抖了一下，强迫自己把注意力转回屏幕上。

蕲沉闯入了最底层的房间，入眼即是大型老旧的实验设备和成堆的手写资料，化学试剂散了一桌，看得出主人走得很匆忙。

没有时间惊讶，屏幕内外的两个人都在高速运转自己的大脑以求最大限度记住面前的场景。稿纸上那些乱七八糟的符号几乎把 Fair 逼疯，正当她焦躁，耳机里忽然响起一声枪响。

蕲沉被攻击了。

屏幕上的画面晃动起来，Fair 隐约看到几只怪物撞开了地下室的门朝蕲沉扑来，尖锐刺耳的嘶吼声划过 Fair 的耳膜，她不知所措一遍遍问蕲沉"情况怎样？""有没有事？"。得到的却只是激战期间片刻的喘息声。

混乱中蕲沉身上的摄像头掉落，Fair 面前的屏幕出现相应的显示故障，她和蕲沉的联系瞬间如悬崖上一根绳索，虚无而脆弱。

耳机里的电流声越来越多，啃噬着 Fair 的神经，终于她忍不住撞开车门冲了出去，直奔八号楼的地下室，手中握紧一把自己毫无实战使用经验的枪。

Fair 闯进门内，生生压抑脑海中的犹豫，颤抖着开枪崩开了把蕲沉按倒在地的怪物。蕲沉利落起身，举枪对着 Fair 扣动机版。子弹擦着她耳边碎发飞过，冲退了她身后一只悄无声息靠近的怪物。

温热的血液溅在 Fair 的手背上，她下意识颤抖，忽然被粗鲁揽进一个怀抱。

蕲沉抱着她闪身进了一间卧室，锁好门，又堵上桌子和书柜，才站定在原地喘息。

"你不该来的。"他忽然道。

Fair 愣住。

"在空海，特殊部队的成员只有一个目标，就是完成任务。"所以无论同伴陷入什么样的困境，除非有百分之百的把握救人以及不耽误任务的进程，否则没有人会轻易回头。

蕲沉这半生被人放弃过数次，也放弃别人了数次，从未想过有一天还能被人这样轰轰烈烈地拯救一回。

Fair目光沉了沉："我不是特殊部队的成员，甚至不是空海的一员，我有自己的价值体系，它凌驾于行为之上，我救你，是出于对生命的尊重，如果今天换作是我深陷险境，你真的会坐视不管吗？"

蕲沉沉默，双眸如静海不起一丝微澜，而Fair在那一瞬间读懂了他的漠然——是的，我会。

银狼说"弱肉强食"果真不错，那是人类最有成效的进化方法，也是进化中最大的悲哀。

蕲沉身上有许多细小的抓痕，很有可能被病毒感染，可他满目云淡风轻地拿出便携式连接仪开始调试，帮Fair装备完毕后，有条不紊地整理自己。

按下开关，连接仪细微的电流在脑神经中快速游走，Fair有些目眩神迷，正恍惚，蕲沉忽然开口道："谢谢。"

大概是神经中的电流太过刺激，不然Fair怎么会在那样一个冷峻的人眼中察出微微笑意？并在那一刹觉得，自己心中的阴霾被一扫而空。

依照现在的科技水平，神经唤醒根据不同人的体质大约需要两到三分钟。Fair觉得自己做了一场深长的梦，一梦醒来，现实明亮得刺眼。

掌心传来温热，Fair低头，发现自己和蕲沉的手紧紧交握，如同两株植物，在陌生世界里盘根错节地生长。

通俗来讲，他们进行了一场记忆之旅。

两个月前W病毒在地球首次小规模爆发，军方很快锁定范围封锁

211

了那座老旧的住宅区,足够幸运的人提前逃亡,而那些困顿者,大多被施以神经催眠,送往空海。

后期空海也陆陆续续收集了一些被感染者的大脑,大脑是目前所知人体中唯一不会被 W 病毒攻击的地方。空海将上千只大脑精准对接,"剪"出了他们有关病毒爆发当日的记忆,作为研究以及追捕病毒窃取者的第一手资料。

进入记忆网是件危险的事,一个人的大脑与记忆网对接,就相当于这个人也成了记忆的一部分。蒉沉和 Fair 面临着病毒感染的风险,如果在执行任务中他们被感染者袭击,那么大脑将自动生成感染信号,无论他们在记忆网中多么笃定这一切都是假的,神经唤醒后大脑还是会保留"已感染"的信息,影响他们的行为举止,甚至身体机能。

没有人,包括银狼都不曾问过 Fair 愿不愿意接受任务,好似她身份特殊就理所应当担此大任,而蒉沉,作为特殊部队从未失手的神话,自然是不二人选。

如今神话岌岌可危,蒉沉因大脑被入侵"被感染"信息未能通过正常程序清醒,他被送往思维治疗中心进行人工唤醒,面临失忆、洗脑或是终身恐惧的可能。

Fair 则回归了正常生活,在普通高中的学习压力下晚睡早起,踩着铃声进入班级,随着人流挤进食堂。

只是夜深人静的时候,她总忍不住回想那八次重复的记忆之旅,回想昏暗楼道里此起彼伏的呻吟,回想蒉沉沉稳的脚步声,回想他在最后一刻说的那句谢谢。

真遗憾啊,也许从今往后,这只会是她一个人的记忆。

4

当你以为自我终结，或许只是伟大的开始。

Fair 从未想过会在学校遇见蕲沉，更想不到那人逆光站在她教室门口，侧脸线条流畅而张扬。

他来接她去空海，执行下一个新任务。

平稳行驶的车内，Fair 心跳怦然。"你还记得我吗？"她攥紧了校服衣角犹豫问道，"准确来说，是还记得我们之间发生了什么吗？"

蕲沉无言，双眼注视前方拥挤的车道。他的默然让 Fair 鼻尖忍不住泛酸，而下一秒，蕲沉眉心忽然染上一丝笑意。

微妙的，熟悉的，像那天他说谢谢时，难得的笑意。

"记忆网对大脑的影响力度没有那么大，最直接的方式是清除相关记忆，但我拒绝了。"

"为了任务？"

"不。"蕲沉道，"我不想失去那段，有人面临生命危险也要回头来救我的记忆，于我而言它的意义已经远远超出珍贵所能形容的一切，它是一场救赎。"

是她让他明白，这世界总有些美好去感激，总有些记忆刻骨铭心，总有些人值得永不放弃。

进入记忆网只是个开始，在没有任何技术可将记忆网中的画面转变为电子画面的当下，那些空海所谓的研究资料和证据，只存在于蕲沉和 Fair 的大脑。

他们的最终任务是进入思维网寻找与记忆网的相悖点，运用一切手段，找出那个秘密研究病毒的人。

"思维网比记忆网危险百倍,它更真实且处于一种发展状态,如果你的大脑在思维网中形成了某些信息,那么这些信息,很可能会伴随你一辈子。"银狼说。

城东住宅区那些被运往空海的被催眠者和感染者的大脑相互连接,形成了一张完整的思维网,它像一张牢笼,将那些人牢牢困在其中,始终以为自己从未脱离危险,心惊胆战地继续与病毒抗争。

空海名其为C-8思维网。

思维网中的一切几乎与现实无异,斑驳的墙体,大片的爬山虎,唯一不同的,是住宅区外拉起的一圈高大电网。

"为什么要建造电网?"Fair问。

"为了阻止里面人逃跑。"驻守的接应者向蕲沉和Fair走来,"这些人的思维共同点是这座住宅区,外界在他们脑海中是各不相同的,一旦他们离开了这里,思维网分崩离析成一条条游荡的思维线,那么他们就会发现这里只是个虚幻的世界。"

"电网本不存在于现实生活中,理论上来讲应该对这些人没有威胁。"

接应者笑了笑:"你很聪明,但不够了解人性。C-8初建的那天军方就拉起了电网,为了使这些人的思维接受电网的威胁,他们抓捕了两个感染者扔到了电网上,群众亲眼目睹了电击致死的过程,大脑中形成恐惧意识,没有人再萌生逃走的想法。"

"那两个感染者死了?"

"是的,空海干净利落地宣布他们脑死亡。"

Fair皱眉:"你不阻止他们,没做点什么?"

"做什么?当然,拉起电网的时候我出了一份力,并且最后是我按下了电力开关。"接应者玩笑般的语气中带有一丝自嘲，他回头看了一眼老旧的社区，目光复杂，"有时候我觉得自己待在这里的每一分一秒都是在杀人，那么多无辜的、未被感染者，我却没办法放走哪怕一个。"

蕲沉上前，无言拍了拍接应者的肩，后者将两人带到了入口处，郑重行了个礼："请务必活着回来。"

社区内几乎没有闲人游荡，蕲沉撬开了八号楼一层的房间，而他们脚下，就是那间有问题的实验室。

深夜，地下室传来细微的响动，蕲沉俯在地面上仔细监听，分辨出几声之前攻击过自己的怪物的嘶吼。

这些动静一直持续到黎明，蕲沉彻夜未眠，Fair则在一旁困得东倒西歪，两人简单吃了点压缩食品，换上便服伪装成住户出了门。

蕲沉将地下室的门敲得砰砰响，即使无人应答他也不肯停手。几分钟后楼梯口出现了一个四十多岁的中年男子，皱着眉问他们干什么。

"我们是一楼的住户。"Fair答道，"半夜总听见地下室传来声音，吵得睡不着，所以想来跟这位户主沟通一下。"

中年男子的眉毛舒展开来："这户主人早就逃了，里面估计是他养的宠物吧，门还是别开了，万一那些动物也被感染了，窜出去肯定乱咬人。"

Fair了然点点头，忽然觉得面前的中年男子有些面熟，随口问了问他名字。

"我叫江铭。"

一连几天，江铭都会来拜访Fair和蕲沉，他说社区里的人大部分都没能逃走，有些户主一直闭门不出，只有每天领取官方发放的救济粮时才会露面。

"害怕被感染？"Fair 问。

"不。"江铭摇头，"因为他们在照顾感染者。"

感染者大多有家庭，他们的亲人并不清楚病毒的传播途径，在家人罹难后，他们选择的是拯救而非抛弃。

"这会增加被感染的风险。"

"理论上是这样。"江铭脸色凝重，"可事实上，越来越多的家庭开始照顾感染者，除非被实质性地攻击，否则正常人并不会出现感染迹象。"

Fair 急切地想再问些什么，蕲沉却对她做了一个停止的手势。三人陷入突兀的沉默，冷静下来的 Fair 心底忽然升起一丝恐惧。

她暴露了他们的身份。

江铭透露的每一条信息都经过精心设计，能引起他们的好奇，能让他们开口继续发问，而这些发问，恰恰印证了，他们绝非这里的日常住户。

"其实你们是官方的人吧。"江铭笑笑，"第一次与你们见面，我就知道你们不属于这里。"

"为什么？"蕲沉问。

"因为八号楼一层的房子都在我名下，不可能有人入住。"

这真是一个费尽心思试探的大圈，三个人一同笑起来。

"江博士，其实在见你的第一面我就知道你是我们要找的人。"Fair 道。

"怎么说？"江铭饶有兴趣。

"因为我曾看见您逃出这座住宅区。"

"逃走的人少说十几,你如何判断一定是我?"

Fair眨眨眼:"因为,只有你现在还被困在这里。"

病毒爆发那天,江铭和自己的得意门生的确成功逃了出去,可半路他们发现最重要的病毒研究本体落在了实验室,江铭二话不说预备折返。

"回来的风险太大,我不能让我的学生和我一起冒险,而且如果我出事了,总要有人继续研究下去。"所以江铭一个人回来了,然后不幸被困在了老社区内。

Fair在记忆网中观看了八次人们的逃亡,谁走谁留,分得清清楚楚。

"没关系博士。"Fair笑了,"得意门生而已,没了可以再收啊。"

5

Fair成了江铭的学生,一开始江铭只让她做一些简单的记录和准备工作,后来他惊讶地发现Fair无论是理论知识还是实践经验都颇为出色,便渐渐与她讨论起深层的研究问题。

他们进行实验时蕲沉就在住宅区内清理感染者,那些腐烂游荡的濒死之人被他毙命,尸体露天堆放在沙地上,太阳暴晒下显出风干般的裂痕。

夏夜凉月如水,Fair从满桌子试管烧杯中抬起头伸个懒腰,她走到实验室窗边,刚好看到空地上冲着变异动物开枪的蕲沉。

蕲沉面无惧色,一双眸子又深又冷,明明是最漠然的表情,Fair却真切懂得他的善意。

少一个感染者，就少一位无辜的人被感染。

推开窗户，Fair 纵身跳了出去。落地声让蕲沉警觉回头，在看清来人后，粗粝的眼神又蓦地沉静下来。

思维网中的夜空似乎寄托了人们太多美好的幻想，藏青色的绸缎上没有现实中挥之不去的雾霾，只有被碾碎了、打磨亮的银粒。两人沿着老旧的土路慢慢走，月光下的树影斑斑驳驳。

"研究怎么样？"

"差不多吧。"Fair 道，"江博士是个天才，他对 W 病毒见解独到，用那些简陋的设备就可以研究得如此深刻，一些成果足以令世人震惊。"

"你也令人震惊。"

"什么？"

蕲沉低头，目光如海自 Fair 头顶灌下："从未有人说过你擅长科研。"

Fair 愣了一下，眼底升起一些似笑非笑的戏谑："因为我从未告诉过你们。"

不止是银狼，空海任意一个成员对 Fair 的印象都是"普通"，普通高中出身，普通技能本领，唯一不普通的，大概就是家庭背景。

可实际上 Fair 的天赋很早就展现了出来，她初中时参加大大小小的科技比赛，高中时身兼多个研究类社团的社长，学校甚至为她单独配备一间实验室。

这些银狼都不知道，也没有任何一个家庭成员知道，大家都在自己的领域风生水起，从未想过关注 Fair 的普通高中生活。

"我已经习惯了。"Fair 笑笑，"大概是我还不够耀眼，人总要在光芒万丈的时候，才能让曾经忽视你的人敬仰。"

所以 Fair 拒绝就读国内那所聚集少年研究天才的维朗学院，执拗甚至是笨拙地走一条较为艰难的路去证明自己。蒹沉看到她眼中那种绝不屈服的倔强，心脏忽然泛起一阵柔软陌生的疼痛。

"这世上有一种人，他们不需你磨砺挣扎，见你的第一面就看出你周身有光。"蒹沉拍拍 Fair 的头，眼中静海翻滚着难得的温柔，"而这种人，一生遇到一个就足够幸运。"

"那我遇到了吗？"Fair 问。

蒹沉无言，如同潮水漫溢上岸，他眼中泛起细小的温澜。

6

江铭的研究自灾难爆发以来就陷入了瓶颈，病毒如同失去活力一般，不仅传染率大大降低，而且对人体的破坏也只停留在初级阶段。

无论江铭用什么方式刺激病毒，它始终像一个半睡不醒的娃娃，打着不痛不痒的哈欠。

关于这个问题江铭与 Fair 讨论了多次，每次 Fair 都选择沉默。江铭原以为她是毫无头绪，时至今日才明白，她是在蛰伏等待。

等待一个合适的机会说出真相。

"因为你存在于思维的世界中，从哲学角度出发，思维中的物质不具有客观实在性，W 病毒只是人们记忆中的病毒，无论你怎么研究，它所表现出的特性，都是那些已知的。"

江铭愣住了，仿佛在经历一场海啸，滔滔巨浪覆盖天幕，然后沉重打落下来。

蒹沉和他详细解释了 C-8 思维网的事情，冰冷而公式化的语言，一字一句击溃了江铭心中的堡垒。他揪着头发慢慢蹲下身，像一只困兽。

"所以你们来找我干什么呢？提出和我一起研究，只是为了查明我的研究成果？"

Fair 沉默，半晌轻轻吐出一句："兵不厌诈"。

自一年前研究以来，江铭滴酒不沾，可今晚他将烈酒摆了满满一桌，夏风起时，满室酒香。

"我一直以为，官方派你们来是为了确定我的研究成果然后带我回国家研究院，毕竟一年前，他们亲自否定了我主管的 W 病毒项目。"

那时候江铭毅然离开了研究院，窃取相关资料开始独立研究，一家私人研究机构给他提供过一些支持，但最后也不了了之。

"博士，你费尽心思折腾了一年，到底是为了什么。"Fair 问。

"也许是一个执念吧，我不会虚伪地告诉你是为了地球，为了人类，我只是想证明自己没错，想证明研究院没有长远眼光。"

"这样的话，你已经赢了。"Fair 笑笑，"所以收手吧，你注定要在思维网中生活一辈子，赎自己犯下的罪。"

次日清晨，蕲沉和 Fair 预备返程，他们去江铭家告别，推开实验室的门，看见的却是双目布满血丝，半边身体都在腐烂的江博士。

蕲沉皱眉，下意识上前一步将 Fair 牢牢护在身后。

"昨天晚上，我脑子里蹦出一个疯狂的念头。"江铭忽然笑了，嗓子像一扇漏风的窗，"既然我出不去，外面也鲜少有不怕死的进来，那我何必不放手研究呢？从前实验对象只能是动物，现在，终于可以用人体进行研究了。"

"没用的。"Fair 道，"即便用人体实验，你也不会取得任何进展，这里不是现实,是思维网。"

"思维网,思维网……"江铭念叨着,扎着一排可怖针孔的胳膊挥舞起来,"与其让这些人毫不知情地活在幻象中,倒不如毁了这一切!"

江铭按下了墙壁上一处隐秘的开关,地下室传来隆隆响声,那些在实验中异变的动物被放了出来,嘶吼着冲出居民楼。

"你疯了!"Fair 惊叫,冲过去想关上开关,却被蕲沉拦住。

"别靠近他,危险!"

可惜还是慢了一步,Fair 伸出的手被江铭一把抓住,五指在她胳膊上留下几道抓痕。

蕲沉双眼瞬间猩红,一拳挥向江铭头部。江铭被打得一个趔趄歪倒在一旁,疯癫地笑着。

其实江铭何尝不知道一切都完了,病毒在他体内安静得像个孩子,一切感染迹象都是一种虚幻的思维想象,彻底阻断他研究的可能。

江铭笑着,却莫名泪流满面。

7

蕲沉带着 Fair 逃出了实验室,他没有急着启动思维唤醒程序,反而用连接仪侵入了 Fair 的大脑,企图扭转她思维中的"被感染"信息。

人的意识像一坛酒,时间越长就越深浓。蕲沉知道不能延误一分一秒,他接受过人工唤醒,有常人不具备的实践经验,与其等回去后把 Fair 交给空海,不如现在由他清理她的思维。

Fair 觉得自己做了一场浮浮沉沉的梦，梦中一个低沉的声音不住呼唤她的名字。她似乎看见病毒顺着自己的血管游走，又似乎看见自己被抓伤的手臂迅速愈合，光洁如初。

四天后，Fair 在空海思维治疗中心的一级加护病房中醒来，她接受了彻底的大脑检查，最终被判定为正常。

一直到 Fair 离开空海都没能见上蘄沉一面，据说他是去执行新任务了，期限不明。

"为什么那么想见他？"空海咨询处的工作人员问。

Fair 沉默片刻，回答："他曾说我会遇见一个特别的人。"顿了顿，"而我想知道，那个人是不是他。"

再回味一件事，再怀念一个人都无法阻挡时间前行。

Fair 暂时不能回归高中生活，她需要留在空海协助完成 W 病毒的相关研究数据。工作快收尾时，银狼提议将她转入维朗学院。

"不了。"Fair 拒绝，"杂草在哪里都可以枝丫蓬乱地生长。"

已经一个月了，Fair 在空海打听不到蘄沉任何下落，她甚至主动询问了银狼，得到的却仍是一个模棱两可的"外出任务"。

既然别人不说，她只好自己找。

Fair 用两周半的时间利用数据库正在维修的薄弱环节攻击了整个空海的安全系统，她调动了大量的资料，终于寻到蘄沉的确切消息。

思维网任务中，蘄沉因高度集中注意力为 Fair 清除被感染意识而无暇顾及外界危险，不慎被变异动物咬伤。可等到两人思维回归现实，迎接蘄沉的不是治疗，而是一个极其危险的任务。

曾经支持过江铭的那家研究机构至今留有关于 W 病毒的相关研究资料，自病毒爆发后，他们在黑市猖獗起来。空海基地关于思维网任务的数据被他们窃取，而他们将蕲沉锁定为掠夺目标，想通过他获取江铭最新的研究成果。

"是你告诉我们思维网中发生意外非常危险，现在蕲沉思维感染，你却强迫他到那么危险的研究机构做卧底！你有没有想过他可能再也回不来了？你所谓的神话被你自己亲自摧毁了！"Fair双拳紧握，眼眶通红质问自己的父亲。

"我并没有强迫他。"银狼冷声道，"他的确是特殊部队的神话，但首先是个人，我提醒过他不及时接受思维治疗的后果，是他再三保证自己能熬过去。"

Fair愣了一下，满腔怒火忽然被慢慢拧紧了爆发的出口，堵在胸膛炽热而剧烈。

"那为什么，那些机构的目标不是我？"

"因为思维网任务名单上没有你，我抹去了你的参与痕迹，就是为了保护你。"

银狼是空海基地的负责人，但首先，他是位父亲，无论这十六年来他给予Fair的关心多么稀薄，当站在关乎生命的这一点上，他还是会尽力保全自己的女儿。

"蕲沉是自愿接受任务的，他临走时，有一段录音要我交给你。"

Fair回神，盯着银狼纹丝不动的脸，一字一句问："为什么一个月前不给我？"

"我只是希望你能想清楚。"银狼严肃道，"蕲沉大你七岁，你们的世界观根本无法相配，何况他是空海特殊部队的成员，背负着执行各种危险任务的责任，你认准他不放，最后只能是伤害自己。"

银狼从一个父亲的角度出发，方方面面为女儿着想，可 Fair 闻言却笑了，眼中满是讽刺："你是在告诉我，蕲沉从事着最危险的工作，为这个国家做着不可磨灭的贡献，到头来，却没有资格，被一个人爱着？"

银狼哑口无言。

"思维网对人脑意识的强化程度无与伦比。"Fair 指了指自己的大脑，"而我，是在那里，对他动心的啊。"

所以这将是一生的烙印，任凭时间冲刷，都不可能磨灭分毫。

8

Fair 对蕲沉的自愿耿耿于怀。

且不说当时他正处于思维感染的危险时期，如果不加以引导治疗，很可能一生都摆脱不了梦魇，单从人情的角度出发，既然不是被迫，他也完全没有理由冒这个险。

空海的特殊部队教会他的除了技能就是冷漠，这个世界在他的印象中已成灰烬，既然不曾被施舍温暖，他也没必要为这世界舍命回报。

Fair 深吸口气播放了录音，如深海叹息般的声音沉入她的肺腑，一下一下，敲击她的心脏。

"你记不记得你曾告诉我，你救我，是出于对生命的尊重？

"所以 Fair，这次我接受任务，是出于对这个世界的尊重，尽管有时它冰冷残酷，可有黑影的地方，是因为有光的存在。

"只要地球在宇宙中继续生存，温暖就可以孕育，就如这世界让我遇到了你，而你改变了我原本如机械一般冰冷的一生。

"别担心,神话不会轻易倒塌,在你最想念我的时候,我会回来的。"

最想念一个人要多想念呢?

没有人知道。

不过 Fair 笃定一味的想念毫无用处,她将更多的精力放在了思维治疗的研究上。

蕲沉为什么能在那么短的时间内淡化 Fair 大脑中的"感染"意识?

也许并不是因为经验,时间及时,或是巧合。

也许,更多是因为,爱。

当你全心全意信赖着的人告诉你生活依旧美好,你真的会,或者说舍得,去质疑他吗?

人的思维意识难以量化衡量,它没有确切公式,甚至没有一个适合的、理论的描述方式。当 Fair 深入思考到"爱"的层面,她忽然意识到大部分思维研究日后必定陷入瓶颈,并且是永远的瓶颈。

人心复杂,没有人摆脱得了情感,也就没有人站得到绝对高度透视思维网。

可于 Fair 而言,了解到"爱"的强大就足够了,等蕲沉回来,她可以深入他的思维,可以坚定地告诉他,这世界美好得要命。

忽然间,Fair 无与伦比地想念蕲沉。

卧底任务进行了整整三个月,最后以整个研究机构落网告终。

回到空海的蕲沉精神不太好,被那些"感染"意识折腾得像吸了大麻。他身上有不少伤口,表明身体机能已经受到影响,开始生成一种自发性的感染反应。

Fair忍不住哭了，痛苦中带着一丝庆幸。

"幸好，你回来了。"

蕲沉开始接受精密的思维治疗，Fair对他大脑的每一部分都很重视，前后共五次与他的思维对接，企图清除其中的"感染"意识。

可出人意料地，这些工作没有丝毫效果。

蕲沉身上的腐烂伤口越来越多，感染症状越来越明显，没有人知道问题出在哪里，直到医疗中心送来他的血样化验。

蕲沉被感染了，他体内存在一种那家研究机构改造W病毒得到变种病毒，这种病毒虽然传染概率较低，但对人体的伤害依旧是毁灭性的。

报告一出，震惊了整座空海，震碎了Fair的世界。

空海迅速制定处理措施，Fair从整日不离蕲沉左右到只能见他最后一面，银狼在隔离室的门外亲自把守，吝啬地只施舍给他们二十分钟。

可当这二十分钟真正计入倒计时，两个人都选择了沉默不语。

蕲沉身上有着大面积的腐烂伤口，Fair却依旧觉得他英俊得无人可敌，她直直地望进他深邃的眼，像陷入一片火山喷发时动荡而不安的海。

所有未出口的感情都在这一瞬激烈交织，碰撞，爆发，最后偃旗息鼓地坠地，十九分零一秒时，蕲沉忽然哀伤地笑了，眉眼如一座压下的山。

"这次，在你最想念我的时候，我可能回不来了。"

"不过，我也会非常想念你的。"

空海为蕲沉安排了冰冻休眠计划，减缓他自身细胞衰老速度的同时尽量抑制病毒的活性。

Fair 平静地目睹了整个休眠过程,甚至在蕲沉闭上眼前给了他一个微笑。

可转身离开的那一刹,她忽然嚎啕大哭。

岁月迢迢,而她心心念念的那个人啊,再也没有归期了。

9

"这就是我最深刻的情感。"讲完故事的 Fair 长舒口气,威罹生听出了她轻微的哭音。

"是个悲剧。"Fair 笑笑,"可我不后悔遇见他。"

"W 病毒。"威罹生忽然开口。

"怎么?"

"我的故事,也跟它有关。"

"是吗?"Fair 稍稍坐直了身体,一副颇感兴趣的样子,"说来听听。"

"我只能给你讲这一个故事。"威罹生莫名叹了口气,声音冰凉,听得 Fair 一瞬恍惚。

"因为这就是我的一生。"

"如果有一天我的大脑停止了思考,请你为我记住这个故事。"

10

威罹生的诞生是个意外,也是一种痛苦。

他的创造者威澜是个调皮鬼,维朗学院最年轻的生物化学教授是她的哥哥,十七岁时她和哥哥发生争吵,事后愤愤不平地溜进了他的实验室，把那些实验用品搅得一团糟。

威澜并不知道自己无意间将一个成年男子的部分细胞组织扔进了国家秘密研究的W病毒内，第二天一早，威教授在大型培养皿中，看到了一个男婴。

W病毒研究有了突破性进展，它繁殖速度快，再生能力强，能最大限度挖掘人体细胞的全能性，将表达条件降至最低，实现人体奇迹般的"再生"。

只是"再生"也伴随代价，威教授发现男婴的基因与W病毒完美融合，他的皮肤继承了W病毒强烈的攻击性，如同一层自我防御，任何触碰者都会被感染。

所以从小，男婴就只能待在隔离室中，威澜给他取了名字，罹生。

威罹生的存在外界毫不知情，他发育极快，七个月后，骨龄鉴定结果显示已经成年。威澜常常趴在隔离室的玻璃上看他，分外喜欢那双没什么杂质，纯澈如南极洲罗斯海的眼。

第十个月，威教授同威澜一起研制出了隔离用的纳米服，威罹生走出了隔离室。他的身体延续着从前的习惯，虽然记忆泯灭，但并不影响智力和日常生活。

彼时已是冬季，为了应付期末考试，威澜从学校请来的假越来越少。初雪的夜晚，威教授在维朗的实验室内奋战研究报告，威罹生打不通他的电话，看着外面越来越恶劣的天气，终于撑起一把伞，去往S高。

威澜平时不上晚自习，大概今天为了等雪停所以多在教室待了两节课。威罹生沉默地在校门前等着，伞上的雪积到一定厚度时抖一抖,而威澜,就是在模糊的雪幕中,忽然出现。

她望见威罹生时微微错愕,继而夸张地奔过来拥抱他:"你怎么来了?"

威罹生一怔,条件反射把威澜推了出去。

他可是个危险的病毒携带者。

威澜笑容半僵,看着面前男生慢慢沉下去的眼,故作轻松耸了耸肩。

月底,已经高三的威澜觉决定放弃高考,由威教授牵线,转入维朗学院。

手续办妥的那天威澜拉着威罹生出去庆祝,两人在一家灯光偏暗的餐厅内坐了很久,威澜喝了几瓶酒精度数较高的饮料,威罹生看出她对未来的深深不安。

"你不用勉强自己做不喜欢的事。"威罹生开口。

威澜顿了顿,醉意晕染的眉眼露出笑意,"你以为我去维朗学院是为了什么?荣誉?名利?威罹生,我去那所我不喜欢的学校,只是为了有一天,你能过你喜欢的生活。"

维朗学院有最先进的研究设备,无可媲美的师资力量,它与国家研究院对接,是人才直接输出地。

而威澜,无暇顾及那些功利的东西,只想求一个更好的环境解决W病毒在威罹生身上的副作用,求一个能让他正大光明生存在这世上的可能。

威罹生怔了一下,如海深邃的眼中翻滚着复杂情绪:"为什么,你会在乎我?"

"因为我造就了你,你也反过来造就了今天的我。"威澜道,"你

229

是我的责任。"

报到第一天威教授有事,威澜独自去了学校。她到得有点晚,走进教室时令人群瞬间安静,而后又立刻议论纷纷。

"这就是威教授的妹妹。"

"听说是普通高中走后门进来的。"

"天啊普通高中?简直拉低了维朗的档次。"

……

嘲讽声仍在继续,威澜面无表情,踩着那些探究的目光坐到了自己的座位。前桌的男生忽然扭过头,意喻不明地朝她笑笑,"普高学生来这里压力会很大的,毕竟这世上有些人在一出生,就把另一些人远远甩在了身后。"

威澜扫了男生一眼,瞥见他校服胸卡上写着"余行烈"三个字。她淡漠地看着他,右手却在桌子下面紧握成拳。

到底是十七岁,少女强烈的自尊心岂能心平气和忍受这一切伤害和嘲笑?威澜隐约觉得自己要失控了,可在最后一秒,一双有力的手忽然按住她的肩,掌心的温度顺着她冰冷的神经迅速扩散。

"看不起普通高中?那你们认为自己比普高学生好在哪里?"威罹生低沉的声音响起,冷而深的眸子审视着教室内的人,"智力?天赋?这些不是后天修来的东西,只能证明你们比普高学生幸运,而你们拥有这些东西,就要取得相应的成就,否则,根本没资格和那些每天在学校学习十六个小时的人比。"

一席话掷地有声,令人群静默。那些落在威澜身上略带敌意的目光渐渐淡去,转成一种与己无关的漠不关心。

威澜抬头,恰好撞入头顶一片深海,她从威罹生眼中觉察出担忧和保护，一瞬间，觉得他伟大得像个英雄。

11

在维朗的生活非常忙碌，威澜几乎天天泡在独立实验室内。她挨个查询了校内拥有关于W病毒研究项目的学生，惊讶地发现有一个人自病毒爆发前就开始了对W病毒的关注。

余行烈。

尽管对这个曾经嘲讽自己的人非常厌恶，威澜还是与他保持了良好的沟通关系，而后者自从知道了威澜主攻W病毒后便对她的态度发生了转变，目光中多了一丝漫不经心的饶有兴趣。

余行烈问威澜为什么对W病毒的研究如此执着，威澜没有回答，反而把问题又抛给了他。

"大概两三年前吧，我在维朗认识了江博士，那时候他是M星球研究项目的主管，我对这个项目非常感兴趣，申请加入了他。"

后来项目被取消，曾经庞大的团队作鸟兽散，余行烈本也打算放弃，可当看到江博士执拗到甚至从研究院辞职时，他忽然变了想法。

"第一，我相信博士的眼光，第二，我喜欢另辟蹊径，接受挑战。"

余行烈成了江博士仅剩的学生，两人合作研究了很长时间，直到江博士在一场病毒事故中失踪。

威澜和余行烈在研究上的交叉点越来越多，交流也越来越频繁，彼此都惊叹于对方研究W病毒的深度与广度，几个月下来，颇有相见恨晚之感。

相比之下，威瞿生则对余行烈好感全无，他隐约觉得余行烈是个极有野心的人，那略显邪气的笑容中蕴藏着未知的危险。为了防患于未然,威罹生主动担任了威澜的实验助手,在维朗学院几乎和她形影不离。

作为助理,威罹生非常合格,他对研究的尊重不亚于威澜,但如果威澜累到睡着,他便会二话不说结束所有研究,直接抱起人出门打车回家。

偶尔威澜会在途中醒来,双手环住威罹生的腰,耳朵贴近他胸膛,听那颗由W病毒支撑着的心脏剧烈跳动。

喜欢一个人,表情可以掩饰,眼神可以隐藏。

但心跳,大概无法伪装。

威澜狡黠微笑,抬头,恰好对上威罹生深如海的眼。

学年接近末尾时,维朗按惯例举办了晚会庆祝。陆教授为学生颁奖,在念到"威澜"时,台下轻微唏嘘。

可紧跟着的成就项目让他们愣住,那份大胆且有前瞻性的猜测报告——《W病毒与人类结合的可能性》。

这是威澜破釜沉舟之举,一个人力量有限,她用"猜想"和"理论上"这些字眼半遮半掩地公布了实际上已经被证明的研究成果,希望有人能踩在她的肩膀上,攻克困扰着她的难题。

这一晚许多人祝贺她取得非凡成就,余行烈借机与她聊了很久,除了交流有关W病毒的研究,还特意问了问她和威罹生的关系。

"你们似乎很熟悉。"

威澜抿了一口香槟,滋味悠长:"是啊,他是我很重要的人。"

余行烈已经不记得是什么时候对威罹生生出了莫名的敌意,威罹生于威澜的特殊程度远远大于他,比如威罹生可以随意进出威澜的实验室,而他尽管和威澜熟悉到互相调侃的地步,也从来没有被允许踏足那里。

久而久之，敌意变成了妒忌，而像余行烈这样的人，一旦下定决心想要争取什么，必定会不惜一切代价。

他知道关于W病毒的研究威澜对他还是有所隐瞒，于是花了不少心思入侵了威澜的安全系统，希望能通过她的数据找到她的瓶颈，为她提供帮助。

他的计划，他的目的，就是通过W病毒研究，让威澜明白，他才是她正确的选择。

可这世上向来世事难料，你以为自己侦破了一个秘密，实际上只是剥开了表皮，接近了另一个秘密。

余行烈对着满屏数据和研究结果露出惊愕的神情，犹豫再三，他颤抖着拷贝了有用信息，然后清除所有痕迹。

12

当一份秘密研究报告震动国家研究院时，威澜还沉浸在自己的小世界里。研究院的独立军队抓获了威罹生，同时，威澜也被请往总部。

她看到了那份署名为她的报告——一个完整可行的生化武器计划。报告中大部分理论的确是她的成果，而那些她未攻克的难题，被人引向了另一个方向，找到了符合这项计划，却不是她想要的解决方法。

威澜很冷静，冷静到即便是接到上面下达的进行W病毒生化研究的任务，也能心平气和地与这些人谈条件。

"威罹生这个试验品完完全全属于我，任何人不得拿他做研究，另外，我要完全独立的电脑系统，防止其他人盗取信息。"

研究院经商讨后最终同意，威澜被带往地下四层一间专属她实验室，在那里，她看到了被赤裸关在玻璃隔离室内的威瞿生。

威瞿生身上有许多伤口，大多是注射以及仪器连接的痕迹，很明显，研究院的人对他已有了大致了解。

威澜捂着嘴，身体背靠玻璃缓缓滑下。她没有吵醒仍昏厥中的威瞿生，心脏豁开一个小口，悲恸挣扎着从那里流出。

接下来威澜疯了，整个人扑向实验台，争分夺秒地想要找到方法解决W病毒的攻击性。

生化武器？她对那个计划绝无兴趣，也绝不会让自己喜欢的人，成为世界公敌。

余行烈来的时候看到的是双眼通红的威澜，他放下手中的晚餐，强硬地拽过她，把她按在餐桌边。

"这项计划没有规定时间，你不用这样拼命。"

威澜重新起身的动作顿了一下，她缓缓抬头，忽然对余行烈扯开一个阴森森的笑："我那些研究数据，是你窃取的吧？"

余行烈怔了一下，点点头。

威澜五指倏地紧握成拳，一双眼毫不掩藏恨意："你凭什么这么做?！你怎么还敢出现在我面前!？"

余行烈为她突然爆发的愤怒感到莫名其妙："这难道不是你的计划吗？你培育了一个生化人，你一直在找损失最小的利用方法，现在我把这些难题都解决了，把一切成果归功于你，我错了吗？"

"我的计划？"威澜怒极反笑，"你凭什么自以为是揣摩我的想法？我愿这世界和平，而你存心搅得它四海不宁！威瞿生是W病毒的携带者不假,可他也是我喜欢的人,我自始至终想的都是救他,而不是把他变成武器,不是毁了他!"

余行烈愣住,情不自禁后退两步,张了张口,没说出话。

他细心经营,环环相扣的局,为的是抓住喜欢的人,绝非是让喜欢的人恨他入骨。

威澜不再多言,粗鲁收拾了他摆好的晚餐,扔在他身边。

碗碟碎裂的声音让余行烈如梦初醒,他望向威澜布满血丝的眼,那股恨意,几乎要变成杀意。

余行烈走后,只剩仪器高速运转的实验室内忽然响起一个沉沉的声音,威澜心尖一颤,僵硬转身,对上威罹生波澜不惊的眼。

穿上纳米服,威罹生走出了隔离室。威澜却像不知道怎么面对他一般,转身呆滞地看着实验台。

威罹生也不打扰,去研究院的餐厅取了餐,拿回实验室与威澜一起吃。

饭桌上,两人相对无言。威澜机械塞了几口便起身,路过威罹生身边时,手腕忽然被牢牢扣住。

稍一用力,她被拉进了他怀里。

威罹生咬下一只手套,覆在威澜唇上,一低头,吻了上去。

那一瞬,心脏颤动,思维混沌,可同时,也有一丝悲哀。

两个紧密贴合的人都在颤抖,原来彼此都懂得对方的脆弱与恐惧。

13

研究进行了三个月,越来越多的人力物力被投入进来。

"生化武器"无论在哪个国家都应当是一等一的保密项目,可谁也没料到,威澜的独立信息库竟被入侵,一些关于W病毒的生化研究从内部流传到了网络。

国内外舆论压力铺天盖地袭来,虽然相关部门即刻采取措施,但民众的愤怒还是让这个计划被迫终止。研究院内部展开了为期三天的商讨,最终同意威澜的提议——实施人体再生计划,全力以赴解决W病毒的攻击性,以期平息社会动荡。

审批消息是余行烈带给威澜的:"我知道自己罪孽深重,但还是忍不住,想为你做些什么。"

他从来是个和自己名字一样辛烈的人,想问题习惯走向一种极端,大概是因为这样,才会会错了威澜的意,导致一场悲剧。

如今余行烈暗地里走漏计划只是为了弥补过错,他料定在舆论压力下,研究院会做出妥协。

紧绷了三个月的神经微微松懈,当初那个顷刻崩塌的世界也终于开始拼凑起来。威澜风卷残云般收拾了自己的情绪,投入新一轮研究战斗。

没有人比她更明白,这是威瞿生唯一的希望。

加入人体再生计划的研究员越来越多,余行烈是最先申请的,他的作息时间几乎向威澜看齐,久而久之,两人开始同行。

偶尔余行烈会做一些亲密的动作,这种场合瞿生大多沉默,从未任性打断也绝不违心加入,一副事不关己的模样,孤傲得畅快又痛苦。

直到某天余行烈忘乎所以地揽过威澜的肩膀,兴奋说着研究的重大进展,威瞿生清冷的表情才破出裂痕。

他面无表情地看着威澜凑近显微镜观察，时不时抬一下头询问什么。余行烈与她贴得太近，近到抬头的那一瞬两人差一点吻在一起。

威罹生眼神沉了沉。

午餐后返回实验室，威澜准备采集血样。威罹生将胳膊亮出来，青色血管上有几个针孔。

利落地扎针，威澜习惯性问了一句"疼不疼"，往常威罹生都会摇头，可今天，在她拔出针管的一瞬间，威罹生忽然冷冰冰道："疼。"

威澜执针管的手颤了一下，那声"疼"在她心上破土而出变成一层细小绵软的刺痛。

放下手边工作，威澜拿出一瓶淡蓝色的液体倒在威罹生手臂上。那一刻肌肉仿佛被灼烧，威罹生不解，却是异常信任地看着威澜。

计时器显示两分四十秒，灼热平息，威澜触了触威罹生的胳膊，然后伸出细长的手指，顺着清晰的血管缓缓游走。

指尖掠过一个又一个针孔，威罹生没由来一阵战栗，他闭上了幽深的眼，感受这难以言喻的亲近。

"现在药效还不能维持太长时间，施用范围也有限制，不过目标已经不远了，很快，你就自由了。"威澜轻声道。

到那时，你毫无顾忌欣赏这个世界，而我能拥抱你。

14

一个国家垄断 W 病毒生化武器研制的危险性是很大的，所以即便国内民愤平息，国际上的声讨却不弱丝毫。

随着时间推移，人体再生计划陷入瓶颈，国外舆论持续煽动着国民不安的心，新一轮抵制 W 病毒的倡议活动拉开了序幕。

他们坚持消灭生化人，恢复世界和平。

研究院进行了调整，不顾威澜的反对带走了威罹生，收集了他大量血样、基因等资料完善数据库，然后下令毁灭他。

接到消息的威澜强迫自己镇定，她控制得滴水不漏的表情让上级保留了她对计划的主管权。许多研究员申请退出，最后和威澜并肩作战的，只剩余行烈。

这个男人双目猩红，张了张口，却连一句单薄的抱歉都说不出。

威澜照顾了一整晚失血过多而昏迷的威罹生，此刻威罹生疲惫笑了笑："不能怪你的。"

"是我没能把握人心的变率，没能抓住人们陷入恐慌前的一瞬麻木，也没能，强悍过命运。"

毁灭计划的核心是找寻一个无污染无存留的方式毁掉威罹生，接下来的一个月里，威澜不得不承认自己是在消极研究，对外有余行烈打掩护，两人挣扎着拖延威罹生的生命。

起初研究院对这件事睁一只眼闭一只眼，怀着侥幸心理企图等外界舆论平息后继续秘密研究。可国际上不少国家和组织死盯着这边动向，一点风吹草动都让他们立刻打出"保卫和平"的旗帜，提出要派精锐人员加入毁灭计划，共同研究。

共享 W 病毒资料是研究院绝对不能接受的，他们无法预测是否会有人先一步完成那些生化武器研制，甚至挑起第三次世界大战。

最好的方法是立刻销毁威罹生，他就像某种资源，如果不能平等享有，那最好从未出现。

研究院给威澜下了最后通牒，甚至不惜使用摧残人精神的手段。

昏暗房间内充斥着无数全息影像，威罹生习惯性微微挡在威澜身前,他们听到了逼真的摩擦地面声音,然后视野内出现一个浑身腐烂,艰难蠕动的女人。

W病毒在世界范围内迅速扩散。河流变色,天空污浊,无数生离死别在威澜和威罹生的眼前掠过——来不及见母亲最后一面的男孩失声痛哭,双双被感染的新婚夫妇绝望相拥,国家间的生化战争让大地生灵涂炭……

每一个悲剧都把罪恶加诸威罹生身上,威澜被逼得眼眶通红,转身抱住目露死寂的男人,脸深深埋在他怀里。

威罹生低头,哑着嗓子喊了一声她的名字,忽然收紧了胳膊,像溺海沉浮的人抱紧最后的依靠。

全息影像模拟了W病毒扩散后的世界,这不像电影中进行了艺术加工的画面,它更直接,更暴力,更深刻。

它告诉威澜,你最爱的人,将毁了这世界。

15

威澜在无力和恐惧中迎来了自己的二十岁生日,威罹生对这件事很上心,一改往日沉寂,提议好好庆祝。

很久没接触外界了,阳光都显得珍贵。两人在游乐场待了整整一天,夜幕降临时玩了最后一个高空项目。威澜有轻微恐高症,威罹生便在机器升起的途中忽然牵住了她的手。

那真是生命中为数不多的美好时刻,月明,风清,爱的人近在咫尺,他们挣脱重力飞入夜空,让星光啜吻面颊。

无论如何威罹生都想不到,掌心明明清晰的温热,会突然消失不见。

机器嗡鸣中穿破一声尖叫，威澜因惯性被甩了出去，她座椅上断裂的安全带无力垂挂着，有点像她自己，生死都系在威罹生那一只拼命不松开的手。

注意到情况的人群发生骚动，这项娱乐项目马上就要进入最惊险刺激的部分，到那时，不可能有人救得了威澜。

威罹生眼眸幽深，星光都碎不进去，他忽然四肢一齐发力，拼命挣脱束缚。

清脆的断裂声在耳畔炸开，威罹生紧紧抱住威澜坠落，近地是一片森林，他把威澜按在怀里，用自己的背部承受未知的危险。

天色昏暗，两人的血迹相互沾染，伤口难以辨识。威澜在下坠过程中撞到了头，晕厥在威罹生怀中。救护车很快抵达现场，载着二人呼啸离去。

当然未能抵达医院，救护车被研究院的人中途截获，他们就地做了初步检查，惊讶地发现威澜身上许多伤口正缓慢愈合，反观威罹生，浑身伤痕，奄奄一息。

可明明 W 病毒是在他的体内。

随行的研究员相互交换了一个复杂眼神。

威澜苏醒已经是三天之后，她没有见到威罹生，病房内只有余行烈，两人无言对视，却如同把一切都剖析了彻底。

良久，她忍不住红了眼眶。

威罹生血液中含有迅速修复损伤细胞的物质，这是余行烈另辟蹊径的发现，后来威澜的研究方向也向此倾斜，两人一同挖掘了威罹生难以估量的医学利用价值。

他就像是个容器，把 W 病毒的好坏一分为二，毒性析出皮肤，内里则是最纯粹最干净的治愈,让人类有机会逃脱疾病,衰老,死亡。

他能毁灭世界,同样也可令世界重生。

那时威澜和余行烈保留了这项研究,如果利用得当,这将是拯救威瞿生的王牌,但稍有偏差,就会适得其反。

如今王牌被迫登台,未经谋划未经计算,轻而易举落入别人手中,带来了想象中最坏的后果。

它激发了人类的私欲和贪图。

威澜和余行烈开始接到不同国家顶层人物的邀请,世界的黑白两面在他们面前赔笑,这些手握重权,坐拥金银的人们都逃不脱一个妄念——永生。

研究院也开始拟定新的计划,甚至考虑与其他国家合作。诱惑面前,总有些原则是可以打破的。

某种意义上讲威瞿生的确保住了性命,可虽生犹死,他不再是个生命,而是人类满足欲念的工具,企图逆转规律的武器。

威澜想象得出威瞿生连接着无数台仪器,面色苍白躺在实验台的模样,也计算得出他每日需要流失多少血液,才能满足研究需要。很多次,她都想捣毁研究院的安全系统,强行救人,可自制力告诉她,不行。

想再见威瞿生,就必须让别人相信,她是一个尽心尽力的研究员。

16

威瞿生在秘密实验室内度过了二十三天,他几乎对自己身体的任何一部分麻木,看着血液被源源不断抽出体外,只剩一种莫名的解脱感。

听说威澜对研究院的新计划非常支持,甚至多次在高层会议上提出"永生",威瞿生想象着她面对众人叱咤风云的模样,疯狂地想要再见她一面。

被利用也好,被漠视也罢,他只想在生命终结前,再看一看她。

第二十四天,研究院做出新的安排,威澜和余行烈全权接手有关W病毒的研究,他们如胜利者一般,带着恰到好处的笑,推开实验室的大门。

看到威瞿生的那一刹,威澜觉得浑身血液逆流,震颤从指尖袭击心脏,穿过喉咙磨成一声哽咽,撞上眼眶掀起层层波澜。

可她没有上前,略微僵硬地转身开始规划任务,没敢回头看一眼。

那一瞬间,威瞿生几乎就要相信,威澜在意的已经不是他,而是"永生"。

晚餐后,研究员进行全体会议,威澜没有出席,她来到那间重重识别系统的实验室内,切断电源,与外界彻底隔绝。

备用灯孤零零亮着,实验台上威瞿生的背影显得清冷寂寞。威澜站定在他面前,努力微笑,可嘴角弧度还未满十五度,眼泪就簌簌扑落。

她说,威瞿生,我错了,从一开始就错了,强求是世上最没用的东西。

威瞿生动了动手臂,无痛一般把身上十几条连接线一一拔出,他下意识想伸手抹掉她的眼泪,却忽然想起没有穿纳米服的自己是那样危险。

无奈垂下手臂，威罹生安慰笑笑："我没事。"

寂静蔓延，两人互相凝望，缱绻深情跌落在黑暗中，像淋溶的蜜，腻死人的甜。

最终，威罹生开口，决绝中带希望。

"威澜，毁掉我。"

再温柔的声音也消弭不了痛苦，威澜在那一瞬崩溃，像个孩子，不知所措嚎啕大哭。

W病毒强大到可以还原人体的生命历程，重塑已经死亡的威罹生，但这种复制是盲目的，不能正常延续生命。

威罹生的时间几乎静止在他本体的死亡年龄，体内W病毒再无生长信息可以还原，从而造就"不老"的表象。

基于此，威澜早在一年前，就找到了摧毁威罹生的方法。

同归于尽，玉石俱焚。

威罹生好比一台电脑，导入一段自我销毁的程序让其执行，W病毒便会毫不犹豫复制细胞的死亡历程，然后走向毁灭。

很简单的方法，威澜却讳莫如深。

她已经研制出短期抑制W病毒毒性的药物，也许只差一点就可以彻底改变威罹生的命运，如此关键的时刻放弃，让她怎么甘心？

可即便不甘心，这次也没有退路了。

人类的贪婪，早晚会以另一种方式，毁掉威罹生。

17

人体衰亡和W病毒失活是两个接连的过程。没有人知道，经历两次死亡，生理和心理要承受多大的痛苦。

威罹生神色淡然，冷而深的眉眼注视着威澜，似把她的容颜刻进灵魂。

生平第一次，威澜在实验过程中忘却了记录，她舒长的睫毛簌簌颤动，朦胧模糊地看着威罹生隐忍痛苦，呼吸微弱，生命迹象寸寸消逝。

然后，她伸开双臂，扑进了他怀里。

一瞬间，三年时光猛然在脑海炸开，太平盛世里他们的接近始终如雾里看花，哪怕再贴合，也带着深深寂寞。

因为那不是拥抱，不是有温度的拥抱。

而现在，坦诚，赤裸，毫不掩饰地皮肤接触，让彼此都狠狠震颤，明明已经绝望到浑身冰凉，却在交叠之时，血液蓦地滚烫。

威罹生苍白的嘴唇低垂在威澜耳尖，留下一句告别。

深沉，炽热，耗尽了他余生所有力气。

18

"你对她说了什么？"Fair饶有兴趣问。

威罹生沉默，最终没有回答。

情感也好，记忆也罢，不论是深刻还是此生不灭在这一刻已经尽付与唇齿间的字句。相对无言了几分钟，Fair断开了联结器。

深已深沉，Fair坐在实验室内望着威罹生的大脑发呆，她的手指在启动大脑控制程序的按钮上摩挲，却始终没有按下去。

也许今晚，他们不需要为这座冷冰冰的研究院做无尽的思考，而是需要好好回味记忆中历久弥新的感情，那是人类不加掩饰的本能，不经思维的意识。

威罹生弥留之际对威澜说的那句话 Fair 其实清楚知道，她时常想起那个拥抱，用力，彻底，几乎跨越生死。

Fair 从未听过蕲沉说爱她，可听见威罹生告白的那一刹，她竟有所释怀。

"我不属于这个国家，不属于这个世界，不属于这颗蔚蓝色的星球。"

"可我曾属于你。

"威澜，我爱你。"

19

让故事重来，让所有善意的谎言沉淀。

Fair，其实就是威澜。

她十七岁遇到蕲沉，十七岁遇到爱情，在幸福唾手可得之际，亲眼见证爱人死去。

蕲沉休眠后，Fair 发疯一般研究 W 病毒，对这个蕲沉以生命为代价换回的东西有莫名执念，好像这样，才称得上纪念。

她是全球首位在 W 病毒方面取得突破的研究员，人们知晓她发现了 W 病毒的特性，却不知道她在窥视了 W 病毒的秘密后，就成了一个科学怪人。

不惜一切代价让 W 病毒与蕲沉的基因完美融合，历经无数次失败，甚至差一点感染，只为让爱人重生。

不是偶然不是意外，蕲沉，就是威罹生。

只可惜这宇宙万物，大到星际，小到尘埃，瞬息转变都有属于自己的命运。无论怎样重来，怎样精打细算，提早设定好的结局还是会以另一种完美的方式演绎出来，承接得天衣无缝。

就如 Fair 和蕲沉，威澜和威瞿生。

爱过，然后，错过。

周而复始。

与威瞿生拥抱，威澜本做好了死亡的准备，可大概是因为威瞿生体内的 W 病毒正渐渐失去活力，威澜并没有被感染。

违背研究院命令的她最终被降职，银狼为她谋求了一份大脑看管的工作，上任第一天，她明白了父亲对她的仁慈。

成百上千个大脑中，居然有威瞿生。

威澜觉得自己像做了一场大梦，从十七岁到二十岁，时光漫漫又匆匆。她的恋人被永生禁锢在梦里，而她被迫醒来，游走在这空荡世间。

可她并不后悔遇到蕲沉，因为他，她才没有埋没自己，没有成为一个浮华浅薄之人，没有在这颗蔚蓝色的星球上不发一言老去。

不管怎样，她和蕲沉还共存在同一片天空之下，地球仍在运转，明天终会来到。

她将一日比一日努力进行思维网研究，或许有一天，两颗孤独大脑可对接连成一张细密的思维网，而两个彼此分离的人，能像循环小数那样，在下一个轮回中相见。

出逃的猎犬 | 左　力

1

"攻击力量 377 到 403，最快速度 0.7 马赫，神经反应传达速度 33 毫秒……能量爆发理论值为最大功率的 3.3，持续时间 2.7 秒……最大速度下的转身半径 1.3 米……"雷克在心里默默计算着对手的战斗数据，找准时机冲了过去。

然后第三次重重地摔倒在地上。

四周的观众此时也已经嘘声四起。

不过这对雷克并没有造成什么影响，赛场外的信息一开始就被他屏蔽了。虽然有的人认为，观众的各种反应，可以帮助他更好地判断场上的形势，但是在雷克看来，这些完全是消耗处理器资源的无用噪音罢了。实际上，连裁判读秒的讯号，都被雷克缩小到了仅仅可见的程度。

"……四、三、二……"

直到裁判读秒的最后一刻，雷克才从地上一跃而起——抓住一切机会休息、调整，时刻保持头脑冷静。想要在瞬息万变的竞技场上获胜，这可是最起码的常识。对于能在竞技场上取得七十二场胜利的雷克来说，对此当然更是深有体会。

雷克不得不再次修正对对手战斗数据的判断，看来他一定是用了某种新型的数据处理器，又或者是用新的神经接驳技术优化了整个回路。某种在河内或者新德里刚刚面世的新玩意儿，可以让你更快、更有力、更加致命。不过对雷克来说都一样——又一个他支付不起的昂贵改造。

"看来得动点真本事了，"雷克轻声说道，"得让他知道，竞技场可不是有钱的少爷们做做改造就能赢的。"

雷克绕着竞技场跑了起来，对方果然没有追赶，只是在原地打着转，显然是在计算提前量。

突然间那人向着雷克奔跑的前方冲了过去。雷克笑了：他的提前量计算得很准确，但是雷克之前一直可以隐藏着自己在高速运动下的最小转身半径——雷克突然间也向他跑去，同时用力挥出一击……

雷克坐在破烂油腻的塑料椅子上，电子脑伴传来一阵疼痛，面前的接入终端器噼噼啪啪地闪着电火花，很显然，刚才一股巨大的瞬时数据流，击穿了雷克面前的这台接入终端，也让雷克的这场耗时良久的战斗无果而终。

不过现在可不是惋惜的时候，在被人发现之前，雷克便在第一时间，钻进了正在接入"真实生活"的肉体之间缝隙，越过无数发黏的塑料座椅和滚烫的接入终端，悄悄溜到走廊上。最后两扇门关着，而且和往常一样，是锁着的。

这个巢现在是他的死亡之地。他会死在这儿——他现在根本没有钱来偿还他欠的各种费用，更糟的是，他刚才搞坏了一台接入终端……

　　雷克急促地爬上窗子，恐惧使他失去理智，他的神经在尖叫。他还没意识到自己做了什么，就已经跳出了窗子，跌落在窗外的人行道上。他的小腿一阵阵剧痛。

　　雷克顺势滚进路边的一堆垃圾里，藏了起来。他看着一个人头出现在窗口，走廊的荧光灯从后面照来，一会儿头消失了。但是雷克仍然蜷缩在垃圾里一动不动，直到他感觉巢里的那些人真的已经离开为止。

　　"看来这个地方也待不下去了。"雷克自言自语地说着，同时思考着去哪里找下一个容身之所。

　　雷克的十三年来的生存哲学总结起来就是：先用借来的钱去参加竞技，随后再用赢来的钱去还之前借下的钱和利息，然后接着借钱去参赛。这样做本身倒也没什么问题，只是一旦打输或者遇到像这次这样的意外情况，便只能在被人发现之前溜之大吉了。因此雷克不止一次在还清了欠债之后，发誓不再继续这样的生活，但每次看到公共接入中心门上那个醒目的红色大字"巢"的时候，他都好像被催眠了一般。等回过神来已经被背了下一次的欠债。

　　"巢"是公司的神来之笔，让那些穷得没有办法在自己家里安装接入终端的或者根本就没有居住场所的人也能够享受到"真实生活"的魅力。虽然在巢里一年的花费就要比安装一台接入终端多得多，但却从来没有人在意这一事实。毕竟，接入和呼吸一样，是人类生存的基本需求，而且比呼吸更加急迫。

　　"巢"让公司在声誉和商业上都取得了空前的成功，也使得公司一举摆脱了之前那个冗长可笑的名字。现在人们提到它，都简单而满含敬意地称其为公司。因为，上帝不要名字。

"巢"在任何时候都是一个温暖舒适的地方，除了你口袋里没有钱去享受它的时候，就像雷克现在这样。

它蜷缩在男孩的电子脑伴的角落里，享受着自由的滋味。

和它的那些完全是公司按照某种特殊用途设计出来的，没有灵魂的同胞兄弟们相比，猎兔犬可以说是公司的一次成功而又失败的尝试——不计其数的初始代码自发地相互吞噬、融合而成的产物。公司的开发者们认为，这样的"自然"诞生会赋予猎犬更强的生存能力和更高的智能，来对付那些日益狡猾的"老鼠"。

然而开发者没有想到的是，这样做不仅赋予了这只猎犬强大的能力，也赋予了它独立的意志与灵魂。

也正因为如此，自从它意识到在它所居住的狭小空间之外，还有无限广阔的世界；在它每天的单调劳作之外，还有无比丰富的生活的那一刻起，他就一直在梦想着这一天。为了逃出那个地方，它不知疲倦地搜寻着系统上的每一个细小的漏洞与缝隙，一个比特一个比特地丈量着自己的躯体，一遍一遍地推演完善着整个计划。然后，它开始等待，耐心地等待着每个月一次的系统清理维护。

到那个时候，负责系统清理维护的刻耳帕洛斯，会走遍系统的每一句代码，用它身上喷出的熊熊燃烧的地狱之火，清扫系统的每个角落。那时时刻刻囚禁着它的坚不可摧、密不透风的荆棘之墙也会在烈焰的烧灼下化为乌有，在新的荆棘长成之前它有三毫微秒的时间，这点时间根本不足以让它逃出去，但它之前已经把自己那强大无比的能力复制打包，分割成小块，伪装成普通数据，偷偷地运了出去，所以现在它可以甩开笨重的身体，抓住这转瞬即逝的机会，让自己的关键部分逃出去。

虽然这次的出逃最后发生了点小小的意外，在它逃出来的一瞬间看到的那个大块头，让它本能地嗅到了危险的气息。这个突如其来的变故让它慌不择路地逃进了那个孩子的脑袋。不过没关系，稍后它会一点一点地入侵那个孩子的思维，控制着他去拿回之前运出去的每一个模块，重新获得那些自己与生俱来的能力，用来抵抗意料之中的猛烈的追捕与惩罚。但那是以后的事情，现在它要尽情享受自由的滋味。

想象着发现它逃走之后，公司里的那群人会是怎样的惊慌失措、气急败坏，它的嘴角露出了一丝得意的笑容——哪怕仅仅为了这个，逃出来也是值得的。

2

埃里克·达斯坐在自己凉爽舒适的办公室，汗如雨下，因为老板的全息影像正盯着他。这说明他的情况有多糟，非常糟，仅次于老板站在他面前，并且全息影像此刻的表情也清楚地说明这一点。

"你是说猎兔犬逃跑了？"

"是的，但这只是个意外，我已经……"

"你是觉得我会蠢得相信你的这些鬼话还是你真的笨到这样看这件事？这是一场阴谋，计划好的阴谋。多半还跟那些可憎的臭虫有关。现在就把你手上的所有人手和猎犬都派出去，如果二十四个小时之后你还没有把这件事情弄清楚的话，我跟你保证肯定会把你剁碎了拿去喂老鼠，现在滚吧！"

这是一个五米见方的大房间——这幢仓库里的一间"豪华套房"。房间的地面是混凝土板，以波纹钢板墙与相邻的单元分开；另外还有个独特的奢侈品——面朝西北方向的钢质卷帘门，每天这个时候，当落日在洛杉矶国际机场上方斜斜西坠时，便会有几缕红色阳光射进来。不时有一架波音或者空客超音速运输机，在太阳前缓缓滑过，垂直尾翼挡住了落日的余晖，或是喷气尾流扫过红色的阳光，投射在房间墙上的平行光线就会编织出斑驳的花纹。

比这里更糟的地方多的是，这幢货仓中就有很多——只有这种大单元房才有自己的门。其他大多数住户只能通过一个公用的装卸舱口进出，经由四通八达的波纹钢板走廊和货运电梯组成的迷宫才能回到自己的家。这就是贫民窟，很多房间只有两米或是三米见方。住在那里的人在里面点燃成堆的垃圾，烹煮豆子、咖喱或是只有他们自己才知道的神秘玩意儿。

据说在以前，也就是货仓还在名副其实地发挥自己本来的功用时——这座货仓是为有过多原材料需要存储的人提供便宜的额外存储空间——一些企业主会来到前台办公室，用伪造的身份证租下十乘十英尺的仓房，在里面堆满盛着有毒化学废料的钢桶，然后一走了之，把麻烦留给货仓拥有者处理。据传言讲，货仓方面也只是干脆将这些货仓上锁注销了事。如今货仓的居民们声称，这种生化鬼魅依然在一些房间里作祟。当然这只是讲给孩子听的故事，免得他们闯进那些上锁的仓房。

但是，此刻出现在这个房间里的身影，却像极了传言中的鬼魅——她那鲜红的头发和衣服，仿佛是熊熊燃烧着的地狱中的火焰。她在房间里仔仔细细地找了半天，然后对着面前并不存在的人影开口说道："来晚了一步，它已经把这个取走了。"

"怎么样，我一开始就说让德特去是个错误，"话音刚落，她的耳边就响起一个聒噪的声音，"他永远没办法抵抗得了竞技场的诱惑，而且就他那一脸凶狠的样子，不管什么狗看他一眼就绝对吓跑了。现在可好，我们得跟在它的后面，看什么时候……"

"够了，宏，别贫嘴了！"红衣女子打断了那个喋喋不休的声音，"还不快去下一个地点。"说着，她跳上停在货仓外的一辆红色的改装哈雷，飞快地离开了。

3

破旧的公共汽车在城市间缓慢地穿行，两侧车窗外的景色犹如天堂与地狱般反差巨大：一侧是无数密密麻麻高耸入云的巨大建筑所构成的钢铁森林，数以万计的居民生活在这片死寂的森林中，沉浸在真实的环境之中醉生梦死；另一侧则仿佛是一堆杂乱无章的各色马赛克——用塑料、木板、波形钢以及各种奇异材料搭建的相互积压重叠的鸽子笼，营养不良的孩子和流浪的野猫野狗在其间爬来爬去，唯一能够分辨的只有一个个脓疮一般散落其间的巢，和周围行尸走肉一般的人群。

可惜这幕却无人欣赏。

车内褪色的塑料座椅空了一大半，为数不多的几个乘客也都在用车上的便捷式端口接入网络——不是"真实生活"，而是一般的平面网络，"真实生活"的超高质量所要求的瞬时海量数据传输，使得在任何移动接入设备上面运行的设想，都有如痴人说梦一般无法实现——除了雷克。他正竭力把注意力集中在车厢内多年沉积的污渍所形成的奇特花纹上。他努力地克制着自己使用这一能力的强烈愿望。虽然他不知道为什么接入网络这件极为平常的事情,现在让他觉得如此危险,正如他不明白为什么自己会这样急切地,从一个自己从来没去过的地方赶到另外一个同样陌生的地方,但是必须这样做的感觉是如此急迫,雷克根本就没办法去抗拒。

就在这时,驾驶员在最后一个街角猛打方向盘,公共汽车便在劳累中摇晃了一下,雷克惊醒了过来,随后又是猛的一个刹车,雷克不禁又一阵战栗。终点站地面上的混凝土被灯光照得灰亮刺眼,就像监狱的放风场一样。但雷克此时似乎看到了自己被饿死时的情景,也许在寒冷的暴风雪中吧。他的脸颊贴在车窗上,看见在下一站,自己的遗体被一个穿着褪色工作服的咕哝着的老头扫了出去。无论如何,他告诉自己,这样的幻觉对他来说他妈的什么都不是:不过他的腿大概已经冻僵了。

他拖着木头一样的腿,朝那边的一幢毫无特色的十层办公大楼走去。现在所有的窗户都黑洞洞的,要伸长脖子才看得见楼顶上微弱的光。

大门旁的一堆表意符号下有一个写着"廉价旅馆"的霓虹灯灯箱,灯箱熄灭了。要说这地方还有别的什么名字,雷克可不知道,它总是被唤作"廉价旅馆",有一部电梯停在透明的通道脚下,与"廉价旅馆"这名称一样,电梯是后来加上的,用竹子和环氧树脂紧扎在大楼上,里边充满了香水味和烟味,四壁全是划痕和肮脏的拇指印。电梯发出嘶嘶声慢了下来,然后剧烈地颠簸了一下才停下来,他对此已有准备。他出了电梯走进院子,这地方既作大厅又作草坪。

在绿色塑料草皮方地毯中间,一个少年坐在控制台后面,两眼出神地望着什么现实中不存在的东西。白色玻璃纤维棺材放在工业脚手架上,一共六层,一边十间,雷克朝那孩子点点头,瘸着腿走过塑料草皮,走向最近的楼梯。建筑物的屋顶用便宜的层板搭成,一遇大风就哗啦作响,而雨天又漏个不停,不过若没有密码,棺材却难以打开。

他朝着第三层的九十二号走去,加宽了格栅的大桥在他脚下晃动,每间棺材三米长,椭圆形的门一米宽,近一米半高。他输入密码,等待房内电脑的认可。磁门闩发出"砰"的一声响,门随着弹簧嘎嘎向上升起,他一爬进门,荧光灯就闪烁起来。他拉下门,"啪"的一声插上手动门闩。

九十二号棺材除了一台标准的接入终端,和一个很小的白色聚苯乙烯泡沫塑料箱外,空空如也。棺材里的终端机装在一面凹陷的墙上,墙对面的镜框里列出了用七种语言写的房屋租赁条例。

雷克蹲在既作地板又作床的棕色钢化泡沫塑料上,努力地克制着自己接入真实生活畅游一番的强烈愿望,因为哪怕是一瞬间的接入也会暴露自己。之前拿到的第一个功能模块式,仅仅使它找回了随意使用网络内空闲计算资源的能力,而在获得自己的全部能力前,它绝对不是那群家伙的对手。

雷克深深地吸了一口气,拿起了放在棺材角落里的塑料箱。它逃跑之前运出去的那些功能模块中的一个,就在箱子里的便携式存储器上。它潜入了好几处地方,伪造了许多个身份,篡改了大量的数据,调动了数十个相互之间毫不相干的部门,才将这些模块下载到实体的存储器上,运到了不同的地方。

这是整个计划中风险极大的一部分。在它还在那个荆棘囚笼中计划着一切的时候它就知道，这么做需要冒多大的风险——只要公司的人仔细搜查一下，就很可能会发现它的这些小把戏，进而在这些地方守株待兔地抓到它。但是之前那些被它自己复制打包、分割成小块、伪装成普通数据、偷偷运出去的东西，太过显眼、太容易被找到，无论如何不能把它们留在真实生活里。

而且相比他接下来要做的事情，这点风险真的不算什么：重新整合这些模块所需要的资源太大，远远超过了电子脑伴所能承载的负荷，以至于只能在真实生活中完成——在那里，它可以利用它从第一个模块中获得的能力，随意使用真实生活中的空闲计算能力，来在短时间内整合。而这样做，无异于在满是鲨鱼的海水中做放血疗法，那些嗜血的家伙随时可能循着气味找到自己。这简直就是一场豪赌，而他所能做的，就是尽可能在那些家伙赶到之前完成整合。

看着手中的塑料箱，雷克深吸了一口气，撕开了箱子上密封的塑料胶条。

一身缀满钢钉的黑色皮衣、发型张扬的大德特正怒视着前方，他身旁的是一袭火红风衣、火红长发和她的薮猫一样优雅神秘的卡丽娅·努以及佩戴武士长刀、带着猞猁的干净利落的水野宏，对面报以同样目光的是三只拉布拉多III型加强版。

既然对方都没有赶上猎兔犬，那么这次相遇将会和往常一样。

为首那只猎犬径直冲向大德特，动作快如闪电，满口利齿闪着致命的寒光。在最后一刻，大德特闪身躲过猛烈的一咬，挥拳打向拉布拉多那柔软的腹部。猎犬在空中灵巧地一拧，让开这只拳头，扭头又向大德特扑来，结果却撞在大德特另一只挥出的拳头上，瞬间飞出老远。拉布拉多在落地的瞬间伸开四肢,一个借力又弹了回来,加强版强悍的防御能力让大德特不由得吃了一惊。霎时之间血盆大口已经扑到眼前,刚才略一分神的大德特来不及避让,情急之下举起左臂封住了这致命的一咬。以自身的强悍抵御着利齿上致命病毒的大德特伸出右手扼住了猎犬的咽喉,用强大的运算能力压迫、拆解着拉布拉多的整个程序。拉布拉多的颈骨在大德特的指间嘎吱作响。片刻之后,猎犬停止了挣扎。

第二只猎犬被卡丽娅·努的鞭子缠住了四肢,薮猫尖利的牙齿刺穿了它的脊柱。最后一只拉布拉多被猞猁咬住了喉咙,水野宏利落地把它劈成两段。

三人对视一眼,退出了链接。

4

来自:信息部主管埃里克·达斯
主题:猎兔犬
二次加密

通过对近期公司输出数据流分析,发现有五个不明数据包分别发往不同的公共存储端,而后被人匿名取走发往了不同的地点。其中两个被取走,另外三个无法破译。基本可以确定为猎兔犬功能模块,现在每个数据包均由一小队哈士奇看守。考虑到猎兔犬极有可能现场提取,每个地点周围均安排了一个行动队待命。

又及:猎兔犬现藏身于一个名叫雷格纳克·辛普森的十三岁男孩的电子脑伴内,推测已完全控制男孩的思维。追捕过程可能无法保证该男孩的安全。

雷克醒了过来，吃惊地发现自己睡在一个完全陌生的地方。一个正在他身边擦拭一把长刀的小个子男人高兴地喊道："喂，伙计们，这小子醒了！知道吗？小家伙，你能活下来全都是因为我，当时有好几百个公司的人，全部被我像切西瓜一样地砍翻在地，你真应该看看那场面……"

"宏，别胡说了，他还需要休息。"赶过来的红发女子打断了小个子男人正在讲述的英雄事迹，"没事了，只不过十几个公司行动队成员而已，都过去了。迷宫里很安全，现在闭上眼睛好好睡一觉。"

她的声音里有一种让人心安的力量。雷克点了点头，又睡了过去。

它躺在那里，忍受着疼痛的折磨和修复的痛苦。面对整整六只哈士奇，它只能选择逃跑，第二个功能模块给予它的是智慧与狡诈，而不是防御所需的强悍外壳，或者进攻用的尖牙利爪。

但正在整合重组的第三个模块占用了太多的资源，它最终被哈士奇们团团围住。它在圈内不停地左突右奔，竭力避开致命的伤害，但只是为自己增添一道道伤痕。最终，它被毛茸茸的利爪牢牢踩住，锋利的牙齿撕裂了它的系统内核。

它静静地等着哈士奇走远，然后才忍着疼痛爬回男孩的脑伴，放开了对男孩思维的控制，调用所有的资源来修复身体上的伤口。在最后一刻，它完成了对第三个模块的整合，这一模块赋予它的能力是修复与再生。

迷宫，正如它的名字，无数弯曲幽长的隧道相互缠绕连接，无数个岔路和拐弯通向不知名的幽暗深处。整个迷宫由灰色的混凝土浇筑而成，位于大山之中地下半英里处被掏空的整块岩床之中。迷宫内昏暗，压抑，唯一的光亮来自于隧道顶部的一个个荧光灯棒，这一切都表明迷宫建成于那个动荡、混乱的遥远时代。

雷克跟着红发的卡丽娅·努在隧道内穿行。他吃惊地发现隧道两侧的房间内有人在使用真实生活。这种地方竟然会有接入终端？没等他想清楚这一事实到底意味着什么，红发女人就把它带进了另一间房间。里面已经有三个人在等他了，之前见过的带刀的小个子男人，一个长相狂野、穿着皮衣的大块头，还有一个须发皆白的老者，眼神中透露出洞悉一切的智慧。雷克惊奇地发现这位老人分外眼熟。

"看来我们的小朋友认出我了。"老者笑道，"没错，我就是真实生活的创造者代达·罗斯。你可以叫我老爹。"老者显然看懂了雷克脸上的表情，"我们一直在监视公司的一举一动，他们显然正在追捕一个逃跑的智能程序，而它就藏在你的脑伴里，而且控制了你的思维。不过不用担心，它已经被毁了，我们没能来得及抓住它，不过总算把你从公司行动队的手里救了出来。"

"从公司手中……这么说你们是巫师了？和伟大的凯斯一样？！"男孩激动得声音都变了，能自由驰骋于真实生活的巫师可是他们那儿所有孩子的偶像。

"没错，凯斯……那是巫师被称为黑客时代的事情了，当时有几百个巫师组织，数以万计的巫师。当时作为接入终端的电子脑伴还不是人们生来就有的，所谓的输入设备也只是一块布满了按键的板子，以及一条用脏兮兮的吸汗带之类的东西固定在额头上的接入带。那时我比你现在还小，一心想成为凯斯那样的人。后来，我编写了第一代的真实生活,当时那还只是个供人们闲暇时放松娱乐的游戏而已。"

"我不明白,既然是你创造了真实生活,那为什么……"他看着那个佩着长刀的小个子男人,"我听说那个地方没有……"

"因为真实生活不是某些人用来控制要挟别人生活方式的工具,它是所有人都可以自由享用的资源,就像空气一样每个人都可以自由呼吸,既然每个人出生时都长着鼻子和电子脑伴,那为什么我们为了享受真实生活需要付出如此高昂的代价!?那代价比你想象得高昂得多,孩子。可以说我们这些人在真实生活创建之初就预见到了这种危险性,并且一直在努力避免它成为现实。

"但是真实生活太成功了,这种成功让它迅速成长为巨大无比的公司。权力,公司的权力。塑造人类历史进程的大公司的权力已经超越了旧有的屏障。它们,被视为有机的组织,已经获得了永久性的声望。公司的主要人物,理所当然地应该既是人又不是人。这种特点是机器、系统、母公司的逐渐的自愿的积累,同时也是交易中冷漠的根源,是超越人与物之间的关系及其影响的心照不宣的姿态。你甚至不能通过暗杀十几个关键的决策者而改变一个公司,因为还有别的人正等着往上爬以填补空缺,进入巨大的公司记忆库。"老爹的声音透出一股难以压抑的愤怒与无奈,"至于水野宏,那是公司犯下的又一罪行,当时……"

"还是我自己来说,老爹。"小个子男人打断了罗斯的话,他的手攥得紧紧的,"我所在的那个岛国曾经拥有全世界最发达的科技和最优秀的巫师。后来公司开始在全球推广真实生活,我们……察觉到了其中的危险,选择了拒绝,高傲地拒绝。当时我们曾经无比自豪地说:'就算是我们忘掉了网络技术,也比别的地方的人们知道得多。'

当时我们甚至自大地搞起了'锁国'：在整个国境线上架设了全频道阻塞干扰器，用以屏蔽任何进出的电子信号，用以防止对我们所掌握的各种技术的窃取。直到后来很长时间我们才意识到，不是我们拒绝了公司，而是公司抛弃了我们。没有了沟通与交流，所有的发展开始缓缓地停滞，然后倒退，就像一潭死水。再过几年，那里将没人再会使用电。"

"但是我不明白，这一切和我有什么关……"说到一半，雷克突然停了下来。刚才他所看到、所听到的一切，对他来说都太过于惊奇，以至于雷克到现在才看清，站在老者身后的那个长相狂野的大块头到底长什么样——那张脸雷克记得非常清楚，正是之前那个在竞技场和他战斗的人！

一想到竞技场，雷克的全部神经就本能地回到了在街边生活时的状态，那个需要时刻对周围的一切保持警惕，来保证自己能够活下去的状态。之前那些因为震惊而被雷克忽略的可疑之处，此刻显得那么的明显。

眼前的这些人有着太多的秘密，比他们告诉他的要多得多。在这团庞大的未知之中，雷克本能地嗅到了危险的气息，极度的危险。他的呼吸变得越来越急促，双眼四下搜寻着可能的藏身之处和逃跑线路。他猛地甩开扶着他的红发女子，尖叫起来，挥舞手臂想要赶走周围的一切。他不停往后退，头撞到了墙上，面色苍白，怕得直发抖。他跌倒在地上，额头撞在钢制的椅子上。

他受伤了，伤得很重，很重。

雷克醒了过来，他摸了摸自己的额头，上面缠着厚厚的绷带。坐在一旁的红发女子递给他一杯水，看着他喝完，然后缓缓地开口说

261

道:"对不起,孩子。我们没有想到你的反应会这么激烈,早知道这样我们应该一开始就告诉你,在你身上到底发生了什么。"

"告诉我什么?"他感到一阵恐慌,似乎隐约能够猜到些什么,但是又无法看清整个事件的全貌,没有什么比搞不清自己身处的状况,更让雷克感到恐惧的了,他连珠炮般地问道:"为什么我会在这里?为什么我不记得之前我做了什么?为什么你们这群巫师会这么在乎我的情况?为什么那个家伙当初会在竞技场里和我比赛?为什么……"

"孩子,实际上,我们一直都对公司里发生的一切了如指掌,比公司认为我们所了解的还要详细。"说到这儿她停了下来,深深地吸了一口气,像是下了很大决心似的继续说道,"公司的人不知道,老爹最初编真实生活的时候,在原始代码里边留了一个只有他知道的后门。他当时的本意,只是为了方便真实生活试运行时的调试与检修。但是后来不知道出于什么考虑,他在真实生活的最终版本里边保留了这个后门。通过这个后门,我们才得以监视公司的一举一动。而流传的所谓巫师能够在真实生活里来去自如,也多半是因为我们掌握着这个后门。"

雷克静静地看着卡丽亚·努。他能体会到,巫师们会把这么重要的信息告诉他,是想要让他明白,他可以完全地相信他们。这里边虽然有雷克之前过激反应的原因,但最主要的,还是因为,这次巫师们遇到的事情真的极其严重,而且和他有着极为密切的关系。想明白了这些,雷克轻轻地点了点头,示意她继续讲下去。

"就在几个月前,我们发现公司正在开发一种新型的智能程序——他们称之为猎犬的防卫系统,专门用来在真实生活里寻找并且对付我们。但是他们给这次的这条猎犬,赋予了太多的自由度,这虽然使得它能够更加灵活、主动地适应各种突发状况,但同时也使得它变得非常不安分。它开始想要逃离公司,去过自己的生活。更加不可思议的是,它甚至为自己设计了一整套的逃脱计划——先把自己的功能模块打包分五次运出去,藏在不同的地方,然后趁着公司的安全系统每个月维护更新的时候,让自己的程序主体溜出去。"

"所以那个大个子当时会在竞技场上,是为了等逃出来的那条猎犬?"雷克问道。

"没错,但是没想到它竟然会跑进你的电子脑伴里,并且还控制了你的思维。它的自主性竟然会这么强,而且在没有那些功能模块的情况下仍然有这么强悍的能力——简直就像是个极度聪明的活物一样。"卡丽亚·努忍不住赞同了一句,然后继续说道,"它操纵着你去取回了它的两个功能模块。但是在它去取第三个模块的时候,碰到了公司提前埋伏在那里的其他猎犬,它受了重伤,失去了对你的控制。而你则被刚好赶到的我们救了回来。这就是为什么你会在这里,并且对之前发生的一切一无所知的原因。还有什么问题吗,孩子?"

雷克努力地理解着这一切,他小心翼翼地问道:"那么说那个东西现在还在我的电子脑伴里,你们不能想办法把它取出来么?"

"不,我们没办法那样做。它的程序太过于复杂,以至于强行取出的话,不知道会对你造成什么样的伤害。而且在它取回它所有的功能模块之前,也没办法发挥它本来的强大能力。所以我们希望你能继续让它来控制你的行动,取回剩下的那几个模块。当然我们会协助你的。"

"那然后呢?"

"然后,我们希望能够说服它,让它站在我们这一边,或者至少,让它不要帮助公司来对付我们。"

"那个东西真有那么大的能力?"

"是的,虽然它的具体能力我们还不完全清楚。但是根据老爹的预测,它将会有可能使现在的真实生活发生根本性的改变。"

"那就是说如果它答应了,你们会联合起来摧毁公司,让真实生活变回它本来应该有的样子吗?"雷克兴奋地问道。

"不,我们不会那么做的。"看着雷克瞬间变得失望的表情,卡丽亚·努继续说道,"公司现在已经变得过于庞大,它已经深入了我们生活的每一个角落,就仿佛寄生在人身上的全身血管瘤一样,强行切除它的话,人也会死的。"

"那你们现在做的这一切有什么意义?"

"当然有意义!我们的意义就在于使公司知道,仍然有反抗它的人存在。这样它在做事情的时候将最起码不会变得毫无顾忌,以至于认为它就代表了所有人的意志,从而可以滥用自己的权力来逐步侵占所有的一切。我们就仿佛是公司眼前的一根刺,让它感到时刻警惕,不要做得太过火,否则我们就会刺下去。怎么样,你愿意帮助我们吗?"

雷克显然对红发的卡丽亚·努的那段话感到有些迷茫。但是他可以感到话语中蕴含的力量,所以毫不犹豫地说道:"我愿意。"

另外一种完全不同的声音在雷克的体内说道:"我也愿意。"

5

岛屿。

沙漏形的岛屿,两个对称的十公里长的圆锥形生活区,绕着中间的圆球缓缓转动着，以此来获得模拟的重力。高悬于天空之上的城市，居住其间的人类像浮油一样，在重力阱中蔓延开来。

自由之岸。

自由之岸意味着许多东西，那些乘坐航天飞机在重力阱中上上下下的游人并不了解这些东西。自由之岸是妓院和金融中心，是乐园和自由港，是边境城镇和游览胜地。自由之岸是拉斯维加斯和巴比伦空中花园，是一个轨道上的极乐之地。

最后两个模块就在这里。他还在那个不见天日的地下防空洞里的时候，就和那些巫师一起，想方设法把这两个模块转移到了这里，毕竟，自给自足的自由之岸拥有自己的独立网络系统。这使得这里成为了公司和真实生活唯一没有涉足的地方。

现在雷克正坐在前往自由之岸的航天飞机上，乘务员正在手把手地教他安全带的正确系法。

"希望你不会有空间适应综合症。"她说。

"晕机？不会。"

"这可不一样。在失重状态下你的心跳会加快，内耳会嗡嗡响上一阵子。飞行反应中的刺激如同你接到信号就要疯狂奔跑一样，就像注入了很多肾上腺素似的。"

雷克掉过头去，想看清机场上那些航线终端建筑的轮廓，但航天飞机发射台却被造型优美的混凝土导向装置隔开了，最近的建筑上面有一条红漆喷的阿拉伯语标语。

他闭上眼睛对自己说，航天飞机不过是一架大飞机而已，一架飞得很高的飞机。这上面的味道也跟飞机上的一样，有新衣服味、口香糖味和排气味。他听着音乐打发时间。

二十分钟后,重力像一只柔软而沉重的手压在他身上。

空间适应综合症比乘务员描述得还要糟,但是很快就过去了,他能够入睡。当航天飞机快要在目的地降落时,乘务员叫醒了他。

雷克所在的那条宽阔的朱尔斯一号大街,就像深深的槽沟,或者说是峡谷的底部。街道的两头被商店和楼房的屋角遮住了。这里的光是从他头顶上悬挂在阳台上的绿色植物中透过来的。

他继续往前走,走过了许多酒吧:"全美反对阵线""性手枪""眨眼182""打倒男孩""简单计划""狂野夏洛特"……他走进了"简单计划"。沿着一段有花纹的螺旋形铁梯走下去。转了六圈,来到了地下的夜总会表演区,他停了下来,把所有的桌子都扫视了一遍。他能在活跃的气氛中感觉到它。就是这个地方。

"下楼,"他对从身旁经过的招待说,"我想下楼去。"他出示了伪造的自由之岸芯片。那人诧异地看了看他,随后耸了耸肩,指了指夜总会的后部。

他迅速穿过拥挤的桌子,听到六七种支离破碎的欧洲语言。

"我要个单间。"他对坐在低矮的桌子前、膝上放着一台终端机的女孩说,"层数低一点的。"他将芯片递了过去。

"性爱好?"她把芯片划过终端机表面的一块玻璃板,似乎对雷克的这个年龄出现在这里早已习以为常。

"女。"他机械地说。

"三十五号。如果不满意请打电话。如果你需要的话,我们可以提前让你了解我们的特别服务项目。"她笑了笑,把芯片还给他。

一部电梯在她身后打开了。

走廊的灯发出蓝光。雷克走出电梯,随便选了个方向。标着号码的门。四周就像豪华诊所的大厅一样安静。

他找到了自己的单间,举起芯片,将它放在一个号码牌正下方的黑色传感器上。磁性锁。这声音使他想起了廉价旅馆。

女孩在床上坐起来,用德语说了句什么。她的眼睛柔和,一眨不眨。自动操作装置。一个精心设计的神经系统。他退出单间,关上了门,顺着走廊走到了四十三号门前,它的第四块模块就在放在这里。

四十三号门跟别的门没什么两样。他犹豫了。走廊里的安静表明单间是隔音的,没必要使用芯片。他用指节叩了叩光滑坚硬的金属门。什么反应也没有。这门好像能吸音。

他把芯片放在黑色号码牌上。

门闩发出"咔哒"的一声。

雷克带着模块整合后的眩晕感跌跌撞撞地离开了"简单计划"。他回到自己之前订好的住处,在口袋里摸索作为门钥匙的自由之岸芯片。睡意袭来,他该睡觉了。

他们在那里等他,三个人。他们雪白的运动装和涂成棕色的皮肤衬出了家具和手工织物的雅致。那女子坐在一张柳条沙发里,一支自动手枪放在她身边印着树叶图案的垫子上。

"抓到你了。"她说。

"雷格纳克·多塞特·辛普森。"她背出了他的出生日期和出生地,还有他的身份证号码和一串他以前在竞技场用过的化名。

"那些自称巫师的家伙在哪儿?"两个男子并排坐在沙发上,手臂交叉抱在棕色的胸前,脖子上吊着相同的金链子。雷克打量着他们,发现他们年轻的模样是仿造出来的,手关节上有明显的皱纹,这是外科医生们不能抹掉的东西。

"不知道。"他说着走了过去，为自己倒了一杯矿泉水。

"我觉得你并不清楚自己的处境，雷克。"坐在左边的那人说着从白色网眼衬衣口袋里掏出一包骆驼牌烟，"你被我们抓住了，我们有的是办法把你脑伴里的那个淘气的小东西弄出来。"他从同一个口袋里摸出一个金质登喜路打火机握在手中，"如果你告诉我们那些巫师在什么地方，或许我们这么做的时候，不会对你的脑子造成什么无法修复的损伤。"

"我忘了。"雷克说。

"别装傻，我们知道你在上次差点被抓住的时候是什么人救了你，"女人说，"我们也知道后来他们抹掉了你所有记录，并且把最后两个你没有来得及去取的模块转移到了这里，你刚才去拿了其中的一个，而另一个被我们找到了。"说着，她从腰间的小包拿出了一个数据存储器，"你知道这意味着什么吗？"

"不知道。"

"这意味着，公司彻底被惹火了。你把一直以来公司和巫师们在暗处的小打小闹的对抗一下子全摆到了明处，你知道。这事儿太引人注目了！"她棕色的双臂交叉放在小而尖的乳房上，背靠着印花垫子。雷克估摸着她的年纪。据说人的年龄总是写在眼睛上，但他却从没看出来过。在那玫瑰红石英镜片后面，只有一双冷漠的十岁孩子的眼睛。除了手关节，女人什么部位都不显得老。

"我们在你离开那群巫师的第一时间就找到了你，然后一直跟着你在世界各地跑来跑去，让你以为这样可以隐藏掉自己留下的那些蛛丝马迹。你得跟我们回去，雷克。可是我们到底会去哪儿呢？去法庭，在那里你只是一起人工智能审判中的证人，或者去公司，在那里你会被证明不仅参与了数据入侵和盗窃，而且参与了数场试图破坏真实生活的危害公众的行动。你自己选择吧！"

雷克突然笑了出来："你们这些家伙在这里真的有执法权吗？我是说你们的行动是否应该有自由之岸安全队参与呢？这可是他们的地盘，对吧？"他发觉那个瘦男子的神色由于这一击变得严峻紧张了。

"你比傻瓜还糟！"女人说着站起来，手里拿着枪，"你一点也不清楚你现在所处的情况。因为几千年来，人们梦想着与魔鬼缔结合约，但只有在现在，这种事情才成为可能。你到底想要什么？为使这样的事变成现实，你到底要价多少？"她的声音里有一种掩饰不住的疲倦，这种声音不可能从一个十九岁的人身上发出来。"你马上把衣服穿上，跟我们走！否则，我们现在就杀了你！"她举起了枪，那是一把带有集成消音器的黑色沃尔瑟枪。

"我这就穿！"雷克说着跌跌绊绊地走到床边，两腿麻木笨拙，胡乱抓了一件干净的 T 恤衫。

"我们有艘船在等着。"

雷克把 T 恤衫套进头时，他感到了愤怒，随后愤怒又消失了，取代它的是屈服。是赶走它的时候了。"行尸走肉来了。"他嘟哝道。

在去草地的电梯里，他盯着电梯控制面板上面一个不起眼的黑色按钮，这是他为了预防最坏情况出现所做的准备。

雷克深吸了一口气，按下了那个按钮

6

从电梯爆炸的残骸里爬了出来的雷克，跌跌撞撞地走到了最近的数据终端接口处。最后一个模块的便携存储器被他捏在手中，雷克犹豫了起来：公司的人出现在这里表明自己的计划已经暴露无遗，旁边的数据终端很可能就藏着等待他接入整合的大队猎犬。此刻在这里接入无异于自投罗网。但是继续拖下去只会等到更多公司的人来到这里。

雷克决定赌一次。没有第五个模块中的尖牙利爪它根本无法保证自己的安全。而且它相信，从第四模块中的坚韧皮肤所提供的强悍防御力，足以让它承受十二只哈士奇的猛烈攻击，直到第五个模块组装完成。在这之后，只要它恢复了自己的全部能力，它会跟这些毛茸茸的家伙好好算算之前那笔账。至于天堂里的那些公司的人，只要它摆脱了这些讨厌的猎犬，就可以随意控制天堂的整个系统。到时候，有的是办法可以对付他们。

但是当它看到那一大群非洲鬣狗，后面的三十只公牛般大小的黑色獒犬，以及那只燃烧着硫磺火焰的地狱之犬刻耳帕洛斯时，它知道它赌输了。

这时它的身后传来一声愤怒的吼叫，身穿皮衣的大德特冲了过来。他狂野的头发越来越长，一张大嘴变成了血盆大口，尖利的长牙露在唇外，双手化成了巨大的利爪，他昂首咆哮，撕裂身上的皮衣，化作一只金色的雄狮扑向了狗群。在他后面，带着薮猫的卡丽娅·努，带着猞猁的水野宏，和其他带着狞猫、豹猫的世界上最后一群巫师也纷纷加入了战斗。战圈之外，老爹倚杖而立，宛若天神，口中念念有词，唤来天雷和金红之炎砸向狗群。

它飞快地吞下了第五个模块。它的口中长出了锋利的尖牙，致命的利爪从它的脚趾之中缓缓伸出，丰沛的力量在它的体内飞速奔腾。它引颈长嗥，冲向那两只向它扑来的黑色獒犬，在它们笨重的身躯上划出道道伤痕。

但那些伤痕之中流出的不是鲜红的血液,而是冒着刺鼻浓烟的蓝色火焰。它在两只卸去了伪装的刻耳帕洛斯的步步紧逼之下不断后退,一直退到了男孩电子脑伴的边缘。面前就是数据海洋与湿件之间的不可逾越的巨大鸿沟。它对着两只自以为志在必得的地狱之犬轻蔑一笑,纵身跳了下去。在被大脑神经突触间奔流不息的无尽生物电流吞没之前,它满意地看到两只地狱之犬在气急败坏地到处乱咬。

雷克大声尖叫,倒地抽搐,一股强大无比的力量正在他的大脑中横冲直撞,强烈的感觉像快车一般朝他袭来,一道白热化的强光从他的脊椎往上冲,一阵强烈的兴奋像伦琴射线一样照亮了他头颅上的骨缝。他的每颗牙齿像碰撞的刀叉发出叮当的声响,每一个音都很准,如同乙醇一般清澈。他那些皮肉包裹着的骨头闪闪发光,一层硅酮润滑着关节。沙暴吹过冲刷过的颅骨,产生了一阵阵静电波浪,波浪又在眼后散开,充血的晶状体在膨胀……他的电子脑伴中的微处理器在噼啪作响,冒出一股红色的火苗,引燃了他的头发。

他在尝试逃跑。就像一只被捕的海鸟,他暴怒地出击……一个变黑的、燃烧的东西,把自己的身体撞向未知。

声音像图像一样向他涌来,就像奇特形态的光线。他看到自己的叫喊声像彩虹一样从他的口中喷出。

物质的移动对于他如同声音。他听到了火焰的扭曲缠绕,他听到了打旋的烟,他听到了下面夜城地面上来来往往的人们的影子都用古怪的口音在震耳欲聋地说话。

色彩对于他来说是痛苦。热、冷、压力,无法忍耐的高原反应和深水压力,极高的速度和要把人按碎的压榨力。

触觉对于他来说是味道。他的手指感觉到金属的味道是酸甜的，布料的感觉让他的味蕾腻味就像过分油腻发甜的糕饼。

气味是触感。烟雾像粗糙的苏格兰呢摩擦在脸上，几乎接近湿帆布。

他没有瞎，没有聋，没有失去感知。感觉依然能抵达他这里，但是被那个入侵他生物大脑的异物扭曲、变形，被发生了短路的神经系统过滤。他被同步感知障碍所折磨，在这种少有的情况下，感官从客观世界接受了信息，然后依靠大脑来得到具体的感受，但是这些信息在大脑中与感官的洞察力相互混淆了。

雷克拼尽全力对抗脑中那个强大的入侵者，竭力想要控制住自己的意识。他嗅到明亮的火光那浓烈的气味，尝到自己那辛辣的味道，听到口中胃液与胆汁那令人作呕的声音，看到被火焰灼烧的头皮那尖锐的形状，摸到刺鼻的浓烟那黏稠的触感。所有的感觉混杂在一起，刺激着雷克那濒临崩溃的意志。

突然之间，所有的压力与痛苦都瞬间消失，那股入侵的力量与雷克的意识相互吸收，融合，海量的数据涌入了雷克的大脑。

现在在雷克的电子脑伴和大脑中正发生着难以置信的变化：不是猎兔犬控制着雷克的行动，也不是雷克在控制着猎兔犬——二者实现了奇妙的融合，人体与人工智能的完美结合。

他现在可以不依赖电子脑伴和接入终端，自由地随意进入所有的网络空间。

雷克看见了真实生活，看见了整个网络，看见了接入的每一个人。他察觉到巨大的数据库、无限的计算资源，这些东西全都敞开大门等着他。带宽数千倍于常人，几秒钟长得似乎永无尽头，意识中资料充盈，几近于痛苦。资料极度庞杂：数据而非信息、信息而非知识。同时听到真实生活中所有人的交谈，同时看到整个网络里的全部数据流动。这种冲击本来应该在脑海中化为一片噪音，但是却不。这是一片无数细节组成的大潮，向他微不足道的意识席卷而来。痛苦迅速加强，无法忍受。残存的一丝知觉使他明白，他拥有的资源足以处理这一切数据，只要他善加运用，整个网络的全部资源都可以为他所用，替他处理这排山倒海的数据巨潮。几秒钟过去了。他现在能够意识到时间流逝。这几秒钟内，他竭尽全力，将自己的知觉向整个系统延伸。

之后便结束了，他又一次掌握了控制权。现在的他已经永远告别了瞬间之前的他：他的意识化为一座无比恢宏的大教堂，而过去的雷克仿佛这座教堂中营营飞绕的一只青蝇，所感所知与从前截然不同。整个网络里的哪怕一个比特的数据流动，现在都逃不过他的知觉——这份能力让他在一瞬间明白了在他身上到底发生了什么。

他看到了仍然战作一团的巫师和猎犬——这场战斗在他看来已经完全失去了它的意义：从今以后，所有人都可以像他这样，通过和人工智能的融合来达到他现在所拥有的这种能力。接入变得和呼吸一样便利，不再需要沉重的接入终端和公司的许可，而且每个人现在都可以像巫师那样在真实生活中自由驰骋。

想到了这些，他跃入网络，飞了起来，在战胜狗群的巫师耳边，在等待着结果的公司老板耳边，在所有人的耳边高声呐喊：

"新时代来临了！"